巻頭言

反戦という文化の営みかた

三浦 俊彦

「クリティカルシンキング」を研究の守備範囲内に意識していると、何の変哲もない新聞記事などが思わぬ輝きを放ってくることがある。

オバマ米大統領の広島訪問の前後に、「謝罪」をめぐる意が連日、新聞に掲載された。『朝日新聞』二〇一六年五月十五日朝刊第十五面の塩野七生(ななみ)(一九三七年生)のインタビュー「オバマ大統領の迎え方」のような例外を除いてどれもた言葉の繰り返しに見えたが、あまりに繰り返されたおけで、テンプレート(定型)に内在する曖昧因子が濾過されきたというか、原爆投下をめぐる日本的自己認識の現状改めて観測できたのは収穫だった。塩野インタビューと同の『朝日新聞』読者投書欄「声」をざっと眺めるだけでも、の文言がざくざくと出てくる。

京都府の大学生二十一歳の投書から後半を引用しよう。「アメリカでは「原爆投下で終戦が早まり、多くのアメリカ人の命が救われた」という主張が根強いと聞く。だが、原爆で多数の市民が犠牲になり、20万人以上が亡くなったのもまた事実である。そこを直視しないで「あれは正しかった」と言われると、どうしても納得できない。／アメリカに謝罪は求めない。だが、どうか原爆投下を正当化することはしないでほしい。広島と長崎の痛みを感じてほしい。そして共に平和を誓ってほしい」。——絵に描いたような紋切り型だ。毎度毎度もう少し変わった投書を選べないのか、と文句を言いたくなるが、よく見ると、この定型作文の中にも意外な「謎」が潜んでいることがわかる。

「謝罪は不要、だが正当化してくれるな」という。これはいかなる道徳的立場だろうか。二十万人以上を殺した行為が正当化できないなら、行為主体は謝罪するのが当然だと思われるが。逆に「正当化できるにしても謝罪もせよ」ならわかりやすい。正当化は大日本帝国もしくは国際社会に向けて、謝罪は被爆者に対して、という対象の違いが想定されうるだろうから。他方、「大日本帝国への戦略としてすら正当化できない原爆投下を、被爆者に謝罪しなくてよい」というこの学生の趣旨は理解しがたい。彼女は具体的にどのような倫理システムを頭に描いているのだろうか。

「正当化できるにしても、正当化の理屈を公言しないでほしい」という意味だろうか。しかしそれが「平和を誓う」うえで有効な姿勢なのかどうか。原爆投下が正当だったなら、その理由は世界に告げられるべきだろう。それによって、「戦時の倫理基準ではこんな残虐行為が善になってしまう。戦争とはいかに理不尽であることか」という具合に、反戦メッセージに新たな説得力が与えられるからである。

これに関連して、同日同欄、東京都のフリー編集者七十一歳の投稿にも謎めいた文言が見える。「米国が原爆投下を「謝罪しない」とのスタンスを変えていないことは、看過できない。/何十万という市民の上に原爆を落としたことが過ちでないのならば、これからも戦争で多数の市民を巻き添えにしても当然ということになるだろう。大統領が広島ではっきり謝罪することで、核廃絶への歴史の歯車を進めてほしい」。

あの原爆投下が正当化できるなら「戦争で多数の市民を巻き添えにしても当然」になってしまう――この主節は曖昧である。「戦争になったら多数の市民が巻き添えになっても当然」という意味なのか、「戦争を起こし、かつ多数の市民を巻き添えにすることも当然」すなわち「多数の市民を巻き添えにする戦争を起こすことも当然」という意味なのか。前者を「PならばQ」、後者を「PかつQ」と書こう。あの原爆投下が正当化されるなら、「PならばQ」だというのか「PかつQ」だというのか。このフリー編集者氏はどちらの意味で書いたつもりなのだろう。

原爆投下正当化から「PかつQ」が帰結するなら、正当化は確かにゆゆしきことだ。他方、帰結するのが「PならばQ」だとしたら。戦争が起これば多数の市民が巻き添えになることくらい誰もが先刻承知なので、別に驚くべき帰結ではない。とくにあの戦争のように、アメリカ人の若者が毎日百人ずつ死亡し、東アジア太平洋全域では毎日七千人が死亡していた戦争を一撃で終わらせる見込みのもと、一般市民数十万の犠牲を出すというのは、他の戦争努力と並べたときとくに非常識とは言いがたい(たとえば「特攻」と比べてみよう)。平時には明らかに非常識である多くのことが常識となってしまうほど、戦争は非常識なものというだけのこと。ここでも原爆投下の正当化は、「戦争は愚かだ」という教訓を際立たせているにすぎない。

つまりこの投稿は、退屈な紋切り型表現の陰に、巧まぬ罠を隠している。実際は「PならばQ」を伴うだけの原爆投下正当化が、「PかつQ」という好戦的立場であるかのように変貌させられているのである。

このように、平凡で善良そうな発言の中に、体系的な自己偽装が透いて見える。定型の多義表現を使い続けているうちに、発言者自身が、自分は本当に何を考えているのかわからなくなっており、しかもその自己無理解にどんどん気づきにくくなっているようなのだ。

これは一般投稿に限ったことではなく、新聞記者の文章にはこの傾向がさらに顕著である。米大統領広島訪問の時期には、ある常套文が枕詞のように頻出した。先ほど引用した大学生の投稿がそれをコピーしていたが、こんな趣旨の文である(Sと呼ぼう)。「アメリカでは、原爆投下が戦争終結を早めて多くの人命を救ったという主張が根強い」。Sの含意はとりあえず明確で、「アメリカのその主張は間

巻頭言

違っている」という啓蒙だろう。しかし、どう間違っているかについて、Sは多義的である。

原爆投下が戦争終結を早めたり多くの人命を救ったりしたというのは事実に反する、ということか。それとも、被爆者より多くの人命を救ったからといって正当化できない、という意味か。前者であればSは歴史上の諸事実に関する認識を示していることになるし、後者であればSは倫理に関する見解を示していることになる。

原爆投下がなかった場合の終戦時期や人命損失は、反事実的シミュレーションによってしか答えられないが、当時の諸事実をもとに確率的に推定することはできる。実際、仮想的な帰結にもとづいて、歴史上の多くの決断の是非が判定されてきた。仮想的な帰結を探る手掛かりの一つは、実際の推移に注目することだ。原爆投下の場合、直後に日本政府が突然降伏を決断したという現実を踏まえると、原爆投下が戦争終結を早め、多くの人命を救ったことを否定するのは難しい。日本降伏の真の物理的原因はソ連参戦だろ、とツッコむことも可能だが、原爆という派手な象徴的事件がソ連軍の存在感を表面上掻き消していなければ、玉音放送による劇的な軟着陸など不可能だったと信じる日本人は少なくないだろう（政府要人の中にも、原爆投下を天祐と見なした者は当時も戦後も珍しくない）。

よって、こう考えるのは自然だ。日米間に事実認識について不一致はないが、そこから価値判断を導くところで不一致がある、と。原爆投下が多くの人命を救った〈がゆえに〉正しかったのか、救った〈にもかかわらず〉間違っていたのか。現状では、加害者が〈がゆえに〉、被害者が〈にもかかわらず〉を固守するという、自己定位の対立にとどまっていて、議論と呼べるものは成立の兆しもない。

加害・被害は、マクロ・ミクロの対と重なる。加害側は、遠隔地でのキノコ雲をマクロ視点で（政治軍事的因果関係で）捉える傾向がある。被害側はミクロ視点で（個々人の経験レベルで）捉える傾向がある。ミクロ視点では、原爆投下は残虐な大殺戮以外の何物でもないので「悪い」に決まっている。マクロ視点では、主観的な残虐度よりも客観的合理性の方が影響大と見なされるので、一刻も早い戦争終結のために最善を尽くさない戦争指導者こそ「悪」である。原爆投下は米国民および世界平和に対する義務ですらあったと。ミクロ視点が「没入」immersionを倫理規範とするスタンスだとすれば、マクロ視点の規範は「分析、観照」contemplationだと言えるかもしれない。

この二つの視点は、矛盾しない。ミクロ視点とマクロ視点という立ち位置の差異からくる見かけ上の対立があるだけだ。問題は、この二つの視点を統合したときに、どちらの価値判断が優位を主張できるか、ということである。

お察しのとおり、どうしてもミクロ視点は分が悪い。第一に「視野が狭い」こと。第二に「感情的バイアスに囚われがちになる」こと。これらはまさしく戦争の主要原因だ。そして最大の弱みは、知識の体系化を阻む「体験偏重」に陥

巻頭言

りやすいことである。沖縄のガマ(洞窟)に入って体験者の苦難のあれこれを聞く、資料館の残酷な写真やリアルな遺品を見る、そういったことが平和教育のモデルとなるのだ。

こうしたミクロ視点では、原爆投下もホロコーストも区別がつきにくい。ケロイドの写真はガス室の死体に劣らず悲惨で残酷だからだ。もちろんマクロ視点では原爆投下とホロコーストでは大違いである。「戦争終結」という最大の戦争目的との関係が千差万別であるにもかかわらず、あらゆる残虐行為が同一視されかねない視点というのは、戦争を理解するにあたって健全な視点とは言えない。

しかし、政治的推移や死傷統計を活字で学ぶだけでは戦争の本質を理解できない、具体的な恐怖体験が大切だ、とする傾向は「根強い」ようだ。広島平和記念資料館の被爆再現人形のような作りものであっても、迫真的な感情を喚起するものは貴重な啓蒙資料だとされ、広島市による撤去方針(二〇一三年三月発表)に対しては「怖いもの悲しいもの恐ろしいものに蓋をするな」と市民団体が撤去反対運動を行なっている。東京大空襲や終戦の記念日前後の新聞投書欄には、今年も例年同様、炎の中で弟を見失ったとか、背中におぶった赤ちゃんの首がないのに気づかぬまま女性がさまよっていたとかいう体験談が満載だった。

そのようなミクロ体験に触れないと戦争の恐ろしさは理解されないという前提は、人間の想像力を過小評価している。人間性の軽視と言ってもよい。のみならず、戦争を直接語る体験者はいずれ一人もいなくなるという自明の(あるいは希望的な)条件に鑑みると、体験学習主義はむしろ危険である。なるべく抽象的な歴史記述や統計数字だけで納得せよ、という方針の方が合目的的と言える。そしてその土台はマクロ視点でなければならないだろう。

マクロ視点の強みは、一つは、因果関係による理解は応用がきくこと、もう一つは、構造的概念は立場を異にする者どうしが容易に共有できること、つまり議論がしやすくなることである。原爆問題に関してマクロ視点に立っているのはとりあえずアメリカ側であるため、日本人はアメリカの言い分に注意深く耳を傾けなければならない。原爆投下正当化の理屈が多様かつ豊富であることにたいていの人は驚くはずだ。マクロ視点がミクロ視点より優れているというのは、しかし、マクロ視点からの結論の方が正しいという意味ではない。双方がマクロ視点に立って初めて対話が始まるという意味である。ミクロな情緒に閉じこもっていたのでは、世界に発信しても一時的な感情移入を誘発するにとどまり、耐久性ある論理を構築できない。

「原爆投下は多くの人命を救ったがゆえに正しかった」というアメリカ的公式見解は、「功利主義」にもとづいている。「最大多数の最大幸福(あるいは最小不幸)」を実現する選択肢があれば、それを為すべし、と。しかし規範倫理の原理は、行為の結果で善悪を判定するものばかりではない。行為の動機を重視する「義務論」や行為者の性格を重視する「徳

巻頭言

倫理学」を採用するならば、別の倫理的判断が浮上する可能性はある。いずれにせよ確実なのは、共通言語をやり取りできないということだ。被爆体験談をいくつ積み重ねても、アメリカ人や中国人や特攻隊員や慰安婦の経験と突き合わされたとき、どのミクロ体験をどれほど重んずるべきかという判断は下しようがなく、結局、一人一単位と換算する「最大多数の最小不幸」系の結論に呑み込まれざるをえなくなる。

というわけで、つまるところ「実感」にこだわらず「抽象思考」で納得してゆくことこそ世界平和と人類繁栄への道だ、とわれわれは言いたいのだろうか。いや、そうではない。大学生と編集者の投稿を思い出そう。彼らはどうも、穏当な言葉で堅実な正論を述べているつもりでいて、実は自分の発言の意味を把握していないらしいのだった。頭の中の考えを自ら「実感」できてさえいれば、かくも多義的な表現を放置してはいられなかったはずである。実感はきわめて大切なのだ。ただし、死傷統計を見た時点ですでに暗黙にわかっている「炎の中を」「赤ん坊の首が」といった際限のない揺らぎ一つ一つをめぐる念押し的実感ではなく、諸事象の関係構造を分析的に理解することと表裏一体の「機能的な実感」が求められるのである。

さて、ミクロ視点を洗練する文化と言えば、伝統的に、芸術だった。ところが、ミクロ視点に没入しがちな人々ほどマクロな政治的思惑に盲従しやすい、と判明してきたのが戦乱の二十世紀である。第一次大戦の最中にマルセル・デュシャンMarcel Duchamp（一八八七―一九六八年）の便器が現われたのは偶然ではないだろう。あの単なる既製品は没入的鑑賞を拒む。というより没入的鑑賞は的外れである。コンセプチュアルアートは概して、実際に観てもらうことを求めない芸術である。現物のオーラ（感触）を知覚と情緒で感じとることではなく、「芸術とは何か」「これが芸術ならあれも芸術だろうか」と思考をめぐらし、思考についての思考をめぐらすことが眼目だ。この概念志向は、マクロな体制的企みに対抗するには個々人がマクロ視点をとるしかない、という気づきの反映ではなかろうか。

現代アートはコンセプチュアルアートに限らずますます知的になりつつある（正確には、美的な大衆芸術と知的なハイアートに分化しつつある）。美的価値より認識的価値が優位を占め、専門家による芸術的価値の占有が問いと疑いにさらされる。これは反戦平和思想においては、戦争体験を特権視する体感的規範を捨てて、知的討論のパラダイムを設定するマクロ視点に該当するだろう。

芸術から感触を剝ぎ取って概念化し、哲学に同化させようとしたコンセプチュアルアートは確かに〈反芸術〉である。同様に、戦争の記憶や予期という「文化」が営まれるにあたり、戦争の体感を尊ぶノスタルジックな慣習を超克して分析的観照に定位する、そんな戦争消費が常識化したときこそ、真の意味での〈反戦〉が成り立つのである。

レッシング、ヘルダーにおける非ヨーロッパとヨーロッパ

笠原　賢介

一　はじめに

平成二十七（二〇一五）年に比較文学比較文化コースにおいて博士論文「ドイツ啓蒙と非ヨーロッパ世界――クニッゲ、レッシング、ヘルダーを中心にして」の審査をしていただいた。ここでは、この研究をまとめるまでの歩み、論文の要点、書き残した論点を軸に記してみたい。

論文の主題は、啓蒙の世紀とも呼ばれる十八世紀のドイツの著作家たちが、非ヨーロッパとの接触を通してそれをどのように省察し、作品化したのか、その背景には、ヨーロッパ、非ヨーロッパを含む世界に対するどのような把握や態度があるのかを明らかにすることである。

ドイツの啓蒙は、哲学に関してはヴォルフ Christian Wolff（一六七九―一七五四年）、ヴォルフを批判するカント Immanuel Kant（一七二四―一八〇四年）、文学、批評に関しては、ヴォルフの影響下にあるゴットシェート Johann Christoph Gottsched（一七〇〇―六六年）、ゴットシェートを批判して登場するレッシング Gotthold Ephraim Lessing（一七二九―八一年）に代表される。ヴォルフ、ゴットシェートを前期啓蒙、カント、レッシングを後期啓蒙と呼ぶとするならば、考察の対象は、後期啓蒙、とりわけレッシングにある。

彼を中心にして、カント、啓蒙の著作家として一九六〇年代以降注目されるようになったクニッゲ Adolph Freiherr Knigge（一七五二―九六年）、初期ロマン派のシュライアーマッハー Friedrich Daniel E. Schleiermacher（一七六八―一八三四年）、啓蒙の批判者とされるヘルダー Johann Gottfried Herder（一七四四―一八〇三年）、『歴史批評辞典』によってドイツに大きな影響を与えたベール Pierre Bayle（一六四七―一七〇六年）、ゲーテ Johann Wolfgang Goethe（一七四九―一八三二年）、アラビア学者のライスケ Johann Jacob Reiske（一七一六―七四年）を周囲に配し、レッシングの営みを同時代の脈絡のなかで考察した。

十八世紀のドイツは、著作や手紙をはじめ様々な媒体によって、それまでにない多くの人々が母語による表現を始めた時代であった。巨匠たちの作品から図書館の片隅に眠る翻訳家、研究者、群小作家・思想家の出版物に至る膨大な文字群を、領域の区分を取り払い、ドイツを含む汎ヨーロッパ的な交流のネットワーク、さらには、加速しつつあった非ヨーロッパとの交流という視点から眺め直すとき、新たな相貌が蘇ってくる。そのような観点に立って、啓蒙の時代についての固定的なイメージや巨匠たちの古びた後光を取り払いながら、テクストに潜む肉声を聞き取り、届けようとするのが論文の意図である。

二　研究史のことなど

論述の前提となっているのは、近年における啓蒙研究、十八世紀研究の深化である。はじめにこの点について述べておく。

啓蒙（Aufklärung, Les lumières, Enlightenment）は、しばしば科学技術や技術的合理性を手放しで礼讃した思想潮流と理解され、指弾される。啓蒙についてのこのような理解は、ドイツにおいては独特のパトスを持って繰り返されてきた。第一次大戦前後から一九五〇年代頃まで隆盛を極めた精神史（Geistesgeschichte）の文学史叙述における啓蒙像である。そこにおいては、〈西欧的なもの〉と〈ドイツ的精神〉が対置され、前者に、啓蒙、合理主義、数学・自然科学の精神、功利主義、個人主義が、後者に、世界の真の理解をもたらす〈詩（Dichtung）〉の創造、非合理主義、〈共同体〉の創出が割り振られる。ゲーテからロマン派に至る文学の営みは〈ドイツ的精神〉の展開の過程であり、これによって浅薄な啓蒙が〈克服〉されたとするのである。(1)

『百科全書』に見られるように、啓蒙のなかに科学・技術を重んじ、普及しようとする流れのあることは確かである。だが、啓蒙は、ドイツを含む汎ヨーロッパ的な思想運動であり、そこには哲学、文学、批評、社会思想、歴史論、宗教論に関わる営みが領域横断的に織り合わされている。そこに提示された議論の多様性を、科学・技術の普及の思想に切り詰めることはできない。『百科全書』*Encyclopédie, ou Dictionnaire raisonné des sciences, des arts et des métiers*（一七五一－一七七二年）の編者であるディドロ Denis Diderot（一七一三－八四年）に限っても、例えば、『ラモーの甥』*Le Neveu de Rameau*（一七七三／四年）に一歩踏み込むならば、精神史の文学史叙述に代表される啓蒙理解がいかに図式的であるかは直ちに判明しよう。『ラモーの甥』を独訳したのは他ならぬゲーテであった。

一九三二年に刊行されたカッシーラー Ernst Cassirer（一八七四－一九四五年）の『啓蒙主義の哲学』*Die Philosophie der Aufklärung* は、このような理解に異を唱えるものであったが、ドイツにおいて啓蒙の見直しが本格化したのは、一九六〇年代になってからであった。私がこの時代のドイツの思想・文学に取り組み始めたのは七〇年代後半からであったが、啓蒙の見直しの歩みを同時代として経験してきたことになる。取り組みのきっかけは、言語と領域を横断して自由に思考する十八世紀の著作家たちの文人（Homme de lettres）的なあり方に共鳴したからであり、かの図式が安易に思われたからである。だが、新たに提示される様々な研究を整理し、方向付けを行うのは困難をきわめた。そのようななかで、十八世紀ドイツ文学の研究者W・フォスカンプとH・ダイナトが編んだ『ドイツにおける啓蒙研究』[2]との出会いが大きな節目となった。同書は、一九九五年にミュンスターで開かれた国際十八世紀学会をきっかけに、ドイツでの研究を反省し整理することを主眼として編まれたものである。そこには、ドイツ帝国成立前後の十九世紀、第一次大戦前後から一九五〇年代まで、六〇年代以降現在までの段階に分けて、ドイツにおける啓蒙の研究史が密度濃くまとめられている。これによって、人口に膾炙した精神史の文学史叙述のパラダイムを相対化し、距離を取ることが可能となった。一九九二年にアドルノ Theodor W. Adorno（一九〇三―六九年）の『本来性という隠語――ドイツ的なイデオロギーについて』*Jargon der Eigentlichkeit: zur deutschen Ideologie*（一九六四年）を翻訳することがあったが、フォスカンプらの研究史は、〈ドイツ〉という閉塞した言語空間を批判するアドルノの視点と期せずして交叉するものであった。フォスカンプらがアドルノと立場をまったく異にするだけに、この点の確認は大きな意味を持った。

　私の論文は、このような啓蒙の見直しを前提にしながら、そこに新たな寄与を付け加えようとする試みである。六〇年代以降の見直しにおいては、啓蒙を現代ヨーロッパの原点と捉えた上での再評価、発掘が基調となっており、非ヨーロッパとの関わりの問題は十分に考察されていないからである。

　啓蒙の時代は、自らの到達した〈文明〉が最高のものであるという意識を生み出すと同時に、ヨーロッパの伝統的な価値観や制度が大きく揺らいだ時代でもあった。人々の感性や思考が神学的発想から解放されてゆく時代潮流、非ヨーロッパに関する知識の増大・革新、交流の拡大を背景として、様々な制約を伴いながらも、非ヨーロッパに目を向け、自らの伝統や〈文明〉の自明性を問い直す動きも生まれてくるのである。

　この問題については、我が国の古典的な研究として後藤末雄『中国思想のフランス西漸』（平凡社東洋文庫、一九六九年八―十月。初刊は第一書房、一九三三年六月）がある。同書で明らかにされているフランスでの中国思想受容の流れのなかで、ドイツでは、ライプニッツ Gottfried Wilhelm Leibniz（一六四六―一七一六年）の中国論を経て、ヴォルフの『中国人の実践哲学に関する講演』*Oratio de Sinarum philosophia practica*（一七二六年）が刊行される。だが、十八世紀の後半には、ヴォルフの硬直した合理性が批判され、啓蒙や理性自身を問い直す〈啓蒙の啓蒙（Aufklärung über Aufklärung）〉とも言うべき流れが生まれ、これに伴って、非ヨーロッパ把握や関心の所在も変化してゆく。私の論文が対象としたのは、後期啓蒙の局面である。

三　レッシングとルネサンス、宗教改革

　論文は、第一章「クニッゲと啓蒙の社交性――カント、シュライアーマッハー、レッシングとの連関のなかで」、第二章「レッシングと非ヨーロッパ世界――『カルダーヌス弁護』におけるイスラームをめぐって」、第三章「ヘルダー『イデーン』における非ヨーロッパとヨーロッパ」の三つからなる。第二章でレ

ッシングの非ヨーロッパ把握、第三章では人類の文化の多様性を肯定するヘルダーの思想を考察した。啓蒙の批判者とされるヘルダーであるが、近年、啓蒙との連続面に光が当てられ、彼の啓蒙批判の脈絡がより繊細に考察されている。その成果も踏まえ、非ヨーロッパ把握という点でのレッシングとの連続面を炙り出すのが主旨である。第一章では、レッシングとヘルダーの背景をなす後期啓蒙の特質を〈社交性（sociabilitas, socialitas, Geselligkeit）〉〈交際（conversatio, Umgang, Verkehr）〉という角度から、クニッゲの周囲にカント、シュライアーマッハー、レッシングを配して考察した。

まずは、全体の中心をなす第二章についていくつかのことを述べておきたい。

非ヨーロッパとしてのイスラーム、ヨーロッパのなかの非ヨーロッパとも言うべきユダヤ教、それらとキリスト教を含む宗教の複数性の問題は、周知のように、レッシング晩年の『賢者ナータン』*Nathan der Weise*（一七七九年）において作品化されている。また、私の見るところそこには、それらのいずれにも属さない偶像崇拝に分類される諸宗教の問題が含まれている。だが、これらの問題は彼の生涯を貫くものであり、初期の『カルダーヌス弁護』*Rettung des Hier. Cardanus*（一七五四年）に萌芽が見られる。第二章の考察は、この作品の考察を通して『賢者ナータン』への道筋を照らし出そうとするものである。

『カルダーヌス弁護』は、十六世紀イタリアの奇才カルダーノ Girolamo Cardano（一五〇一―七六年）の名誉回復を図った作品である。カルダーノは、自然哲学者、数学者、医者、占星術師として活躍し、『自伝』*De vita propria*（一五七六年）によって文学史にも名を残している。レッシングは『自伝』を高く評価し、カルダーノに対して生涯関心を抱き続けた。『カルダーヌス弁護』はその劈頭にある作品である。

今日から見れば、多面的に才能を発揮したルネサンスの万能人と評せるカルダーノであるが、当時は無神論の疑いの濃い風変わりな人物、果ては狂人という評価すらなされていた。百科全書的な書物『精妙さについて』*De subtilitate*（一五五〇年）のなかで、偶像崇拝者、ユダヤ教徒、キリスト教徒、イスラーム教徒を論争させ、比較したことが一因であった。十六世紀後半には『デカメロン』***Decameron***（一三五三年）の「三つの指輪の話」が検閲によって削除されていたことが指摘されている、[3] 自宗教を他の宗教と同じ土俵で比較すること自体が非難された時代であった。カルダーノへの悪しき評価は同時代に始まり、二百年の時を経て十八世紀に引き継がれていた。『カルダーヌス弁護』の焦点はこの点にある。

『カルダーヌス弁護』に関心を抱いたのは、二〇〇〇年前後であったと思う。あまり論じられない作品であるが、ドイツ語圏の思想・文学を主たるフィールドにしながらも、視野をそこに限定することの貧しさを感じ、時代も地域も離れたイタリアの人物が扱われていることに興味を引かれたのであった。なお、レッシングは『カルダーヌス弁護』と同じ時期に、ルターと激しく対立したカトリック神学者コッホレーウス Johannes Cochläus（一四七九―一五五二年）を弁護した『コッホレーウス弁護』*Rettung des Cochläus, aber nur in einer Kleinigkeit*（一七五四年）も書いている。晩年にヴォルフェンビュッテルの図書館長を務めていた時には、反三位一体論のゆえにドイツを追われイスタンブールに移住してイスラームに改宗した神学者ノイザー Adam Neuser（?—一五七六年）の名誉回復を図り、図書館で発見した彼の手紙の写しによってこれを行った論文『アダム・ノイザー』*Von Adam Neusern, einige authentische Nachrichten*（一七七四年）を刊行している。カルダーノを含めこれらの人物が生きた十五世紀から十六世紀は、ヨーロッパ内部では宗教改革と対抗宗教改革の嵐が吹き荒れ、近隣ではコンスタンティノープルの陥落に象徴されるイスラーム圏のオスマン帝国の擡頭の時代であった。レッシングは、ヨーロッパ形成の節目と言うべきこの時代に生涯、強い関心を抱いていた。彼は、カルダーノの著作とならんでブルーノ Giordano Bruno（一五四八—一六〇〇年）やカンパネッラ Tommaso Campanella（一五六八—一六三九年）の著作のコメント付きのアンソロジーの刊行を考えていたとも伝えられている。

やや古いものになってしまったが、十七世紀末から十八世紀にかけてのヨーロッパを総体として考察した古典的な研究に、アザール Paul Hazard（一八七八—一九四四年）の『ヨーロッパ精神の危機』*La Crise de la conscience européenne: 1680–1715*（一九三五年）がある。十七世紀の古典主義的な秩序が流動化してゆく時代相を〈ヨーロッパ精神［意識］の危機〉として描き出したものである。そのような時代を生き、思考するに当たってレッシングは、ある時は古代ギリシア・ローマの〈異教〉世界、ヘブライ、ある時はイスラーム圏、さらには、その外側に広がる〈異教〉的世界といった、自らが生活する場とは異なった世界に目を向けてゆく。これと連動しているのがヨーロッパ自体の過去の激動期へのまなざしである。『賢者ナータン』の舞台は十二世紀末、第三回十字軍の頃であるが、この時代もカルダーノの時代と同様の激動期であった。

なお、非ヨーロッパへのレッシングの関心は机上のものではなく、幼少期に溯る。(4) 背景には、彼の育ったドイツ語圏の東部がヨーロッパの東端に近いということがあろう。先にふれたノイザーは、ドイツからトランシルヴァニアを経てイスタンブールに移住している。十七世紀から十八世紀にかけてこのルートを通って、文物にとどまらず人の交流が加速していったものと思われる。そのなかには、多くの無名のノイザーが、またその逆の動きをした人々がいたであろう。『カルダーヌス弁護』から『アダム・ノイザー』を経て『賢者ナータン』に至る作品の背景には、そのような記憶や現実が背景にあると考えられるのである。

四　ベールとレッシング

カルダーノの名誉回復の試みには先例がある。ベール『歴史批評辞典』*Dictionnaire historique et critique*（一六九六年初刊）の「カルダーノ」の項である。『カルダーヌス弁護』のなかで述べているように、レッシングはこの作品を「カルダーノ」の項への「補足（Zusatz）」として構想している。細かいことではあるが、この「補足」ということの意味を考えることが論文の第二章の考察の中心をなしている。レッシングと言えば文献は汗牛充棟、論点は尽くされているとも言えるが、新たな寄与を付け加えることができたのではないかと考えるものである。

『歴史批評辞典』は、古代から近世に至る人物、学派や宗派、時には地名について立てられた項目からなる。各項目には本文の量を圧倒する詳細な注が枝分かれして付けられている。一六九六年に初版が出たあとに増補を重ね、一応の完成形態となった一七二〇年の版では項目は二千以上の膨大なものとなった。

『歴史批評辞典』は十八世紀の大ベストセラーであり、高価なこの本を買えない学生たちが先を争って図書館で閲覧した様は、一七一五年にパリを訪れたデンマークの劇作家ホルベア Ludvig Holberg（一六八四―一七五四年）の記すところである。ドイツではフランスの思想・文学の受容の拠点であったライプツィヒで、ライプツィヒ大学に関わりのある人々が共同で取り組んだ独訳が、一七四一年から四四年にかけて、ゴットシェートの名を冠して出版されている。

レッシングへのベールの影響は『カルダーヌス弁護』にとどまらず、古代ギリシア・ローマ関係の作品や『賢者ナータン』執筆のきっかけとなった晩年の神学論争にまで及んでいる。例えば、『ソフォクレス論』*Sophokles*（一七六〇年、未完）は、『歴史批評辞典』に「ソフォクレス」の項が欠けていることを補おうとして書き始められたものであり、本文からアルファベットを付した膨大な注が枝分かれしてゆくという『歴史批評辞典』の形式そのものが模倣されている。

だが、ベールとレッシングの関係はそれほど注目されているわけではない。この問題に関心を抱くきっかけとなったのは二つの文献である。一つは、河原忠彦先生の『十八世紀の独仏文化交流の諸相』（白凰社、一九九三年三月）である。ディドロの対話篇『ダランベールの夢』*Le Rêve de d'Alembert*（一七六九年）、ディドロの絵画論とゲーテ、ヴァレリー Paul Valéry（一八七一―一九四五年）とゲーテの『ファウスト』*Faust*（一八〇八・三二年）など、独仏の境を越えて縦横に論ずるこの著作の書評を雑誌『比較文学』（第三十六巻、一九九四年三月）に書いたが、同書の第一章が「オランダにおけるピエール・ベール――文化の媒介作用」であり、「レフュジェ（亡命者）」、「オランダ」、「文学共和国（République des lettres)」を切り口にしてベールを論じ、ドイツでの影響に及んでいる。その際に言及されているのが、『詩と真実』*Aus meinem Leben: Dichtung und Wahrheit*（一八一一―三三年）の第二部・第六章にある記述、すなわち十六歳ごろのゲーテが『歴史批評辞典』を読んで「迷宮」に足を踏み入れた思いがしたという一節である。この「迷宮」ということの意味をレッシングに即して考えるのが、逆説的な言い方ではあるが、私の研究の導きの糸となった。

もう一つは、英国の研究者H・B・ニスベットの "Lessing and Pierre Bayle"[5] である。この論文は、初期の『プラウトゥス論』*Abhandlung von dem Leben, und den Werken des Marcus Accius Plautus*（一七五〇年）、『カルダーヌス弁護』、中期の『ソフォクレス論』、『ラオコオン』*Laokoon: oder über die Grenzen der Mahlerey und Poesie*（一七六六年）を経て晩年の『賢者ナータン』に至るまで、ベールがレッシングに影響を与え続けたことを指摘したものである。明確な結論を避け、「難問」を提示することによって読者に「認識の酵母（Fermenta cognitionis）」を振り撒くのがレッシングのスタイルであるが（『ハンブルク演劇論』*Hamburgische Dramaturgie*（一七六七—六九年）の第九十五篇を参照）、ニスベットはライプニッツ的な理性とベールの懐疑が合流することによって、それが形成されていると見るのである。

　ニスベットは、ドイツの研究においてベールへの関心が低い原因を、懐疑論が伝統として定着せず、レッシングを「閉じられた自足的な体系」に封じ込めようとする傾向が強固であったことに求めている。外側から見ればこそ立て得る視点である。この論文を熟読したのは二〇〇〇年代の半ばであったが、本国の研究者のみが豊かな見方を生み出すわけではないというよき例に思え、新鮮に感じたのであった。この論文は比較的若い時のものであるが、その後ニスベットは浩瀚なレッシング伝を書き、二〇〇八年に独訳が出版されている。(6)

　ニスベットからは、『歴史批評辞典』とならんでベールの『「強いて入らしめよ」というイエス・キリストの言葉に関する哲学的註解』*Commentaire philosophique sur ces paroles de Jésus-Christ: «Contrains-les d'entrer»*（一六八六—八七年、以下『入らしめよ』）の重要性を学ぶこととなった。この書は『ルカによる福音書』第十四章二十三節の句が、アウグスティヌスAurelius Augustinus（三五四—四三〇年）以来、強制改宗や異端迫害を正当化してきたことを批判し、いかなるものであれ道徳に反し罪悪を犯すことを命ずる字義通りの聖書解釈は誤りであるとするものである。ただ、ニスベットは『カルダーヌス弁護』には立ち入っておらず、独自の視点から考察を進めてゆくこととなった。

　先に述べたように、『カルダーヌス弁護』は『歴史批評辞典』の「カルダーノ」の項への「補足」として構想されている。ベールが『自伝』によってカルダーノの名誉回復を試みたのに対し、『精妙さについて』を検討することでそれを「補足」しようとするのである。職業的な学者であろうとはしなかったものの、レッシングが大変な学識の持ち主であったことは周知の所である。この点で彼は、学殖の世紀、十七世紀の「文学［文芸］共和国」の代表者たるベールに引けを取らない。『カルダーヌス弁護』においても彼のそのような特質が発揮されている。カルダーノの時代からレッシングの時代に至るまでの辞典類における記述を整理して批判し、さらには『精妙さについて』の版の相違を検討し、諸宗教を比較した個所を初版に基づいて独訳して示し、弁護が展開されるのである。だが同時に、『カルダーヌス弁護』は単なる論文ではなく、劇作家レッシングの面目躍如というか、論述の途中でユダヤ教徒、次いでイスラーム教徒が登場して弁論を展開し、論述をいわばひっくり返してしまう特異な論文である。『カルダーヌス弁護』は通常は神学批判論文（Theologiekritische Schriften）に分類されているが、このような構成によって読者に読解を求める、多義的な作品として提示されていると捉えるのが、考察の基本視点である。その際の鍵を独訳『歴史批評辞典』に求めた。レッシングがフランス語を自在に読めたことは言うまでもないが、読者に独訳が親しまれていたことを意識して、敢えて独訳の表現を用いたり暗示したりする書き方をしているのである。

　『カルダーヌス弁護』で言及されている文献、『精妙さについて』の諸々の版、『歴史批評辞典』の関連項目で引用されている文献、これらを探し出して考察を深めるのが手仕事的な作業の中心となった。そのために、第一章のクニッゲ関連、第三章のヘルダー関連の文献の探索とあわせて、二〇一一年から一四年にかけて冬の終わり頃に、ベルリンの国立図書館に通うことと なった。当時、英語圏では十七〜十八世紀の図書のディジタル化が相当程度なされていたが、ドイツではベルリンへ通う時期と並行して進んでいった。オリジナル資料に着目する研究動向に対応するものであり、研究動向と研究環境の激変を同時進行的に経験できたのは幸いであった。ただし、ディジタル化は翻訳文献に力点を置いていない。十八世紀には、汎ヨーロッパ的な議論の場が形成されるに際して、ラテン語に代わって翻訳が大きな役割を果たした。現地での調査はこの点でも大きな意味を持った。最初の年にウンター・デン・リンデンの入り組んだ建物の奥にあった稀覯本閲覧室で、イスラーム教徒の弁論に関わるこれまで十分には明らかでなかった翻訳資料を見出したことは忘れがたい。ベルリンでの調査は、論文の主題とともに日本でのレッシング、ヘルダー、クニッゲの受容を視野に入れた研究プロジェクトに対する日本学術振興会の科学研究費補助金（課題番号二二五二〇三三二）が支えになったことを記しておきたい。

この作業に基づいてなされた論証の詳細をここに示す紙幅はない。論点を圧縮して示せば次の通りである。――『カルダーヌス弁護』は『歴史批評辞典』の「カルダーノ」の項への「補足」として始まるが、中途に登場するイスラーム教徒の弁論は「マホメット」の項への「補足」である。そこにおいては『クルアーン』を原典から英訳（一七三四年、独訳版は一七四六年）したセール George Sale（一六九七―一七三六年）を始めとする新たなイスラーム認識を踏まえ、イスラームを偽宗教とする『歴史批評辞典』に見られる伝統的なイスラーム観が転換されている。だが、ベールとの関係は単純な否定ではなく、『入らしめよ』に示された寛容思想が引き継がれている。『カルダーヌス弁護』は、二つの弁論によって論述が中断されるのみならず、論述を支える語の意味そのものが論述の過程でずれてゆき、弁論の登場とあいまって多声的・多義的な意味の場が形成されている。『カルダーヌス弁護』のそのような構成には、注釈に注釈を重ね、時に真意の所在が不明になる『歴史批評辞典』の「迷宮」のような文体が創造的に作用したと考えられる。また、ユダヤ教徒の弁論は『ヨブ記』を踏まえているが、『歴史批評辞典』では重要でない『ヨブ記』に対して、レッシングは独自の理解を示している。文中に弁論が登場することも『ヨブ記』との関連が考えられる。カルダーノの宗教比較には偶像崇拝者が登場するにもかかわらず、『カルダーヌス弁護』には偶像崇拝者の弁論が欠けている。このことは意識的になされており、弁論の不在はイスラーム、キリスト教、ユダヤ教の地にかつて存在した偶像崇拝者の消滅の問題を提起するものである。

『賢者ナータン』ではこの問題が、弁論を展開するユダヤ教徒の末裔たるナータンを誘ってガンジス川に向かおうとするイスラームの托鉢僧アル・ハーフィのベクトルに引き継がれている。レッシングの基礎にあるのは『歴史批評辞典』「マホメット」の項で引用されているブリアウッド Edward Brerewood（一五六五年頃―一六一三年）の『世界の主要部分における言語、宗教の多様性についての研究』*Enquiries Touching the Diversity of Languages and Religions through the Chiefe Parts of the World / Recherches curieuses sur la diversité des langues et religions, par toutes les principales parties du monde*（一六一四年、仏訳一六四〇年）の示す「地球上の既知の地域を三十等分すれば、キリスト教徒の地域は五、マホメット教徒の地域は六、異教徒の地域は十九となろう」という認識である。

『カルダーヌス弁護』の作品としての性格、偶像崇拝者の声の不在を考えるに当たっては、八〇年代の半ばに読んだW・イーザー Wolfgang Iser（一九二六―二〇〇七年）の『行為としての読書』*Der Akt des Lesens: Theorie ästhetischer Wirkung*（一九七六年）が提示したテクストの「空所（Leerstelle）」という発想がヒントとなった。また『歴史批評辞典』の文体に注目し、『カルダーヌス弁護』を多声的・多義的な意味の場と捉えるに当たっては、アドルノの翻訳の際に出会ったF・シュレーゲル Friedrich Schlegel（一七七二―一八二九年）の「都雅（Urbanität）」という概念（『リュツェーウム断片』*„Lyceums"-Fragmente*, 四十二）がヒントとなった。今回の考察を出発点にして、両者について考えを深めるのは、今後の課題である。

五　クニッゲ、ヘルダーをめぐって

第一章、第三章については簡潔に記すにとどめたい。

第一章の主題である〈社交性〉、〈交際〉は、一九六〇年代以降の啓蒙の見直しのなかで提示された論点である。私の考察はこれを引き継ぎ、そこに新たな寄与を付け加えようとするものである。

プーフェンドルフ Samuel Pufendorf（一六三二―九四年）の自然法思想に発する〈社交性〉は、フランス宮廷を模範としてトマージウス Christian Thomasius（一六五五―一七二八年）が強調し始めるが、十八世紀後半には宮廷への批判が前面に出てくる。だがこの批判は〈社交性〉の否定ではなく、宮廷とは異なった自由な交わりの希求と一体のものであった。この点をクニッゲの主著『人間交際術』*Über den Umgang mit Menschen*（一七八八年）を中心にして明らかにし、カント、レッシング、シュライアーマッハーが問題を共有していることを示した（ヘルダーについては第三章で考察）。〈社交性〉は、人間が自閉的な存在ではなく、交流を求める性格を持つことを意味する。レッシングやヘルダーにおける非ヨーロッパへの開かれた思考と感性は、単なる異国趣味ではなく、啓蒙において浮上した〈社交性〉の主題を世界大に拡大したところに成立していると見ることができるのである。

考察のきっかけは、中直一氏と共同で一九九三年に『人間交際術』を翻訳したことにある。翻訳をお勧め下さった小堀桂一郎先生には、森鷗外の初期批評をテーマとする八〇年代初頭の大学院のゼミで、文献学的探求の手法をお教えいただいたこととともに感謝を申し上げたい。翻訳は増補された第三版により、一九六四年刊行の底本にはスイスの作家M・リーヒナー Max Rychner（一八九七―一九六五年）の浩瀚な解説が付けられていた。

古代ギリシアのパイデイアの理念からルネサンスのカスティリオーネ Baldassare Castiglione（一四七八—一五二九年）を経てレッシング、シラー Friedrich Schiller（一七五九—一八〇五年）、ゲーテに至る教育論・人間論の流れのなかで『人間交際術』を論じ、一国文学史を越えた広範な脈絡のなかでクニッゲを復権しようとする、静かな意志に貫かれた解説である。これと同じ時期に、啓蒙研究のなかでクニッゲの再評価がなされ、『人間交際術』については、政治哲学者のI・フェッチャー Iring Fetscher（一九二二—二〇一四年）の解説を付したアンソロジーが刊行されていた。(7) リーヒナーとフェッチャーの叙述にはギャップがあり、この点を考えることが研究の出発点となった。

そうこうするうちに一九九六年に雑誌 *Text + Kritik* (Heft 130) でクニッゲの特集がなされ、そこに収められたC・シュテファン Cora Stephan（一九五一年生）のエッセーによってアメリカの社会学者セネット Richard Sennett（一九四三年生）の『公共性の喪失』*The Fall of Public Man*（一九七七年。邦訳は北山克彦・高階悟訳、晶文社、一九九一年六月）を知ることとなった。セネットの著書は、十八世紀中葉を「社交性の偉大な時代の一つ」として描き出すものである。他方、K・H・ゲッテルト Karl-Heinz Göttert（一九四三年生）のエッセーは、ルソー Jean-Jacques Rousseau（一七一二—七八年）の〈社交性〉批判によって『人間交際術』は無意味となったと論じていた。ルソーが〈社交性〉に対する偉大な批判者であったことは確かであるにしても、このような断定には疑問を抱いた。ここから研究が具体化してゆくこととなった。

クニッゲは、ルソーの『告白』*Les Confessions* 第二部（一七八九年）とモーツァルト Wolfgang Amadeus Mozart（一七五六—九一年）／ダ・ポンテ Lorenzo Da Ponte（一七四九—一八三八年）の『フィガロの結婚』*Le Nozze di Figaro*（一七八六年）を独訳している。前者の陰鬱な世界、後者の結尾における全員を前にしての伯爵と伯爵夫人の和解、これらの間に『人間交際術』を置き、〈交際〉への志向と〈人間嫌い〉にも似た相貌が交代することを示すのが同書についての私の視点である。これを踏まえて鷗外の『知恵袋』、『心頭語』、『うたかたの記』におけるクニッゲを捉え返すことは残された課題である。

第三章は、ヘルダーの主著『人類歴史哲学考』*Ideen zur Philosophie der Geschichte der Menschheit*（一七八四—九一年。以下、『イデーン』）を論じたものである。非ヨーロッパへの開かれた視点、悪しき意味での自文化中心主義に対する批判、自文化への批判的省察に光を当てようとするのが主題である。『イデーン』に代表されるヘルダーの思想は、近年C・テイラー Charles M. Taylor（一九三一年生）らによる多文化主義をめぐる議論において注目を集めている。だが、そこにおいては六〇年代以降の啓蒙の見直しをきっかけとして八〇年代以降に活発となったヘルダー研究の成果は反映されていない。本章の考察は、それを踏まえた形での『イデーン』の新たな読みの試みである。

ヘルダーはしばしば十九世紀歴史主義の先駆者として位置づけられる。だが、十八世紀およびそれに先立つ十七世紀の脈絡のなかで考察するのが留意した点である。科学史家のコイレ Alexandre Koyré（一八九二—一九六四年）が〈閉じた世界から無限宇宙へ〉と名づけた自然認識の変革、ライプニッツとならぶべールの影響、歴史に対するゲーテのペシミスティックな眼差しとの関連などがそれである。啓蒙との連続面を考えるに当たっては、レッシング晩年の断片『キリストの宗教』*Die Religion Christi*（一七八四年公刊）の影響に着目した。『イデーン』に対してはカントが批判したことが知られているが、両者の架橋の可能性を探り、接点を〈社交性〉と文化横断的な規範に求めた。

『イデーン』は四部からなるが、結尾の第Ⅳ部はヨーロッパ論である。球体としての「地球（Erde）」という視点を基礎にして非ヨーロッパの多様な文化を論じるとともにヨーロッパ論が立てられ、両者が関連づけられているのが『イデーン』の特徴である。ヨーロッパ論においては中世から近世に至るヨーロッパの形成史が辿られているが、とりわけ注目したのは、アラビアの影響の強調である。ヘルダーは、アラビア語圏の人々の詩への情熱が、スペインを介してヨーロッパに波及し、「すべての近代ヨーロッパ文学の母」たるプロヴァンス文学、その詩法 gaya ciencia (sic) の成立を促したとする（ヘルダーはこれを die fröhliche Wissenschaft とも訳し、後にニーチェ Friedrich Wilhelm Nietzsche〔一八四四―一九〇〇年〕の著作『華やぐ智慧』*Die fröhliche Wissenschaft* (*„la gaya scienza“*)〔一八八二年〕の表題となる）。ヘルダーのこのような見方を支える文献を探るのが、手仕事的な作業のひとつとなった。その際に出会ったのが、アラビア学者ライスケである。

ライスケはライプツィヒ大学で神学を学んでいたが、アラビア学を志し、オランダのライデン大学でアラビア語の原資料を筆写しながら研鑽を積んだ碩学である。ライプツィヒに帰ってからも困窮のなかで研究を続け、アラビア学のみならずヘブライ学、ギリシア学、ビザンツ学にわたる膨大な業績を残した。レッシングは、ライスケが『ギリシア弁論家集』*Oratorum Graecorum quorum princeps est Demosthenes quae supersunt monumenta ingenii*（全八巻、一七七〇―七三年）を編んだ際、古刊本や写本の入手の手助けをし、ライスケは第三巻をレッシングに捧げている。一七七四年にライスケが世を去った後、レッシングは遺稿を預かったが、そのなかに含まれていたアラビア語の筆写文献や『ヨブ記』の注釈を高く評価している。この注釈は、ヘブライ語、アラビア語、ギリシア語の知識を駆使してラテン語で書かれたものであり、『ヨブ記・箴言考』*Coniecturae in Iobum et Proverbia Salomonis cum eiusdem oratione de studio arabicae linguae*（一七七九年）として出版された。レッシングとライスケが、アラビア、ギリシア、ヘブライの三点で結びついていたことが知られるのである。ヘルダーも、ライスケのこのような学問の価値を認めた数少ない同時代人であった。

ヘルダーの『イデーン』を踏み込んで考察するきっかけとなったのは、一九九一～九二年にかけて科学研究費の補助を受けて行った本務校、法政大学所蔵の和辻哲郎文庫の調査であった。同文庫は、和辻（一八八九―一九六〇年）が大正末年に法政大学文学部の前身の文学科・哲学科に教授として在職し、その後も教鞭を取った縁で、蔵書が寄贈されたものである。そのなかに、和辻が『近代歴史哲学の先駆者』（弘文堂、一九五〇年八月）を執筆した際に用いた詳細な書き込みのある『イデーン』が含まれていた。和辻が物事をまとめ上げる際の舞台裏の手際を透視できる資料である。『イデーン』の本文、和辻の書き込み、『近代歴史哲学の先駆者』の三者を比べた場合、和辻がヘルダーを口当たり良く（言わば和風の味付けで）料理しているように思われた。この疑問を検証することが研究の出発点となった。なお、ヘルダーのヨーロッパ中心主義批判を考察するに当たっては、二〇〇〇年代の初めに手にした三島憲一先生の論文「哲学と非ヨーロッパ世界」(8)が主題を客観化する際の手掛りの一つとなったことを記しておきたい。

六　むすび

第一章のクニッゲ、第二章のレッシング、第三章のヘルダー、いずれも研究の萌芽は、八〇年代の後半から九〇年代の前半にある。それぞれが独自の道筋を辿りながら、相互の関係が見え始めたのは二〇〇〇年代の半ば過ぎである。執筆の開始は二〇一〇年の初夏からであった。その過程で多くの新たな論点を発見することとなった。重厚長大な『人倫の形而上学』*Die Metaphysik der Sitten*（一七九七年）、『判断力批判』*Kritik der Urteilskraft*（一七九〇年）の行間に潜むカントの肉声や希求、『賢者ナータン』のモットーに掲げられたヘラクレイトス Herakleitos（前六－五世紀）の言葉の意味、ヘルダー『イデーン』に潜む亀裂……そのプロセスは、時代と言葉を隔てた対話を通して、今という時代を生きる私自身の思考の足場を探り、確認してゆく歩みでもあった。なお、第二章のレッシングへのベールの影響の執筆の最中、埼玉県中部において二〇一一年三月十一日という日を経験したことを記しておきたい。

比較の大学院で八〇年代初頭に学んだことは、〈テクストの精読〉、〈文献学〉、〈翻訳〉、〈領域横断的精神〉の四つであったと考えている。いずれもこのたびの研究を遂行するに当たっての支えとなった。諸先生方には、この場を借りて御礼申し上げたい。また、論文の審査の労を取っていただいた主査の梶谷真司先生、副査の菅原克也先生、齋藤渉先生、小田部胤久（おたべたねひさ）先生、佐藤研一先生にはあらためて御礼を申し上げたい。

［注］

（1）このような啓蒙像は、例えば、H. A. Korff, „Das Wesen der Romantik. Ein Vortrag", in: *Zeitschrift für Deutschkunde* 43 (1929), S. 545ff. で述べられている。なお、精神史の文学史叙述は、ディルタイ Wilhelm Dilthey（一八三三－一九一一年）の精神史と様々な関わりがあるが、啓蒙理解を異にしており、両者を一律に論じることはできない。また、後にふれるカッシーラーにおいても精神史の概念は独自の展開を遂げている。

（2）H. Dainat und W. Voßkamp (Hgg.), *Aufklärungsforschung in Deutschland*, Heidelberg: Winter, 1999.

（3）カルロ・ギンズブルク／杉山光信訳『チーズとうじ虫――十六世紀の一粉挽屋の世界像』みすず書房、一九八四年十二月、一一七頁以下。

（4）K. Aner, *Die Theologie der Lessingzeit*, Halle: Niemeyer, 1929, S. 14 および K.-J. Kuschel, *Vom Streit zum Wettstreit der Religionen. Lessing und die Herausforderung des Islam*, Düsseldorf: Patmos, 1998, S. 32f. を参照。

（5）C. P. Magill (Ed.), *Tradition and Creation. Essays in Honour of Elisabeth Mary Wilkinson*, Leeds: W. S. Maney & Son, 1978 所収。

（6）H. B. Nisbet, *Lessing. Eine Biographie. Aus dem Englischen übersetzt von K. S. Guthke*, München: Beck, 2008.

（7）A. F. Knigge, *Über den Umgang mit Menschen*, nach der 3. Auflage von 1790 ausgewählt und eingeleitet von I. Fetscher, Frankfurt a. M./Hamburg: Fischer, 1962.

（8）大橋良介・野家啓一編『〈哲学〉－〈知〉の新たな展開』叢書 転換期のフィロソフィー、第一巻、ミネルヴァ書房、一九九九年七月、一二四－五一頁。

余は如何にして劣等人種となりし乎

——アフリカン・ディアスポラ、黒人表象研究、アフリカ文学——

藤田みどり

一

　日本人の抱く黒人のイメージに興味を持ったのは、十代の半ば頃だったろうか。もともと歴史好きということもあったが、ゴア出身のケニア人との出会いが、アフリカの歴史、より正確には東アフリカ史へ関心を寄せるきっかけになったと言える。当時の私にはアフリカ大陸とインド亜大陸との歴史的な結びつきなど知る由もなく、華奢（きゃしゃ）で彫りの深い顔立ちのその男性が「インド人」を名乗らないことが意外だった。多様性に富む現代ならば、疑問を差し挟むこともなかったろう。インド洋に面する海岸沿いに点在する、ポルトガルの史跡やアラブの文化が色濃く残る諸都市のアウトラインを知るのは、大学に入学してから、父の書斎にあったクープランド Reginald Coupland（一八八四—一九五二年）の *East Africa and Its Invaders: From the Earliest Times to the Death of Seyyid Said in 1856* (Oxford: Clarendon Press, 1938) を、拾い読みしたことによる。英語専攻であったにもかかわらず、結局、副専攻の国際関係で東アフリカ三国の歴史と経済的な結びつきについてレポートのような卒業論文を提出したのも、数年後に進学したアメリカの大学院で、経済を掌握したインド人の東アフリカ流入の歴史を辿り、彼らの盛衰を修士論文に纏めたのも、今から思えば、十代での経験と、アフリカやアフリカ人に対する周囲の人々の示す反応——距離感とでも言おうか——と無縁ではなかった。ラテン・アメリカを卒論のテーマに選んだ友人は訊ねられることはなかったというが、私は必ず「何故アフリカなのか」と質問された。時には「あのアフリカの？」と言って笑われることも、一度や二度ではない。こちらのほうこそ「何故？」という気持ちを抑えられずにいた。「あのアフリカ」という言葉には、アフリカについての知識や興味のなさと同時に、「あの暗黒大陸の」という意識が潜在的にあったように思う。

　関心の低さと決して無関係ではないと思われるのが、日本人によるアフリカに関する人文系の専門書・研究書の乏しさだった。ジョン・ガンサー John Gunther（一九〇一－七〇年）の *Inside Africa*（London: Hamish Hamilton, 1955. 邦訳は土屋哲訳『アフリカの内幕』みすず書房、一九五六年十一月–五七年五月）に匹敵するような本はまず見当たらなかった。歴史を例に挙げれば、八年も要して一九八六年三月に完結した地域別アフリカ現代史シリーズ五巻（山川出版社、世界現代史13－17）を合わせても、ある意味でガンサーの一冊には及ばない。ノンフィクションと歴史入門書とを比較するのは公平ではないかもしれない。だが、ガンサーは、歴史から解き明かし、風土を伝え、現代のアフリカが抱える、あるいは抱えることとなる諸問題の根源を抉り出してみせる。西側の論理に基づくアフリカ論が垣間見られることを差し引いても、本書には読む者を引き付けて離さない磁力があった。ロンドン、ニューヨーク、パリの街角のお洒落なレストランや趣味の店の情報は氾濫する一方、かたや包括的であろうと個別的であろうと、広大なアフリカ大陸の多様な民族や文化を紹介する本がないというこのアンバランスに怒りすら覚えた。この憤怒にも似た感情が私を留学に駆り立てたとも言えなくはないが、要は当時、専門的な知識を得るには、海外へ行くしかないと、少なくとも私はそう思い込んでいた。

ところがいざ米国でアフリカ研究を専攻し、アフリカ史やスワヒリ語を学び始めると、日本人留学生の大半が経験するであろう、日本や広く東南アジアの歴史等に関する自身の知識のなさに直面した。修士論文に取り組みながら、アフリカ研究にも若干の違和感を覚えはじめたちょうどその頃、日本史研究者として知られる故ローレンス・オルソン Lawrence Olson（一九一八–九二年）教授宅に招かれたことがあった。その折の「あなたはいつも文化的側面に興味を持っている」という先生の一言が——先生にすればお喋りのなかの何気ない言葉であったかも知れなかったが——私にとっては、その後の方向性を定めることとなった。修士課程修了後、リフレッシュ休暇さながら、一年間、アフリカ研究から離れ、日本を含む東アジアについて学ぶための期間を持ったのである。最終的には、その後、予定していたアフリカ史での博士課程進学の代わりに日本に戻って修士課程から再スタートをきることにした。

駒場ではジャンルにとらわれず、歴史、文学や大衆文化、絵画に至るまで、日本とアフリカの交渉史を繙きながら、日本人のアフリカ（人）イメージの形成と変遷をテーマに据えた。志は高く、フィリップ・カーティン Philip D. Curtin（一九二二–二〇〇九年）の *The Image of Africa: British Ideas and Action, 1780–1850*（Madison: University of Wisconsin Press, 1964/1973）に、純文学から大衆文学に至る作品の分析や挿絵や漫画・映画等の視覚資料の影響関係も視座に加えた、より包括的なアフリカ像研究を目指した。

このアフリカ認識を辿る作業は心底楽しかった。旧第八本館の教養学科図書室では、オランダ語訳のヨンストン Johannes Jonstonus（一六〇三–七五年）の『動物図譜』*Historiae naturalis*（Amsterdam: J. J. Schipper, 1657）に描かれた麒麟の図と、米国留学中に入手したフィレージ Teobaldo Filesi の英訳版 *China and Africa in the Middle Ages*（Translated by David L. Morison, London: F.

Cass in Association with the Central Asian Research Centre, 1972) のカバーにも使用されているベンガル使節が中国皇帝に献上する麒麟の画幅とを見比べたり、教養学部図書館では中国でキリスト教布教活動に従事していた米国人宣教師リチャード・ウェイRichard Quarterman Way（褘理哲。一八一九―九五年）の漢文地理書『地球説略』（一八五六年刊）に四年後訓点を付した箕作阮甫（みつくりげんぽ）（一七九九―一八六三年）の「最新」のアフリカ地誌を見つけては読み耽ったり、という読書三昧の日々であった。しかもこれらに限らず、十八世紀、十九世紀の稀覯本の原典に自由に接することの幸せを噛み締めた。なんという贅沢な時間であったことだろう。

二

日本アフリカ交渉史、日本人のアフリカ認識を研究する際、厄介なのが「アフリカ人」という呼称である。研究対象とするのは、原則として北部アフリカのアラブ圏を除外した、いわゆるブラック・アフリカと呼ばれるサハラ以南の広大なアフリカの地域と人々である。従って、正確を期すためには論じるたびにいちいちどのアフリカ（人）を指すのかを断る必要があるが、総体としての「アフリカ人」を述べる場合もあるうえ、エジプトやモロッコなど地理上のアフリカに言及する場合も勿論あることから、なおさら煩雑となる。

そもそも、アフリカ大陸において自身をアフリカ人と呼ぶ人々はそうはいない。たとえば、ケニアで暮らす土地の人々に「あなたは何人か」と尋ねれば、返ってくる答えは、己の属する種族名のたとえば、「マサイ」人であるか国名の「ケニア」人のいずれかであって、アフリカ人とは答えまい。我々日本人が、外国人に同じ質問をされて、「日本人です」と答えても、アジア人とは答えないのと同じである。

ところが、アフリカ大陸で自らを〈アフリカ人〉と称する人々がいる。南アフリカでかつてボーアBoer（ブールとも表記）、あるいはケープダッチと呼ばれたオランダ系白人である。彼らは自身のことを彼らの言語であるアフリカーンスで〈アフリカ人〉を意味するアフリカーナーと呼ぶ。このアフリカーナーとは、十九世紀までは、通常、単に本国ヨーロッパではなく移住地南アフリカにアイデンティファイする人、または南アフリカ生まれの白人を指したが、二十世紀になると母語をアフリカーンスとする白人に限定された。アパルトヘイト下の一九七六年、公用語アフリカーンスの黒人教育への導入に反対する生徒らの抗議行動に警察が発砲し（公表されただけでも百七十六人死亡）、「ソウェト蜂起」へと展開したことはあまりにも有名である。

オランダ語同様アフリカーンスでも農民を意味するボーアは、十八世紀には白人農業従事者を指したが、イギリスがオランダに代わって植民地支配した十九世紀初頭以降、非イギリス系白人の総称として「ボーア」が用いられるようになってゆく。少々南アフリカ史に触れるならば、この「ボーア」には、アフリカーナーや、ケープのイギリス支配を忌避して一八三四―四〇年の間に民族大移動（グレイト・トレック）した白人、さらには第一次、二次ボーア戦争後共和国側についた白人が含まれることになる。

はこれら「ボーア」に対し、文字も読めない教養もない民族と蔑み、次第にボーア即野蛮の民というコノテーションが定着する。それへの反発もあり、十九世紀後半には、ボーア人や彼らの奴隷が用いた混合語アフリカーンス（オランダ語を基に、ドイツ語とフランス語ならびに土地の言語と奴隷として連れてこられたマレー人の母語が混淆して出来た、コミュニケーション手段としての言葉）を、言語として格上げする運動が始まった。とりわけ、「第二次南アフリカ独立戦争」（一八九九―一九〇二年。旧称「第二次ボーア戦争」）後、イギリス帝国主義に対抗し、ルースであったボーア系、あるいはボーア系に同調する民族母体を結束させ、彼らのアイデンティティ形成やナショナリズム醸成の目的のために言語を政策の支柱に据えたのである。同戦争の共和国（ボーア）側の指揮官やその少なからぬ子弟がイギリスをはじめヨーロッパで高等教育を受け（その代表格は、ケンブリッジ大学を卒業し、後の南アフリカ連邦の首相を二度務めたスマッツJan Christiaan Smuts（一八七〇―一九五〇年）。国際連盟の提唱者、国際連合創設に尽力したことでも知られる）、家庭でもアフリカーンス以外の、たとえば英語で話していたことが、何よりも「アフリカーンス」の未熟さを物語っていよう。アフリカーンスは、一九二五年、南アフリカ連邦（一九一〇年成立）の公用語の一つとなり、アフリカーナーの政党「国民党」が第一党となった一九四八年以降、英語に代わって公務上の言語となる。アパルトヘイトを推進するアフリカーナーの言語であるがゆえに、アパルトヘイトの象徴ともみなされた。

一方、アパルトヘイト撤廃以前の二十世紀中葉まで、マジョリティーを占める黒人はnativeと呼ばれていた。大航海時代の名残りの、元来アラビア語で不信心者を指した侮蔑語であるkaffirという呼び方も根強く残っていたことは言うまでもない。一九五〇年代、人種差別が網の目のように法制度化される過程において、「その土地の人」を指すnativeに不都合を見出した政府は、南アフリカ白人のプレゼンスの正統性を主張するため、黒人諸民族を指す用語を最初にBantu, 次に「黒人（ブラック）」と変えたのである。だが、国民を白人と黒人に二分すると、人口を構成する白人以外のカラード（主として白人との混血）やインド系マレー系等の人々もまた「黒人」の範疇に入ることになり、あらたな矛盾が生じた。

アパルトヘイト下の南アフリカの例は別にして、本稿では、これまでさんざん書き連ねてきたように、基本的に「アフリカ人」とは、狭義にブラック・アフリカで生まれた黒色人種を、「黒人」とは広義にそれら子孫を含めて指すものとする。

三

さて、本題に戻ろう。大航海時代の一五五〇年代初頭、ポルトガルの後塵を拝していたイギリスは初めてギニアへの航海に成功する。彼らはジョン・ロク船長John Lok（生歿年不詳）の第二回航海時に、今日のガーナから五人のアフリカ人を連れ帰った。今後着手することになる商取引に欠かせない英語を彼らに学ばせるためである。一五五五年、アフリカから直接やってきた彼らを見たイギリス人は、彼らの様子をこう伝えた。「［彼らは」背が高くて筋骨逞しく、食べ物や飲み物も口によく馴染んでいるが、〔ロンドンの〕寒さと湿気に少々閉口している」[1]と。皮膚の黒さや頭髪の特徴に関する言及もなく、「劣等」とは無縁の記録である。異境の地イギリスを訪れた外国人に対するフェアな観察と言えよう。ほどなくして故郷に戻った三人は盛大に出迎えられた後、期待にたがわず商談の調整や交渉にあたった。

彼らはアフリカから直接イギリスにやって来たという意味において最初であったが、むろん、それ以前からアフリカ人は居住していた。一五一一年、ロンドンではヘンリー八世Henry Ⅷ(在位一五〇九―四七年)とキャサリン・オヴ・アラゴンCatherine of Aragon(一四八七―一五三八年)の間に誕生した息子を祝して馬上競技大会が開催された。その模様を写した絵巻物(Wentminster Tournament Roll)のなかに、五人の白人奏者と一緒にトランペットを奏でる馬上の黒人宮廷楽士の姿が認められる。ジョン・ブランクJohn Blankeと呼ばれた彼は、もともと、ヘンリー七世Henry Ⅶ(在位一四八五―一五〇九年)の長子アーサーArthur Tudor(一四八八―一五〇二年)と結婚すべく一五〇一年スペインから輿入れしたキャサリンに、アフリカ人従者・楽士の一人として随行した。同じ頃、スコットランドの宮廷でも黒人の鼓手が活躍しており、エジンバラには二人のアフリカ人修道士もいた。ウィリアム・ダンバーWilliam Dunbar(一四五九/六〇―一五二〇年頃)はジェイムズ四世JamesⅣ(在位一四八八―一五一三年)の后(ヘンリー七世の長女マーガレットMargaret Tudor〔一四八九―一五四一年〕、ヘンリー八世の姉にあたる)に仕えるアフリカ人女性を詠んだ**"Ane Blak Moir"**(一五〇八年)という詩を残している。これが英文学におけるアフリカ人表象の嚆矢とされる。ちなみに、イングランド・スコットランドに到達した最初のアフリカ人に関しては、早くも、二世紀のハドリアヌスの防壁(Hadrian's Wall)にアフリカ人兵士が駐屯したという記録があり、そのなかには、任期後も帰還せず滞在した者もいたという。

同様に十六世紀後半、日本に来たアフリカ人を最初に見た日本人の記録にも、劣っているという表現は見られない。外見に関しては「健(すく)やか」や「器量なり」という描写に加え、「牛のように黒い」と、その黒さを表現するにとどまる(太田牛一(ぎゅういち)筆『信長公記(しんちょうこうき)』一六〇〇年頃成立)。イエズス会等の記録から、「本能寺の変」で黒人が織田信長(一五三四―八二年)のために戦い、謀反(むほん)を起こした明智光秀(一五二八―八二年)の配下に捕まったことはよく知られていよう。その折、光秀の発したとされる、「動物故、殺さず、パードレのもとに帰してやれ」という一言により、その黒人、モザンビーク出身の「弥介」と名付けられた彼は命拾いをする。「動物故」というのは、延命のための便宜上の言い回しに違いない。信長側の「人間」であれば、斬り捨てなければならない。殺さない唯一の手段が黒人を人ではなく動物とみなすことであった。立派な体軀を持ち力に満ち溢れ日本語も解す弥介に、光秀は何度か信長の居所や滞在先で会っていたはずである。だからこそ、同情もし、また「パードレのいる寺」へ戻せと命じたのであろう。当時の世相を映し出した、狩野内膳(一五七〇―一六一六年)に代表される「南蛮屏風」に描かれた暗色系の人種のなかに、あきらかにアフリカ人と認められる人物も散見される。白人の商人等に比べれば粗末なポルトガル風の衣装を纏い、活写された彼らから読み取ることが出来るのは、彼らの身分――従者、荷役、船員――と「異質さ」とだけである。

十六世紀以降のヨーロッパ（この言い方にも注意を要する。ヨーロッパと言っても、ポルトガル、スペイン、イタリアとイングランドやフランスとでは歴史的にも地理的にもアフリカやアラブとの接触の度合いが異なる）で「アフリカ人」や「黒人」に「劣等」が結びつくのは、大航海時代によって幕が切って落とされた大西洋奴隷貿易によることは言を俟たない。イングランドでは、先述の五人のアフリカ人の記録からわずか七年後の一五六二年、最初に奴隷貿易を目的として西アフリカに向かったジョン・ホーキンズ John Hawkins（一五三二―九五年。ドレイク Francis Drake（一五四〇年頃―九六年）の従兄弟に当たる）一行は、シエラ・レオネ付近の海岸にいた人々を見て、人間のような姿をしているが、真っ黒な上に丸裸でとても人間とは思えないと、彼らを「商品」扱いし、実際三百人近いアフリカ人を西インド諸島のスペイン人に売り捌いた。鉱山開発やアラブ商人を介さぬ嗜好品の獲得に端を発した、新大陸や西インド諸島の占拠とプランテーション経営のための労働力として、十六世紀から十九世紀までの三百年間で千五百万から二千万人がアフリカ大陸から強制移住させられたと言われる。

米国の一介の新聞記者に過ぎなかったヘンリー・モートン・スタンリー Henry Morton Stanley（一八四一―一九〇四年）が、一躍世界的に名を馳せたのは、アフリカ大陸で消息を絶ちその生死すら不明となったスコットランド人宣教師デイヴィッド・リヴィングストン David Livingstone（一八一三―七三年）を現タンザニアのウジジで「発見」したことによる。その後、スタンリー自身も探検家に転じ、ルアラバ河がナイル河の源流とするリヴィングストン説を訂正したり、レオポルド二世 Leopold II（在位一八六五―一九〇九年）に協力してコンゴ自由国建設に関与したり、エミン・パシャ Mehmed Emin Pasha（一八四〇―九二年）救出に向かったりした。その都度、『暗黒大陸横断記』*Through the Dark Continent, or, The Sources of Nile, around the Great Lakes of Equatorial Africa and Down the Livingstone River to the Atlantic Ocean*（一八七八年）や『最暗黒アフリカにて』*In Darkest Africa, or, The Quest, Rescue, and Retreat of Emin, Governor of Equatoria*（一八九〇年）等センセーショナルなタイトルをつけて手記を出版した。ジャーナリストの彼は読者が何を求め、どうすれば世間の耳目を集め、本が売れるかを熟知していたのである。

確かに十九世紀の武器と技術による人跡未踏の熱帯雨林の横断・縦断は至難であったろう。ましてや秘境での猛獣や「原住民」との死闘は否が応でも人々の想像力を掻き立てる。スタンリー本は多くの言語に翻訳され、二十世紀には繰り返し映画が作られ、イメージはいびつに膨らむ一方となり、「暗黒大陸」は人々の心に奥深く刻まれる。今でも何か残虐非道な事件がどこかで起きれば「暗黒大陸」という言葉が蘇る。黒人劣等説に関しては、前述の通り、アフリカ人に商品価値が生まれ、植民地の拡大によって、特に新大陸での労働力需要の増加が拍車をかけた。啓蒙という美名のもとで行われた布教活動もまた結果的に領土拡張を招く。奴隷貿易の興隆と正当化が黒人から「知性」

や「伝統」を剥ぎ取って彼らを貶め、「劣等人種」の枠にはめ込んだのは、周知の通りである。

四

スコットランドではダンバーの詩が最初の黒人表象であったのに対し、イングランドでは既知の如くアフラ・ベーンAphra Behn（一六四〇—八九年）の『オルーノコ』*Oroonoko, or The Royal Slave*（ロンドン、一六八八年）が黒人の登場する最初の作品とされる。物語は、西アフリカの王子であったオルーノコが奴隷商人の手にかかり、スリナムに売り飛ばされ、そこで偶然、死んだと思っていた許嫁と再会するも、解放のために蜂起し、壮絶な最期を迎える。これをトーマス・サザンThomas Southerne（一六六〇—一七四六年）が戯曲化し（一六九五年）、爾後百年以上に亘ってほぼ毎シーズン上演されることになる。一七五九年には、ジョン・ホークスワースJohn Hawkesworth（一七一五年頃—一七七三年）がさらに手を加え、奴隷制に反対する人道主義的色彩を帯びるも、十九世紀初頭まで『インクルとヤリコ』*Inkle and Yarico*（リチャード・スティールRichard Steele（一六七二—一七二九年）版やコールマンGeorge Colman the Younger（一七六二—一八三六年）脚本版）とともに、「高貴な野蛮人」を代表する作品として人気を博した。オルーノコは外見も所作も、皮膚の色を除けばヨーロッパ人と見紛うばかりで、フランス語やスペイン語にも通じ、格調高い流暢な英語を話した。しかも舞台で演じたのは白人であり、黒人がその役に扮するのはアメリカ生まれの舞台俳優アイラ・オールドリッジIra Aldridge（一八〇七—六七年）が渡英した一八二四年以降となる。従って、十八世紀イギリスでは、舞台で繰り返し『オルーノコ』が上演される一方、上流夫人のお供として黒人の小姓が持て囃され、中流以上の名だたる家庭では黒人召使が雇われ、下層社会では逃亡奴隷や元奴隷が辛うじて糊口を凌いでいた。後半にもなると、反奴隷制・奴隷貿易運動の擡頭に対して推進派によるアフリカ人劣等説キャンペーンが激しさを増すことになる。

このような状況のなかで、非現実的な高貴な黒人イメージを一変させるコミック・オペラが生まれた。アイルランド人アイザック・ビカースタフIsaac Bickerstaff（一七三三—一八〇八年。歿年には諸説あるが、ここでは最後に年金を受領した年とする）の『南京錠』*The Padlock: A Comic Opera* (London: Printed for W. Griffin, 1768) 全二幕である。一七六八年十月にロンドンの王立劇場ドルリー・レーンにおいて、『ハムレット』*Hamlet* 上演後の寸劇として舞台にかけられた。音楽を担当したのはチャールズ・ディブディンCharles Dibdin（一七四五—一八一四年）であり、二人はコヴェント・ガーデンから移籍するにあたって、この作品を支配人となった当代のシェークスピア俳優ギャリックDavid Garrick（一七一七—七九年）への手土産とした。

さて、この物語は、セルバンテスMiguel de Cervantes Saavedra（一五四七—一六一六年）の短編小説「焼き餅焼きのエストレマドゥーラ人」El celoso extremeño（英訳版「嫉妬深い夫」The Jealous Old Man from Extremadura）を下敷きに、イングランドの詩人マシュー・プライアーMatthew Prior（一六六四—一七二一年）の八十行詩"An English Padlock"（一七〇五年）からそのタイトルとアイディア――ギリシャ神話のダナエの例から説き起こし、如何にして男性は女性を貞節な妻にしうるのか――を借用している。舞台を十六世紀のスペイン・サラマンカに設定しているが、十八世紀英国社会を念頭に置いていることは言うまでもない。

　五十年間独身を貫いてきた裕福だが嫉妬深いドン・ディエゴは、ある時偶然、零落した上流階級の娘、十六歳の美しいレオノーラを見初め、彼女の両親と四千ピストールの契約を結ぶ。三か月間同居し、期限満了時に正妻として迎えるか、半額の二千ピストールを添えて実家に帰すか、というものである。舞台は契約満了の朝、観客が見終わったばかりの『ハムレット』の台詞を模った、"To be, or not to be, / A husband is the question"の から始まる。許嫁に悪い虫がつくことを極度に心配した主人は、屋敷中の扉を施錠し、窓を塞ぎ、鼠一匹すら入り込めないようにして、結婚を決意する。それまでもすでに、門、通路、玄関から廊下、階段、彼女の部屋の扉まで鍵がかけられ、外には高い塀が巡らされ、レオノーラが外出を許されるのは、夜明けに教会へ行くだけという徹底ぶりだった。だが、美貌の噂を耳にしたサラマンカ大学に通うリアンダーは乞食に変装し、ディエゴ邸の黒人奴隷マンゴを安心させて手なずけ、レオノーラの外出時を聞きだす。教会で一目見て恋に落ちた彼は、ディエゴがレオノーラの両親に結婚の意思を伝えるべく自邸を出た頃合いを見計らって屋敷を訪ねる。内側からの施錠のみならず、外からも大きな南京錠を主人によってかけられたことを知った一同は驚き、とりわけレオノーラの監視役である老女中ウルスラはショックをかくせない。乞食を装うリアンダーは、海賊の手に落ちモロッコで十一年間好色のトルコ人の奴隷であったという作り話の身の上を語って、彼らの歓心を買う。南京錠の所為で正面突破が叶わぬリアンダーは裏庭の塀をよじ登り、なかに入ったところで第一幕が終わる。

　第二幕では、本来のすっきりした青年の姿に戻ったリアンダーが、レオノーラとの逢瀬を嫉妬から快く思わないウルスラを懐柔し、漸くレオノーラと二人きりになり恋心を打ち明ける。しかし、一人になったレオノーラに腹黒いウルスラはディエゴの存在を諄々と説き、彼女の心をリアンダーから遠ざけたうえで、彼を屋敷から追い出す手立てを授ける。一方、レオノーラの父親と通りで出会い、夜遅く外泊せずに自邸に戻ったディエゴは、レオノーラとリアンダーのためのワインと蠟燭を手にしたマンゴと居間で鉢合わせする。酒に酔い呂律のまわらないマンゴの話から漸く事の次第を知った主人は、二人とウルスラに対面する。

　レオノーラを愛しているといって憚らないリアンダーと、許しを請いディエゴの妻になることを懇願するレオノーラに対し、ディエゴは年寄りが若い娘を嫁にしようとすることが間違いだったと予想外の事を口にする。そして二人の結婚の餞に結納金を持参金として与え、ウルスラに金を与えたうえで馘にし、マンゴには飲酒と不忠義を理由に鞭打ちの刑を言い渡す。自身は見通しの甘さと、用心の虚しさ、種々講じた手段がことごとく裏目に出たことを嘆いたのち、登場人物全員がそれぞれの気持ちを込めた台詞を歌って終わる。すなわち、ドン・ディエゴは、悔しさを滲ませながら女性を囲うには相当の覚悟がいると力説し、ウルスラはそれを一方的な物言いとし、愛に必要なのは力ではなく技術だと寓話をたてに説く。マンゴは結婚とは望みどおりの相手と結ばれるとは限らないと寓話を例に茶化し、レオノーラは、幸せな結婚には二人の関係を奴隷と暴君のそれにしてはならない、信頼こそが重要だと語る。そして最後にリアンダーが、夫婦の円満の秘訣をこう締めくくる。「彼女の欠点には目をつぶり、美徳に愛情を注ぎ、行動は束縛せずに、彼女の心に南京錠をかけるべし」。

本喜歌劇は、たちまち評判を呼び、初演の一七六八年から七六年までの八年間で同劇場だけでも百四十二公演にのぼった。これほど人気を博したのは、歳の離れすぎた妻を娶ることの苦労や、嫉妬深い夫の陥る陥穽と中年女中の欲望に若い恋人たちを絡ませた、通俗的なストーリーを音楽劇に仕立てたことに加え、なんと言っても、マンゴという黒人奴隷を戯け者として登場させ、重要な役を担わせたところにある。ビカースタフはマンゴの口から、折檻を受ける奴隷の日常や、不当な扱い、主人の愚かしさを、時に酔いに任せて観客に伝える。作者がどれほど意図的であったかは別として、奴隷制への批判ともなっている。しかしながら、マンゴの話す西インド諸島訛りのブロークンな英語が緩衝となって、観客を刺激するどころか笑いを誘う。深刻さよりも滑稽さが勝った要因には、マンゴ役を演じたのが黒塗りをした白人であったことも挙げられよう。その俳優こそ、『南京錠』の作曲者であるチャールズ・ディブディンその人である。彼は、『南京錠』を手掛ける前に、すでにビカースタフの『水車小屋の娘』*The Maid of the Mill*（一七六五年）や『都会の恋』*Love in the City*（一七六七年）に曲をつけており、後者が高い評価を得て、作曲家としての地歩を固めた。だが、彼を最も有名にしたのは、曲も書き歌も歌い演じた本作品であった。

召使という名の黒人奴隷がいかに酷使されているのかをマンゴは次のように唄う。「おやまあ、なんて惨めなオイラの人生。犬の方がよっぽどましな住処で、いいメシ喰っていい暮らし。夜も昼もおんなじさ。オイラの苦しみ、彼ら［主人］の楽しみ、オイラ願うだ神様に、死にてぇと。」「何をするにも、哀れな黒人、走らにゃならねぇ。こっつにマンゴ、あっつにもマンゴ、どこにもマンゴ（後略）」[2]

この喜歌劇が大当たりして、マンゴを演じたディブディンも、一躍その名が売れたことはすでに述べた。如何に『南京錠』の成功を喜び、ビカースタフに感謝していたかは、生まれたばかりの息子のファーストネームに自らのチャールズを付けたうえで、ミドルネームに彼のアイザックを、サードネームにマンゴを当てたことから見てとれよう。ディブディンはミンストレル・ショーに先駆けて、顔を黒塗りして喜劇の舞台で黒人役を演じた最初の白人俳優とも言われ、おそらくは白人の息子に流行りの黒人の名前を付けた最初のイギリス人であったろう。

セルバンテスの「嫉妬深い夫」との違いをここで語る余裕はないが、マンゴの役一つをとってみても、ビカースタフは僅か二幕の寸劇に過ぎないこのコミック・オペラにおいて、道化としての黒人キャラクターを巧みに利用して主人の非を誹り、白人の論理の矛盾を突く。わざわざ奴隷英語である西インド諸島の黒人奴隷の操る言語に精通する人物を傍において舞台で正確に再現し、これらを通して、笑いのなかにイギリス社会の現実の一齣を切り取って見せる。その結果、容姿も態度も言葉も黒人奴隷から乖離した『オルーノコ』に見られるリアリティの全く欠如した「高貴な野蛮人」の文芸イメージから訣別して、はじめて等身大に近い黒人召使=奴隷の姿が眼前に繰り広げられたのである。その衝撃の大きさは、マンゴが黒人召使・奴隷の代名詞となったこと、歌詞の一部の「こっつにマンゴ、あっつにもマンゴ、どこにもマンゴ」が流行り言葉にもなったことからも計り知れよう。クイーンズベリ公爵夫人Duchess of Queensbury（一七〇一―七七年）の自慢の、小姓と呼ぶには年長のスービーズJulius Soubise（一七五四―九八年）のように浮かれた洒落者は「マンゴ・マカロニ」Mungo Macaroniと呼ばれ、銅版画に描かれもした。裏を返せば、マンゴが項目として辞書にも取り込まれるようになるほど、『南京錠』の思いがけない成功によって、黒人のいるイギリス社会を人々が漸く「日常」として認識するに至ったと言えるのである。

五

ほぼ時を同じくして、大西洋奴隷貿易や西インド諸島と無縁の日本においても黒人が道化を演じる作品が生まれる。天明五（一七八五）年の洒落本『和唐珍解』である。作者の唐来参和（一七四四―一八一〇年）は、生歿年もほぼビカースタフと重なる。物語は、長崎の遊里のひとつ丸山で通詞和田藤内が中国人一行をもてなすという体裁をとっている。遊女らと繰り広げられる一夜の出来事には、文化の違いから生じる誤解を逆手にとって笑いを供する場面があり、唐言葉を用いたり、中国人従僕に「崑崙奴」と呼ばれる黒人を配するなど、長崎ならではの異国情緒と遊び心があふれる作風である。和田藤内という名からも明白なように、中国人に李滔天や呉三桂、花魁・遊女には栴檀、錦州、青柳とするなどして、登場人物名は読者に馴染の『国性爺合戦』（近松門左衛門、一七一五年）に準ずる。今の言葉で言えば「異文化」をテーマに、中国の料理や所作、両文化の共通項、遊里での遊び、流行り歌のさりげない紹介ともなっている。

李滔天の下僕の黒人は多芸の持ち主で軽業の名手、食事が終わり、太鼓持ちさながら、滔天から座敷に呼ばれる。大酒飲みでもある彼は、主人からしこたま酒をあてがわれた後、和田藤内の三味線に合わせて一同の所望する軽業を披露。褒美の強い酒を一気に飲みほし、次に灸をすえるための白色顔料が目立つ黒い背中を覗かせながら、巷ではやっている覚えたての「かぼちゃ踊り」の奇天烈な歌詞を、呂律が回らぬ口で口ずさんでふらふら踊る。いよいよ酔いのまわった彼は禿に抱きついた揚句、禿が隠し持っていた愛玩の鼠の子を食べてしまう。ところが、首輪と鈴が喉につかえ、背中をたたかれて漸く吐き出す。顔が茶褐色になり泥酔して足元のおぼつかない「崑崙奴」の一挙一動に、一同笑いをこらえ切れない。

黒人は、大酒のみで好色のうえ、野蛮で子鼠をそのまま食し「美味しい」と言う。これは西洋で見られる通俗的な黒人イメージと共通する。だが、長崎の黒人は主人の李滔天や通詞とはよどみない中国語で話し、生半可とはいえ日本語の歌まで歌う。マンゴのように、西インド諸島のピジン英語を話す大多数のイギリスの黒人とは異なる点である。とはいえ、マンゴにしろ「崑崙奴」にしろ、下僕であることには変わりない。外国船の日本入港以来、下級船員の黒人が軽々とマストに登る姿を日本人が実際に、あるいは刷物を通して見ていたことや、その旨が『節用集』などにも記載され、「ギヤマン船」の見世物などを通して親しんでいたことから、黒人が軽業を得意であったとしても、別に不自然ではない。

『和唐珍解』における黒人の存在は、日本人や中国人、ならびに彼らの会話の中に出てくるオランダ人や朝鮮人という三大陸三人種をカバーする「国際的」な役割を果たした。だが、最大のアクセントとなった――当時の人々に異国の新奇さを最も印象付けた――のは、作品のなかで交わされる正真正銘の「唐音」であったろう。本作品は、遊興の地としての長崎の繁栄ぶり、花魁の衣装の豪華さ、恋の駆け引き、会話の妙、いい加減な通詞の通訳、立ち居振る舞いの日中比較、酒宴の遊戯等々、こう書き連ねれば盛りだくさんに映ずる。しかしながら、実のところは、長崎の遊郭を舞台に、最低限の郭での作法や饗宴の在り方を読者に伝授しつつ、中国人を田舎の、和田藤内を都会の客に見たてて、粋な遊びのできない田舎侍・田舎者をからかうたわいない噺に過ぎない。そこに、中国語と黒人を加えたことで、単なる郭話から、読み手の虚を衝く多彩な装いの小噺に仕上がったと言えよう。

興味深いのは、黒人の踊りについての説明である。「暹羅」という国には、「かんぼじゃ」や「しゃむろ」という国が近くにあり、その国から出た踊りだから「かぼちゃ踊り」と言い、本来であれば「しゃむろ踊り」と言うべきところを、人々が言い間違えて「しゃみこ踊り」になったという個所である。これは、十八世紀後半の日本人には、タイ・カンボジアの知識が普通に備わっていたことを意味しよう。だからと言って、この黒人がタイ・カンボジア出身であると言っているわけではない。出自がカンボジアであろうがアフリカであろうが、要は黒人であることが肝要なのである。

六

十六世紀末から十七世紀初頭にかけて盛んに作製された世界図・世界民族図屏風を除くと、おそらく、日本で最初にアフリカの地名が記されたのは、イエズス会日本人修道士不干齋ハビアン（一五六五―一六二一年）による『妙貞問答』（一六〇五年成立）のサン・ロレンソ、すなわちマダガスカル島であったろう。マダガスカルは、モサンビーク島とならんでポルトガルから喜望峰を回って東洋へ向かう途次に寄港する中継地である。ポルトガル人ディオゴ・ディアスDiogo Dias（東洋への航路を切り拓いたバルトロメウ・ディアスBartolomeu Dias〔一四五〇年頃―一五〇〇年〕の兄弟）が一五〇〇年ヨーロッパ人として最初に「発見」したのが聖ロレンソの祝日であったことから、サン・ロレンソ島と命名された。日本では略して「ろれん」と呼ばれることが多い。世界図屏風や木版の世界地図としては嚆矢となる正保二

（一六四五）年の「万国総図」においても、刻まれた地名・国名・民族名には、エンリケ航海王子Henriqu o Navegador（一三九四－一四六〇年）によるアフリカ沿岸航海事業の最初の成果とされる「ぎねあ」ことギニア（ここから直接ヨーロッパへはじめてアフリカ人が連れて行かれた）や「ろれん」、ゴア、マラッカなど、ポルトガルゆかりの場所が多い。ポルトガルの東洋拠点で、アジア地域の布教を管轄したのも、ザビエルFrancisco de Xavier（一五〇六－五二年）に日本行きを決心させたヤジロウが受洗したのも、ポルトガル人大司教書記のリンスホーテンJan Huyghen van Linschoten（一五六三－一六一一年）が天正遣欧使節の四少年の着飾った姿を目撃したのも「黄金のゴア」である。

門外不出のポルトガルの海図をオランダ人のリンスホーテンが極秘裏に入手したことを契機に、地図製作の中心がアムステルダムへと移り、海の覇権がポルトガルからオランダへ移行しても、ゴアの重要性は変わらなかった。安土桃山時代から江戸時代における日本の対外交渉に関する文献を読み進めたり、あるいはウィレム・ブラウWillem Blaeu（一五七一－一六三八年）の大型世界地図に描かれた人物・都市図の出典と日本での受容を調べたり、さらにはアフリカン・ディアスポラ研究の一環をなすインドにおけるアフリカ人プレゼンスを跡付ける作業を行ったりしていると、必ずと言っていいほどゴアに関する資料に遭遇する。そのたびにゴアの持つ意義を再認識するとともに、不思議な縁とでも呼ぼうか、遠い昔アフリカで出会ったゴア人のことが、ふと、暖かい思い出として蘇るのである。

日本人のアフリカ・イメージから始まった私の研究は、今では五つぐらいの塊――日本アフリカ交渉史、アフリカン・ディアスポラ、アフリカ表象、アフリカ文学――に分けることが出来よう。簡単な説明を加えたい。たとえば、文芸における黒人・異人表象では、先述の『南京錠』や『和唐珍解』のように、主として十八世紀イギリスや日本で流行したと思われる黒人の登場する戯曲や散文、詩などの渉猟と分析である。もともと、私は江戸文学や英文学とは無縁であったゆえ、まさに五里霧中。格闘しつつも、日本であろうとイギリスであろうと、この地味で古典的な作業はしかしながら知る楽しみに溢れている。イギリスの作品の場合は、原作を辿ってゆくと当然ながら古代ローマ・中世イタリア文学やトルコ史に行きつくことが多い。そこから「トルコもの」の世界へも少しだけ足を踏み入れると、黒人だけを扱っていた時とは別の景色が見えてくる。また、当時のイギリスには黒人コミュニティも形成されており、彼らの書き残した自伝、書簡、詩は当時を知るうえで貴重な史料を提供する。奴隷制をはじめとして、黒人が自らの立場やイギリス社会をどのように捉えていたかを読み解くことで、より複眼的となり、時代が重層的・立体的に浮かび上がってくるように思えるのである。

アフリカン・ディアスポラ研究は日本アフリカ交渉史から発展したもので、博士論文を書き始めた頃、黒人ディアスポラから世界史を再構築したいなどと、大風呂敷を広げていたものだった。日本とイギリスを除けば、実際にはいまだ中国とインドに注目しているに過ぎない。インドは、歴史的にも環インド洋文化圏であり、また大英帝国下にあったことから、アフリカとの関係は浅からぬものがある。南インドではエチオピア高原にあったアクスム王国の四世紀のコインが発見されており、早くから交易が栄えていたことが知られている。十七世紀ムガール帝国第四代皇帝ジャハーンギール Jahāngīr（在位一六〇五—二七年）に仕えたエチオピア生まれの元奴隷の武将マリク・アンバル Malik Ambar（一五四九—一六二六年）は、インド史上もっとも有名なアフリカ人と言える。これまで等閑に付されてきたインド史に果たすアフリカ（人）の役割についての研究は、インドでも端緒についたばかりである。イギリスとの関係では、たとえば、十九世紀アフリカで展開された様々な局地戦争への関与ひとつとっても、インド抜きには語ることが出来ないほどである。

それらの戦争や戴冠式等の報道やそこから派生する社会現象を、目下のところ仮にアフリカ表象と呼んでいる。アビシニア戦争を例にとれば、一八六八年対英戦争では無名のヘンリー・モートン・スタンリーやジョージ・アルフレッド・ヘンティ George Alfred Henty（一八三二—一九〇二年）が、一九三四年の対イタリア戦争ではイヴリン・ウォー Evelyn Waugh（一九〇三—六六年）が特派員として関わり、彼らの後の人生に影響を及ぼすことになる。また、エチオピア側では、その後近代国家建設に携わることになる多くの有為なエチオピア人が生まれて八面六臂の活躍を見せ、まさにエチオピア版『坂の上の雲』の様相を呈す。そこにはイギリスで失意のうちに落命した、対英戦争時のエチオピア皇帝遺児も絡み、舞台もエチオピア、インド、イタリア、イギリス、アメリカ、日本にまで及ぶ。論文であれ、ノンフィクションであれ、いずれ纏めてみたい題材である。

アフリカからの観点という意味で、アフリカ文学も重要な位置を占める。アフリカ文学の翻訳も多少は増えたが、ウォーレ・ショインカ Wọlé Sóyinká（一九三四年生。ナイジェリア）、ナディン・ゴディマ Nadine Gordimer（一九二三—二〇一四年。南アフリカ）、クッツェ John Maxwell Coetzee（一九四〇年生。南アフリカ）とサハラ以南アフリカからはこれまで三人のノーベル文学受賞者が生まれ、ここ最近では毎年のようにングギ・ワ・ジオンゴ Ngũgĩ wa Thiong'o（一九三八年生。ケニア）が候補者リストに名を連ねるも、手薄さは否めない。だが、昨今の文学離れ・紙媒体離れの風潮を思えば、これも致し方ないことなのかもしれない。それはさておき、従来の日本・欧米によるアフリカ認識をめぐる受容研究に対し、アフリカ人自身によるいわゆるアフリカ・イメージへの論駁や白人への眼差しの分析は論点を相対化し、より多角的なアプローチを可能にする。また、被植民地や戦争の経験を基に紡ぎだされる作品からは当事者の精神世界や抵抗の軌跡を読み解くことを通じて、市井の人にもたらす戦争の惨禍——文化・伝統の破壊と、惨禍の記憶の蓄積が生み出す歪み——の負のエネルギーが詳らかになろう。

このようにここに至るまで、比較文学比較文化研究室の諸先生、とりわけ亀井俊介、川本皓嗣、小堀桂一郎、新田義之、延廣眞治、芳賀徹、平川祐弘、故森安達也の先生方のご指導を賜った。またお名前は挙げないものの、諸先輩、同期そして後輩の皆様方からは絶えず触発を受け、それは今も変わらない。「比較」にいたからこそ、現在の研究があると言えよう。

かつて、ある論文のタイトルに内村鑑三の書名『余は……』を捩った題目を付けたいと指導教官であった川本先生にご相談したことがあった。すると、さりげなく一言別の機会にするようにと告げられた。そのような奇を衒った標題はタイトル負けするのがおちだから止めなさい、という意であったことが、今となってみればよくわかる。あれから幾星霜を経て、さてどれほどのことを為し得ただろうかと振り返ってみれば、知ることの楽しみに浮かれて、研究はいまだ中途半端のままである。今回、アフリカ人に劣等の符牒が貼られている実例を紹介しながら研究について語るはずが、道半ばの私こそが「劣等」であることを、結果的に晒したに過ぎないようだ。

（1） *Richard Hakluyt, The Principall Navications, Voiages, Traffiques and Discoveries of the English Nation, Made by Sea or over Land, to the Most Remote and Farthest Distant Quarters of the Earth, at Any Time within the Compass of These 1500 Years*. 1589. Voyages, Vol. 4, Everyman's Library. London: Dent, 1962［1907］.

（2） Isaac Bickerstaff, *The Padlock: A Comic Opera: As It Is Perform'd by His Majesty's Servants, at the Theatre-Royal in Drury-Lane*, London: Printed for W. Griffin, 1768, p. 11, Act I, Scene VI: Dear heart, what a terrible life am I led, / A dog has a better that's ſhelter'd and fed: / Night and day 'tis de fame, / My pain is dere game; / Me wiſh to de Lord me was dead. / What e'er's to be done, / Poor black muſt run; / Mungo here, Mungo dere, / Mungo every where. . . .

■彙　報

――研究室および学会関連行事（二〇一六年度上半期）

四月一・二日（金・土）　比較文学比較文化コース・オリエンテーション（於駒場・十八号館）

四月三日（日）　島田謹二先生を偲ぶ会（於上野・精養軒）

五月十三日（金）　博士論文中間発表会

六月十八日（土）　平川祐弘先生講演会「匂いと香り――世界文学の中で『源氏物語』を評価する」（於駒場・十八号館）

六月十八・十九日（土・日）　第七十八回日本比較文学会全国大会（於駒場）

七月二日（土）　修士論文中間発表会

八月二日（火）　第十三回大澤コロキアム（於駒場・八号館）

――客員研究員（所属、研究主題と期間）

毛振華（浙江外国語学院中文学院）「侯景之乱後の梁陳文学研究」二〇一六年二～八月。

Hellal Salima（リヨン美術館）「ラファエル・コラン――芸術家そして日本美術の収集家」二〇一六年五～七月。

――客員教授（所属と研究期間）

榊敦子（トロント大学比較文学科）二〇一六年五～六月。

自由・平等・友愛の場としての人文学

千葉　一幹

一　今日の人文学

昨年（二〇一五年）六月に文科省によって出された「国立大学法人等の組織及び業務全般の見直しについて」という通達は、国立大学における文系学部廃止通知としてマスコミを賑わせた。当時国会で審議されていた安保法制の問題ともからみ、安倍政権および文部科学省による、人文知の破壊を企てるような暴挙として取り上げられ、海外のメディアも加わり、ついには経済団体連合会さえも文部科学省を批判するような声明を出すに至った。

この間の経緯については、『現代思想』の特集「大学の終焉――人文学の消滅」において吉見俊哉（一九五七年生）が「「人文社会系は役に立たない」は本当か？――「通知」批判から考える」[1]で丁寧に論じている。

吉見によれば、この通知と同様のものは前年（二〇一四年）にすでに出されていた。だから話題になった通知は、いわば再通達であった。それが、昨年になって議論が沸騰したのは、マスコミによるフレームアップ的側面、つまり誤解や知識不足があったということになる。

だから、この通知自体看過してよいということでは勿論ない。同じ『現代思想』の対談「大学への支配と抵抗」[2]で鵜飼哲（一九五五年生）や島薗進（一九四八年生）やそして先に触れた吉見も指摘していることだが、人文学軽視の風潮は、今に始まったことではない。吉見は、こうした動きの端緒を二〇〇四年に行われた国立大学法人化に求めている。また鵜飼や島薗も、ブッシュ政権下で進められたネオリベラリズム的政策への抵抗としてのガヤトリ・スピヴァク Gayatri C. Spivak（一九四二年生）などの活動を例に挙げ、十年以上前からこうした流れがあったと指摘している。

吉見や鵜飼、島薗が指摘する人文学軽視の流れを生んだ要因は、経済的利潤産出の多寡および国家的価値への貢献度という基準で学問の価値を計ろうというネオリベラリズム的また新保守主義的思考法にあると言えよう。

こうした動きは、日本では、バブル崩壊以降の経済の停滞および少子高齢化問題と結びついており、また世界的にはブッシュ政権下で発生した二〇〇一年の9・11同時多発テロ以降とりわけ顕著になる。しかし、そのさらなる淵源は、一九八九年のベルリンの壁崩壊に始まる東欧の崩壊、ソ連の解体つまりは冷戦終結にあると私は思っている。西側陣営にある日本にとって冷戦の終結は、自陣営の勝利ということになるはずだが、ことはそう単純ではない。冷戦の終結は、「マルクス主義の終焉」につながり、それは左翼的価値の失墜ということでもあったからだ。

左翼的価値すなわちフランス革命の理念である「自由・平等・友愛」の内の「自由」は、資本主義すなわち西側陣営が標榜する価値として、対して「平等」とりわけ経済的平等は、社会主義の実現する理念として、雑駁に言えば、分担されてきた。しばしば指摘されることだが、西側陣営が二十世紀に入って社会主義的福祉政策を取り入れたのは、貧農や低賃金の労働者を多く抱えた西側の国々において、国民の共産主義化防止のためであった。他方西側が社会主義陣営を批判する常套句は、自由のない抑圧的社会というものであった。それは今日でも北朝鮮や中国を批判する場合の決まり文句と言ってもよい。

しかし、冷戦の終焉は、社会主義国を意識しての福祉政策のインセンティヴ(誘因)を減退させ、他方旧東欧の民主化は、自由という価値を前面に立てて西側社会の優越性を根拠づける必要性を減少させた。特に日本では、第二次安倍内閣成立以後、その流れが顕著である。それは、北朝鮮による核開発や弾道ミサイル問題また中国との尖閣諸島を巡る領土問題を背景として、有事を想定した——つまりは、戦争状態において自由や人権の擁護を求めていては国家そのものが滅亡するといった恫喝めいた方法による——自由や人権の制限が大っぴらに議論されるようになったことに端的に示されている。自民党の主張する憲法「改正」の一つの眼目になっている「日本国憲法改正草案」第九十八条、九十九条にある「緊急事態条項」はその格好の例である。すなわち「緊急事態の宣言が発せられた場合には、何人も、法律の定めるところにより、当該宣言に係る事態において国民の生命、身体及び財産を守るために行われる措置に関して発せられる国その他公の機関の指示に従わなければならない」(第九十九条3)といった規定だ。つまり、内閣によって「緊急事態の宣言」が一度発せられたら国民の自由は大幅に制限され「人権侵害」がまかり通るということになる。

かつて三島由紀夫(一九二五—七〇年)は「この国でもつとも危険のない、人に尊敬される生き方は、やや左翼で、平和主義者で、暴力否定論者であることであつた」(「楯の会のこと」)(3)と指摘したが、それは一九八〇年代あたりまでの多くの人文学系の研究者のあり方であった。しかし、現在ではそうした姿勢は、しばしばネットでは「平和ボケ」と揶揄されるような状態であり、それは冷戦終結後の社会の趨勢の一つの帰結と考えられる。

「自由」、「平等」そして「平和」という理念は、普遍的な価値を有するものと考えるが、ネオリベラリズム的・新保守主義的風潮の中、現在の日本では、そうした理念を無前提に唱えることはもはや「もつとも危険のない、人に尊敬される生き方」ではなくなった。「自由」や「平等」さらには「平和」の内実を吟味することなしに、そうした価値を主張することは困難になったのだ。それは、かつての人文学を支えた「やや左翼」的価値観が冷戦の終結後切り崩されたことによるだろう。

こうした流れが、人文学軽視の風潮の底流にあると思う。「自由・平等・友愛」そして「平和」といった理念は、西洋近代が人類（これとて西欧近代の産物だが）にもたらした普遍的理念であり、明治維新以降の日本の社会が規範としてきたのは、この西洋近代である。もちろん、ポストモダニズムの登場以降、こうしたヨーロッパ近代的理念は再審に付されている。また、この「自由・平等・友愛」を掲げたフランス革命自体が、たとえば革命政府の要求に従わず立ち上がったヴァンデ地方の農民を反革命として婦女子を含めて虐殺したという事件に示されているように、その理念に相応しからぬものとして進行したことが今日明らかになっている。だから、われわれはこうした理念を無批判に掲げて、人文学の価値を説くことはできない。しかしまた、こうした理念への信奉を捨て、国家的価値の実現という名目で権力の大学への干渉を許容し、平和を侵害するような社会システムの構築を目指す勢力に迎合することは、人文学の死を招くことに他ならないだろう。

繰り返すが、今日の日本において「やや左翼で、平和主義者で、暴力否定論者であること」はもはや「もつとも危険のない、人に尊敬される生き方」ではなくなった。つまり、「やや左翼」であれば、世間から一定の敬意をもって遇される人文学者でいられるという時代はなくなったのだ。人文学研究に携わる者は、自らの活動の意義を問い直しつつ、その活動を行わねばならないのだ。

二　書を読むこと
——小津安二郎『麦秋』をめぐって

前節で見たように、今の社会情勢は、人文学研究を続ける上で決して好ましい状況とは言えない。そうした中で文学研究を続ける意義をどこに見つければよいのだろうか。

『徒然草』第十三段の中で、吉田兼好（一二八三年頃—一三五二年以後）は書を読む楽しみをこう記している。

> ひとり、燈のもとに文をひろげて、見ぬ世の人を友とするぞ、こよなう慰むわざなる。[4]

書物を読むことは、いにしえの世の人を友にすることだという。これまで私は、宮澤賢治（一八九六—一九三三年）や夏目漱石（一八六七—一九一六年）あるいは太宰治（一九〇九—四八年）といった作家を論じてきた。彼らは、いずれも故人つまり見ぬ世の人である。彼らの残したものを読み論じることは、彼らを友とするということになる。しかし、なぜ本を読み、論じることが、それらの見ぬ世の人を友とすることになるのだろうか。

いささか唐突と思われるかもしれないが、ここで小津安二郎（一九〇三―六三年）監督の『麦秋』を挙げてそのことについて考えて見たいと思う。

昨年末に原節子（一九二〇―二〇一五年）の死が報じられ、それに伴い小津の作品が再注目されているが、一九五一年に公開された、この『麦秋』は、『晩春』（一九四九年）と『東京物語』（一九五三年）と並び原節子が紀子（のりこ）の名で主演したいわゆる紀子三部作の一つである。

映画の舞台は鎌倉の間宮家。間宮家は、両親と勤務医の兄とその妻と二人の子、そして東京で働く原節子演じる紀子の合計七人で暮らしている。そこに父の兄が奈良から上京してくるところから映画は始まる。二十八歳になって未婚の紀子のことを両親や兄は心配しているが、折良く紀子の会社の上司から縁談が持ち込まれる。良縁だと兄たちは乗り気だが、紀子の気持ちははっきりしない。紀子は、この縁談を断り、戦死した次男省二の同級生で、兄の部下である矢部との結婚を唐突に決意する。矢部には、死んだ妻との間に子どもがおり、また秋田の病院への転勤が決まっている。兄に兄嫁、そして両親も、当初は紀子の結婚を快く思っていないが、紀子の決意の堅さを知り、その結婚を認める。紀子の結婚を機に両親は奈良の故郷で隠居暮らしすることを決め、家族は離れ離れになる。

淡々と進むこの映画のクライマックスは、紀子が矢部との結婚を決意するところだ。しかし、紀子が矢部との結婚を決意する理由が映画では明瞭に語られていない。紀子が矢部との結婚の決意を表明するのは、矢部本人がいないところである。杉村春子（一九〇九―九七年）演じる矢部の母親は息子の秋田への転勤が決まり、一人その準備に忙しい。そこに紀子が訪ねてくる。紀子に対して母親は「怒らないでね」と前置きをした後に、叶わなかった夢として「あなたのような方に謙吉のお嫁になって頂けたらどんなにいいだろうなんて」と思っていたと語る。それに対して紀子は唐突に「あたしでよかったら」と告げる。結婚する当人がいないところでこんな重大な話が決まってよいものかと思われるが、それ以上に不分明なのは、一体いつ紀子は矢部との結婚を決意したのかということだ。

映画において、紀子の結婚決断以前で、矢部と紀子の二人が登場する場面は、東京への通勤電車を待つ北鎌倉駅のホームでの会話シーン、続いて、ショートケーキを紀子が買って帰り、兄嫁と二人で食べようとしているところに矢部がふらりと間宮家を訪れ、ご相伴にあずかる所である。両場面とも矢部の飾らぬ実直な人柄が示されており、紀子はそうした矢部に親しみを感じているようには描かれているが、結婚を決意するほどの強い思いを持っているようには見えない。

紀子の矢部への思いが決定的になる場面は、ニコライ堂の見えるお茶の水の喫茶店のシーンである。秋田への、矢部の転勤が決まり、その送別会を矢部の上司でもある紀子の兄康一と紀子の三人で開くことになる。紀子と矢部は、康一をその喫茶店で待っている。矢部は、この喫茶店は紀子の死んだ兄の省二としばしば訪れた場所だったと告げる。そして、自分たちが今座っている席の奥の壁に掛けられた絵を省二と二人でよく見ていたと言い、紀子と矢部はその絵に目を向ける。矢部は、省二が

表情を一変させる紀子（『麦秋』）

亡き兄の見た絵に視線を注ぐ紀子と矢部（同上）

出征先から手紙をよこしたことがあり、そこには麦の穂が入っていたと告げる。この映画の題名でもある麦への言及があり、このシーンが重要な場面であることが暗示される。この時、紀子の表情は、矢部を、これまでの友人、知人の一人として見るものから、特別な人として見るものに変じている。

一体何が、このような変化を紀子にもたらしたのだろうか。戦死した兄省二の思い出を語ったことが、転機になっていることは確かだ。しかしなぜ死んだ兄の思い出を語ることが重要なのか。

そこには、監督小津自身の経験も反映されているだろう。小津自身、徴兵され、中国戦線に兵士として従軍している。小津はそこで中国軍との戦闘にも参加し、自身の横で同僚の兵士が敵の銃弾に当たり死ぬという経験をしている。また、小津がその才能を認めた、彼よりも年少の監督山中貞雄（一九〇九―三八年）を同じ中国戦線で赤痢によって亡くしている。この映画が公開されたのは、一九五一年つまり敗戦後六年である。空襲の跡が日本中のいたるところに残っており、戦地や旧植民地などから帰還を果たしていない日本人がまだまだいた。戦争の記憶と言うには生々しすぎるくらいの戦争の爪痕が日本中にそして日本人の心に深く刻まれていた時期である。だから、紀子が死んだ兄の思い出を共有できる矢部に愛情を感じることには、無念の思いを抱えて死んでいった者たちへの小津の思いが表されていると取ることも出来る。

しかし、そうした敗戦後六年という時代背景を抜きにしても、死んだ兄が見ていた絵に紀子と矢部が視線を注ぐこの場面には、心を揺さぶるものがある。

ヒトが人である所以、動物としてのヒトが人へと生成変化するのは、他の人との関わりの中においてである。その機微がこの場面には端的に示されているから感動的なのだ。このヒトが人へと生成変化するその根源には共視体験がある。愛する者と同じものを見つめること、この共視体験を通じてその愛情を深めていく人間のあり方。『麦秋』における紀子と矢部が紀子の死んだ兄の見ていた絵画を見つめる場面は、人の愛情の源泉にある共視体験を再現している点で感動的なのだ。

三　共視体験としての読むこと
――読者＝解釈共同体へ

ならば、共視体験とは何か。

人とチンパンジーとは同じ霊長類に属しており、ＤＮＡレヴェルでは一・二％しか違わない。人類学の研究者によると、実際、人間の赤ちゃんとチンパンジーの赤ちゃんは似ているという。生後間もない人間の赤ちゃんとチンパンジーの赤ちゃんは、その姿勢や運動機能において、かなり類似性が見られると、中村徳子(のりこ)（一九六七年生）は『赤ちゃんがヒトになるとき――ヒトとチンパンジーの比較発達心理学』において指摘する。(5)

しかしそうした生物学的類似性以上に、両者の近縁性を感じさせることは、「「見つめ合う」といった愛情の表現なのだ」とする。なぜなら「ヒトとチンパンジーといった大型類人猿（中略）だけが、オッパイをだっこして、しかも目と目を見つめ合いながらやることができる」(6)からだと中村は指摘する。母親が子を見つめながら授乳する姿は、愛によって結ばれた母子のつながりを象徴する場面だ。そうした光景はチンパンジーにおいても見られるというのだ。母子に限らず、愛する者同士は、互いに見つめ合うことでその愛情を確認する。この見つめ合いは、チンパンジーにおいても、人間に見られる情愛の存在していることを感じさせる出来事である。

しかし、人間の赤ちゃんとチンパンジーの赤ちゃんとの差異は、成長するにつれ顕著になっていく。親などの子の面倒を見る者との関係性においてその違いは明らかになってくる。

その最たるものは、生後十ヶ月あまりの人間の赤ちゃんの見せる指さし行動である。チンパンジーの赤ちゃんにも指さし行動は現れるが、人間の場合、指を差す対象は、指から離れたものにも向けられる。しかし、チンパンジーは離れた対象を指すことはない。チンパンジーにおいては、ボタンを押すように指と対象が直に接している場合にしか指さしは発生しないのだ。対して人間の場合、離れた対象にも指さしは行われる。(7)

人間の赤ちゃんに指さし行動が現れる十ヶ月くらいの時期に赤ちゃんは母親の視線を追うようになる。自身に注がれていた母親の視線が、自分から離れ外部の何かへと差し向けられた時、赤ちゃんは母のその視線を追って母親と同じものを見ようとする。そして人間の赤ちゃんの示す指さし行動は、今度は、自分が外部に見出したものを母親に見てもらうために、母親の視線を誘う行動であるのだ。自分の側にいる者と同じものを見よう、あるいは同じものを見てもらおうとする行動をジョイント・アテンションと言う。ジョイント・アテンション＝共同注視すなわち共視は、チンパンジーにはかなりの訓練を経ないとできるようにならないという。この共視は、さらに赤ちゃんが自身が

関心を持ったものを母親に手渡ししたりする行動に連なっていく。物を介した関係性の発生である。(8)

同じものを見ること、そして物のやりとりを通じて、ヒトとヒトのつながりは、チンパンジーにはない、ひろがりと深みを持ってゆくようになる。忘れてならないのは、この生後十ヶ月あまりの時期が、言語としてはほぼ無意味な喃語(なんご)を話していた赤ちゃんが意味ある言葉を口にし始める時期でもあることだ。これは推測だが、人間における言語の使用は、共視そして物を介した関係の延長線上で発生したのではないか。

ヒトにおいてもチンパンジーにおいても、愛する者同士はその視線を交差させることでその愛を確認していた。しかし、人間は、愛する者に向けられた視線を逸らし、外部へと視線を差し向けてゆく。その時もう一方の者は、自身から視線が離れていくことを惜しむどころか、むしろ逸らされた視線の先にあるものを見ようとする。そして同じものに視線を向けることに喜びを覚える。

『麦秋』における紀子と矢部の視線が亡き兄の見ていた絵画に注がれる場面が感動的なのは、母と子が見つめ合っていた視線を逸らし、外部へとそれを差し向け、そこに新たな愛着の対象を見出す場面の再現としてあったからだ。

紀子が矢部との結婚を決断したのも、自分の愛した兄がかつて見つめていた絵画を矢部が一緒に見つめていたからだ。自分が愛した兄と矢部は同じものを見つめることができたのだから、自分も矢部と同じものを見ることに喜びを見出しうると確信できたのだ。

『麦秋』についてくだくだしく述べてきたが、それは、前の節の冒頭に掲げた兼好法師の句の意味について語るためであった。

なぜ、「見ぬ世の人」の残した書を読むことは、その人を友とすることなのか。

作者とは、終局的には最初の読者に過ぎないという。書を読むこととは、最初の読者である作者の残した同じ書を読むことである。夏目漱石や宮澤賢治、太宰治といった作家が最初の読者として残した『三四郎』や『銀河鉄道の夜』あるいは『津軽』といった作品の何万人何十万人、いや何百万人目の読者として視線を差し向けること。漱石や賢治、太宰が瞳を向けた同じ書にわれわれがまた新たな読者として視線を投げかけること。その同じ書に目を通すことに無上の喜びを感じる点にこそ、人文学研究の始まりがある。そして、作家を最初の読者とし、その後連綿と続く読者=解釈共同体へとわれわれは最後に加わった読者として参入していく。作家が最初の読者として作品に見出したものを、そしてその後に続く無数の読者たちが見出したものを、われわれは眼前にある書の最新の読者として知ろうと思いさらに新たな読みを加えてゆく。

敬愛する作家が見たものと同じものを見たいという欲望、それは、赤ちゃんが愛する母の視線の先にあるものを追う振る舞いの再現としてある。そして、『麦秋』の紀子が、死んだ兄の見た絵画に矢部とともに視線を向けることで矢部への愛を確認したように、同じ作品に触れた、作家を嚆矢とする先人たちとともにあろうとして書に向かっていく。それが、書を読むことであり、「燈のもとに文をひろげて、見ぬ世の人を友とする」「こよなう慰むわざ」としての人文学研究の姿ではないか。

しかしまた、ここに付言しておかねばならないことがある。同じものを見ることは、それに同じ思いを持つことを意味しない。むしろ、そこには常に偏差がはらまれていく。

四　読むことあるいは視線の偏差について

交差する視線のはらむ偏差について述べるために、ここでは『三四郎』を、とりわけ心字池（後の三四郎池）で三四郎と美禰子が初めて出会う場面を具体例として取り上げてこの論を締めくくろう。三四郎と美禰子が心字池で出会う場面は、『三四郎』という作品の前半部のクライマックスと言ってよい。

心字池のほとりに坐る三四郎の前を美禰子が通り過ぎるとき、彼女はこれみよがしに三四郎の眼前に「白い花」を落としてゆく。この花を切っ掛けにして三四郎は美禰子に恋をするわけだが、このあざといまでのコケティッシュな美禰子の行為の意味は、一つには三四郎を誘惑することにある。しかし、それだけではない。重松泰雄（一九二三年生）、(9)そして、さらにその解釈をより精緻にした石原千秋（ちあき）（一九五五年生）によれば、三四郎のしゃがんだ心字池のほとりからは死角になる位置に野々宮さんがいて、この一部始終を見ていたとする。そして美禰子の、この三四郎を誘惑するような所作は、野々宮さんが自分を見ていることを意識した上でなされた振る舞いだという。(10)煮え切らない態度をとり続ける野々宮を自分との結婚へと踏み出させるために、野々宮の眼の前で三四郎を誘惑して見せたのだ。

三四郎と野々宮そして美禰子は同じ「白い花」に視線を向けたわけだが、その視線の先にある「白い花」から読み込んだものは三者三様であった。三四郎はとまどいながら美禰子の好意を読み取り、野々宮は美禰子の自身に対する思い入れを感じ取った。

ならば当の美禰子はどうか。この心字池の場面では、「白い花」は野々宮を意識しての行為であった。しかし、この後の、広田先生宅の引っ越しの手伝いのとき、そして菊人形見学の際にふたりだけで過ごした時間を通して、美禰子も三四郎を憎からず思うようになっていく。(11)とすれば、その思いの発端となった「白い花」に対する思いも、三四郎との、そうしたつきあいの深まりを通じて、変遷していったはずだ。

愛する者たちが、等しく「白い花」に注いだ視線に胚胎された偏差。三四郎が「白い花」に読み込んだ思い、野々宮の思い、美禰子の思い、それらは、等しくそれらの人々の愛着を基盤にしつつ、異なる意味を帯びていた。こうした『三四郎』の登場人物たちが「白い花」に注いだ視線の意味の差異はまた、『三四郎』という作品の解釈の歴史でもあった。最初の読者である漱石が登場人物たちの視線の先にどのような意味を見出していたか、あるいは三四郎のモデルとされる小宮豊隆（一八八四―一九六六年）は、あるいは野々宮のモデルとされた寺田寅彦（一八七八―一九三五年）はその視線にいかなる解釈を加えていたのか、連綿と続く漱石研究の歴史が、この視線の解釈に反映されている。読者は、その視線に関する新たな解釈をもって、『三四郎』

をめぐる読者＝解釈共同体へと参入していく。その解釈には、飛躍のあるもの、見落としを含むもの、誤解に基づくもの、はたまた、周到なもの、明敏なもの、意表を突く斬新なものもあるだろう。しかし、そのどれもが、その周到さやあるいは粗雑さによって選別されたり、排除されることはない。なぜか。

　野々宮の視線を知らず、「白い花」を自身にのみ向けられたと思った三四郎の解釈は、端的に誤解だろうが、だからと言って三四郎のその誤った解釈は、作品の読解から排除されるべきものだっただろうか。むしろわれわれは、そうした三四郎の初心(うぶ)さを微笑ましい彼の属性として、愛すべき粗忽さとして受け入れなかったか。

　逆に、三四郎と美禰子の姿を両方視野に収めた上で「白い花」を見ていた野々宮の解釈は、その周到さにおいて特権的地位をしめただろうか。心字池で三四郎と美禰子の出会いの段階では野々宮の解釈は正しかったとしても、その後三四郎と美禰子の関係の深まりの中で、「白い花」に寄せた美禰子の思いそのものが変化していった。そうした美禰子の思いの揺らぎを知らず、三四郎のことを見くびっていた野々宮は、だからこそ丹青会の展覧会場で美禰子と三四郎が二人でいるところに思いがけず遭遇した際に「妙な連(つれ)と来ましたね」(12)という負け惜しみのような言葉を吐かざるをえなかったのではないか。

　これは、『三四郎』という作品の登場人物たちが「白い花」に向けた視線の読解であるが、それはまた、『三四郎』が世に出てから百年以上の歴史の中で何万、何十万の読者が提示してきた『三四郎』という作品の読みの歴史の反映でもある。三四郎のように初心で粗忽者の読者も、あるいは野々宮のように明敏な頭脳をもった読者も、それぞれ自身の読みを「自由」に提示してきたのだ。もとより時代による趨勢というのはある。それにしても特定の読みが唯一絶対のものとなったわけではなく、遅れてその読者＝解釈共同体に参入する者たちも、同じ権利で、すなわち「平等」に、それぞれ粗忽なあるいは明敏な読みを提示してきた。この読者＝解釈共同体を支える原理は、この「自由」と「平等」にある。そしてなによりその読者＝解釈共同体に参入する者たちをそこへと誘うのは、漱石といった作者を最初の読者に頂く読者＝解釈共同体への愛、「友愛」である。

　人文学研究の始まりである作品を読むという行為、最初の読者である作家と同じ作品に視線を差し向けたいという欲望に導かれた、その読むという振る舞いから、様々な解釈が生まれてくる。その様々な読みの積み重ねこそ、人文学研究の姿に他ならない。それは「自由・平等・友愛」の原理によって支えられている。

　現実の社会においては、「自由」が毀損され、「平等」が軽視され、「友愛」よりも「敵視」が幅を利かしているのかもしれない。ならば、人文学研究に携わる者も、そうした趨勢に同調すべきなのか。そうではあるまい。国家主義が蔓延しようが、排外主義が跋扈しようが、「自由・平等・友愛」こそ、人文学の根幹にある「文をひろげて、見ぬ世の人を友とする」ことすなわち本の頁をめくることを支える原理であるのだから。

［注］

（1）『現代思想』第四十三巻十七号、二〇一五年十一月、八〇―九六頁。
（2）同前、六二―七九頁。
（3）村田春樹『三島由紀夫が生きた時代――楯の会と森田必勝』青林堂、二〇一五年十月、五一頁。『決定版三島由紀夫全集』第三十五巻（評論10）、新潮社、二〇〇三年十月、七二二頁。初出は「楯の会」結成一周年記念パンフレット、一九六九年十一月。
（4）西尾実・安良岡康作校訂『徒然草』改版、岩波文庫、一九八五年一月、三六頁。
（5）中村徳子『赤ちゃんがヒトになるとき――ヒトとチンパンジーの比較発達心理学』昭和堂、二〇〇四年十一月、四四―五七頁。
（6）同前、一一九―一二〇頁。
（7）同前、一三二―一三六頁。
（8）同前、一三七―一四三頁。
（9）重松泰雄「評釈・「三四郎」」『國文學　解釈と教材の研究』第二十四巻六号、特集・夏目漱石――新しい視角を求めて、一九七九年五月、一二〇―一二九頁。
（10）石原千秋『漱石と三人の読者』講談社現代新書、二〇〇四年十月。
（11）千種キムラ・スティーブンの『『三四郎』の世界――漱石を読む』（翰林書房、一九九五年六月）に代表される、三四郎片思い説は、読みとしてあまりにバランスを欠いたものだ。たしかに三四郎は、美禰子にとって結婚相手として認識されることはなかったが、好意を抱いていたと推測できる場面は複数ある。たとえば、三四郎と美禰子が展覧会に行った場面や、原口のところに三四郎が会いにいった場面などで示されている。
（12）夏目漱石「三四郎」八の九、『漱石全集』第五巻、岩波書店、一九九四年四月、五〇〇頁。

わが研究の道

――演劇研究から女性研究へ――

佐伯　順子

タイトルは僭越ながら、研究生活の原点ともいうべきオランダの文化史家ヨハン・ホイジンガJohan Huizinga（一八七二―一九四五年）の『わが歴史への道』*Mein Weg zur Geschichte: Letzte Reden und Skizzen*（一九四七年）にならった。ホイジンガはそもそも古代インド演劇の研究、つまりはアジア研究から出発し、三十代になってからヨーロッパ中世の歴史学者に転じ、六十代後半に独自の文化論『ホモ・ルーデンス』*Homo Ludens: Proeve eener bepaling van het spel-element der cultuur*（一九三八年）を発表した。ホイジンガの「遊び」論は、ロジェ・カイヨワRoger Caillois（一九一三―七八年）の『遊びと人間』*Les jeux et les hommes: le masque et le vertige*（一九五八年）をはじめ、社会学、哲学、宗教学等から広汎な関心をよび、書籍としては文化人類学に分類される場合もある。『中世の秋』*Herfsttij der Middeleeuwen*（一九一九年）の翻訳者であられる堀越孝一先生の西洋中世史のゼミで西洋史関係の論文を講読し、当時は、フランスのアナール学派の心性史、文化史の視点や方法論が注目されていたため、他の西洋史の先生の演習でも、アナール学派の文献を講読した。こうした当時の新しい歴史学の動向をうけ、文化史的な研究をしたいと思いつつ、比較文学比較文化専門課程に進学した。

ホイジンガにならったわけではないのだが（私にとって、ホイジンガはまず西洋中世史の研究者であり、一般の理解もそうであろう）、そもそも〝比較〟（以下、母校への愛をこめてこのように記述させていただく）に進学したのは、東西演劇の比較研究を志したからであった。この意味で、当時の〝比較〟には薔薇色の教授陣がそろっていらした。ご専門の英文学とともに、能・狂言にも造詣の深い高橋康也（やすなり）先生、フランス演劇と日本の古典芸能の比較の渡邊守章（もりあき）先生がそろわれ、平川祐弘先生も授業でお能をとりあげられた。先生方は演劇の実践活動も行われており、渡邊先生が演出される演劇の舞台稽古には、お願いして何度も見学にうかがったものであった。

大学院在学時、高橋先生はイェイツと能を大学院ゼミのテーマとされ、渡邊守章先生は、世阿弥の『風姿花伝』をテキストとされ、まさに望んだとおりの研究環境であった。しかし、演劇自体の研究か、演劇のなかに登場する女性の研究か、と修士論文の執筆が近づくにつれて迷うようになり、当時の指導教員の高橋康也先生にも背中を押していただいて、後者で修士論文を書くにいたった。学部、大学院時代をすごした八〇年代は、女性学やフェミニズム関連の著作が注目された時代でもあった。高橋先生はそこに一石を投じる形で、演劇における女性表象の研究をすれば意義があるのではとアドヴァイスしてくださった。私自身は演劇研究の延長として、能楽や近松の浄瑠璃などの芸能、文学における女性像を修論の主題に選んだつもりであったが、今、女性表象の研究を続けていることを思えば、大学院時代に芽生えた問題意識は、確実に現在につながっているといえる。

高橋先生が海外に出られたこともあり、博士課程に進学してからは、芳賀徹先生のご指導を仰いで、明治文学を中心的な研究対象とし、近代化の過程における日本の恋愛観の変化について博士論文をまとめた。就職してからの完成ではあったが、当時の職場は学部のみであったため、今にして思えば担当の齣数も少なく、大学の一般的現状にてらしても、当時は比較的研究時間を確保しやすい時代であった。最後の仕上げにあたっては、芳賀先生の駒込のご自宅におうかがいし、添削もしていただいた。夕方から夜になっても熱心にご意見をくださる先生に、恐縮して退出するおり、ご令室さまが、「自分のほうが夢中になってしまうんじゃないですか」とやさしいお言葉をかけてくださったことも思いおこされる。

ちょうど大学院受験時に、芳賀先生が教養番組で講座を担当していらしたので、私は受験勉強（?）もかねて、先生の御講座をずっと拝聴していたのであった。ゆえに、入学後ももちろん、芳賀先生の江戸から明治にわたる、縦横無尽なご議論から多くを学ばせていただき、江戸と明治をあわせて視野に入れて、日本の近代化を考える重要性を教えていただいた。通常の学会では、江戸と明治は専門分野として切り離されがちであるが、それでは、江戸からの連続性を考慮した日本の文化史を考えにくくなる。歴史学でも、時代区分は論点のひとつではあるが、学会は、既存の歴史区分に縛られがちであり、資料的な制約もある。だが、当時の〝比較〟の先生方は、日本の近代化を問うという問題意識を共有されており、近世文学の延広真治（のぶひろしんじ）先生のご授業もあり、時代、地域を横断する研究関心を幅広くうけ止めてくださる状況があった。文理融合的な観点では、科学史科学哲学の伊東俊太郎先生による、西周（あまね）（一八二九―九七年）の『百学連環』（一八七〇年）に関するゼミもあり、日本の近代化を考えるうえで、現在の研究にも大いに役立っている。

二〇一五年九月に、ある文化人団体が主催する「江戸端会議」という一般の方むけの江戸時代を考えるイベントで、大変久しぶりに芳賀先生の江戸論を直接うかがう機会に恵まれ、大学院在学時と変わらぬ多面的な先生の江戸論に、改めて多くを学ばせていただいた。

話があちらこちらに飛んでしまったが、大学院で〝比較〟への進学を希望したのは、学際的、国際的な研究が可能な場であると判断したことも大きい。今でこそ、「国際〇〇」「比較〇〇」

と銘打った学部、大学院は多いが、八〇年代にはまだ、国際的、学際的研究ができる場を提供している大学機関は多くはなかったように思う。現今の大学教育をみても、国際性、学際性はお題目だけで、実態が伴っていない場合もままあり、いたずらに学際、国際を志向しても、足元がゆらいで自爆するのであれば、地道な専門研究の蓄積にいそしむほうが、学問的にはよほど生産性がある。しかし〝比較〟は、当時から真に学際的、国際的教育、研究の実質があり、そこで学ぶことができた経験は得難いものと感謝している。

演劇研究を志しつつ、女性表象の研究に重点をおいて今日の研究生活に至ると述べたが、当時の大学院生の先輩方が始められた、創刊まもない『比較文学・文化論集』第四号に「イェイツ・三島・能――演劇表現における「近代」と反「近代」」（一九八六年十二月）という論文を掲載したのが、拙いながら、論文らしきものを比較文学・文化の名のもとに書いた最初となった。当時の号を久しぶりに手にとれば、編集後記に、現在、国際日本文化研究センター（以下、日文研）の研究会でお世話になっている牛村圭先輩のお名前があり、編集委員の末席に私の名前があることも、なんとも思い出深い。演劇研究がしたいという最初の思いは、少なくとも出発点には実現できていたのかと振り返る。

その後、女性研究へと焦点をうつしてゆく契機となった『遊女の文化史――ハレの女たち』（中央公論社、一九八七年十月）で、「文化史」と題したのは、学部時代にホイジンガの文化史の方法に学んだことと、芳賀先生から、「比較文化」という観点の重要性を教えていただいたことによる。最初のうち、修士論文を単著にすることにとまどいを覚え、もたもたしていた私に、それはやったほうがいい、と勇気を与えてくださったのは、川本皓嗣先生であった。確か駒場近くの喫茶店で、何かのおりに先生と歌舞伎談義に花を咲かせており、そのなかでのお言葉であった。川本先生とは、当時存命であった六代目中村歌右衛門（一九一七―二〇〇一年）や五代目中村富十郎（一九二九―二〇〇一年）、さらに、現代の役者の演技についてのご意見が同じであることがわかり、なつかしいことであった。

余談めいたが、学部時代には、文献史学とは異なる方法論も学びたいと思い、考古学概論（当時の歴史学の学科カリキュラムでは選択必修）や社会学概論（加藤秀俊先生ご担当。グループ・ワークによる社会調査が課題となり、私たち史学科のグループは、東京の手作りの傘職人の方の聞き書き調査を行い、幸い、加藤先生から授業でお褒めをいただいた）といったフィールド・ワーク関係の授業を受けつつ、課外でも、考古学の発掘、民俗学の聞き書き調査によるフィールド・ワークに参加し、できるだけ多様な方法論や視座を摂取するようにつとめていた。修論の副題であった「ハレの女たち」も、民俗学の「ハレとケ」の概念に依拠したものであった。とはいえ、「文化史」を称するのであれば、厳密には社会的、歴史的事実に即した資料も取り入れるべきであり、その意味で、『遊女の文化史』は、文学上、表象上の遊女像の歴史にすぎず、正確には「文化史」とはいえないのではないか、というご指摘をうけた。当時は、「文学」研究という専門性を意識した面もあったのだが、その後の研究においては、このご指摘にこたえるべく、より社会的、歴史的資料をとりいれて、できる限り「文化史」の名にふさわしい仕事をまとめることを、自らへの課題とした。その意味では、博士論文をまとめた『「色」と「愛」の比較文化史』(岩波書店、一九九八年一月)は、明治文学における恋愛観の研究、という側面が強かったものの、『女学雑誌』や『青鞜』の女性解放論など、狭義の「文学」以外の同時代の言語情報も含めて、文学や雑誌メディア言説にみる恋愛観、結婚観を、当時の女性をめぐる歴史的、社会的文脈に位置づけて論じることを、自分なりにこころがけたつもりである。

その後、思いがけず新聞学(現・メディア学)の分野で教育、研究に携わることになったのは、私の研究が、『女学雑誌』をはじめ、実質的に明治の雑誌メディア研究に関連しており——最初の職場は在職時、女子大であったために、女子大としての存在意義を出すという大学の方針から、後半は日本文学科から国際文化学科に移籍して女性学のゼミをもち、『青鞜』を輪読していた——同時に、最初の十年ほどは、日本近代文学のゼミ、卒論で、文学作品の映像化、演劇化といった視聴覚的な媒体にも関連する研究を行っていたことに、目をとめていただいたからかと思う。採用時の学科名は、文学部社会学科新聞学専攻であり、文学部という概念規定が、三十代には文学作品の分析を中心に仕事をしてきた私と、現職との縁をつないでくれたのであろう。

そもそも、学部時代の専攻であった歴史学は、社会科学、人文科学の両面を有しており——こうした学問の専門性や方法論については、学部時代に多くの本を読み、当時の私の関心は、もっぱら理論的な面にあった。従って、当時の指導教員からは、もっと具体的な事例に関心をもって分析するほうが、研究としては生産的であるとのご忠告を何度もうけたのだが、このことを痛感できたのは大学院に進学してからである。前掲『「色」と「愛」の比較文化史』も、これを題材にしていただいた九〇年代後半のある研究会で、関西の社会学者の間で話題になっているのを知っていますか、とある社会学者の方にいわれてありがたい驚きをいただいたのであるが、自分としては文学研究をしていたつもりでも、社会科学系の研究者の方にも参照していただいたということは、学部時代の専攻が歴史学であり、歴史的、特に心性史的な問題関心を根底にもっていたからかと考え、現在、社会学部に所属する身になったことと、結果としては呼応しているのであった。

大学院入学当時は、八王子合宿という、その年度の修士論文の発表を八王子セミナー・ハウスでうかがう機会があった。新入生にとっては、これが初めての〝比較〟経験であり、他大学他専攻から進学した私は、新しい環境に期待と不安ではらはらどきどきしていたものだが、「うちの専攻は他大からの進学者と女性、留学生ががんばっている」という芳賀先生のお言葉が、大変心強かった。その年は、故・山屋(川原)真由美先輩が、古典文学から近代文学にいたるまでの鏡のイメージについての研究を発表され、古代から近代までの長い時代を通じて同じモチーフの比較をするという研究が、この研究室では可能なのだ、とおおいに感銘をうけた。日本文学研究も、基本的には時代別に分類されており、学会も、時代区分に応じて組織されている。

だが、通史的な比較の可能性は、眼の前がぱっと開けたかのような発見であった。修論を書くにあたっては、先輩方の論文を読んで参考にするということがあったが、まだワープロが一般化していなかった時代、川原先輩の修士論文のペン字がいかに美しいものであったか、この場をお借りして、〝比較〟の遺産として記しておきたい。

　二〇一五年には、前年度の国内研究を利用し、二十年来の懸案であった男色・男性同性愛についての研究をやっと一冊にまとめたのであるが（『男の絆の比較文化史』岩波書店、二〇一五年六月）、それは、中世の稚児物語が描く稚児像から、西鶴（一六四二—一六九三年）の浮世草子、三島由紀夫（一九二五—七〇年）、福永武彦（一九一八—七九年）、幸田露伴（一八六七—一九四七年）等の近代文学、そして、少年愛漫画における美少年表象、女性と男性の関係性の描写を、時代を横断して比較したものであり、発想の源は、〝比較〟でいただいた、通史的な比較研究の可能性にある。修論は日本文学のなかでの通史的な比較、博論は明治文学が中心であったが、同書においては、トーマス・マンThomas Mann（一八七五—一九五五年）の『ヴェニスに死す』*Der Tod in Venedig*（一九一二年）から三島由紀夫『禁色』（第一部は『群像』一九五一年一—十月。単行本は新潮社、一九五二年十一月）への直接影響を、ベルリン自由大学における在外研究の経験をふまえて考察し、比較文学研究の王道たる影響研究にやっと少しは関わることができたかと思っている。

　しかし、長い研究生活の基盤として、学部時代の学びは侮れない重要性をもつと、研究履歴をこの機会に振り返りつつ、あらためて認識している。海外文学と日本文学の高水準の比較研究には、学部時代にイギリス文学、ドイツ文学、フランス文学といった海外文学の学習蓄積があることが望ましいように思うが、私自身は、そうした海外文学専門分野の正式な学部教育をうけておらず（もっとも、英文学の授業や、仏文学のデリダの演習、国文学の古典の講読授業等は、他学科生として受講したことを本稿を書きながら思い出したが）、その意味で、私の三十代の研究が、文化史的な問題意識にもとづく日本文学の通史的な比較に傾いていったのは必然であった。中年期を迎えてやっと、ドイツ文学科出身でないにもかかわらず、無謀にも日独文学の比較に挑戦したわけであるが、ベルリン自由大学を在外研究先に選んだのは、まさに三島とマンの比較研究を論文にされているイルメラ・日地谷＝キルシュネライトIrmela Hijiya-Kirschnereit先生に師事したかったからであり、先生からは多くの示唆をうけ、また、いわゆる現地踏査といわれるフィールド・ワーク——マンの故郷であるリューベックやトーマス・マン記念館の訪問、『ヴエニスに死す』の舞台であるヴェネチア文学踏査など——を通じて、なぜ三島由紀夫等の近代作家や、花の二十四年組といわれる少女漫画家たちが、ドイツ文学や文化に共感したのか、自分なりにひとつの答えをみいだせたように思う。

　思い返せば、学部は歴史学、大学院では比較文学比較文化、最初の就職は日本文学科、学内で国際文化学科に転じ、さらに新聞学、メディア学へと、これまでの所属をふりかえると、まったく違う分野への移動にもみえかねず、不思議なご縁にめぐまれてここまで来たものだ、とわれながらはらはらする。新聞学への異動は予想外の転機ではあったが、新聞記事はもとより言語情報を中心とした媒体であるため、テキストの分析、解釈という広い意味での基礎は変わらない。とはいえ、分析の方法論は文学テキストの研究とは異なる点も多く、所属学科名はその後、メディア学に名称変更。学部も社会学部として独立し、はからずも、大学の改組、再編の流れのなかで、学術的な「専門」分野とは何か、学問を分類する根拠はどこにあるのか、自らの研究の基盤は奈辺にあるのかを問い直していく過程を経ることとなった。

しかし、表面的な所属分野は変化したものの、この三十年近くの私の研究には、一貫した問題意識がある。それは、女性の表象と、その社会的、文化的・歴史的背景との関係性、時代の変化による変容、である。これは、なにも意識的に一貫性を求めて進んできたためではなく、自分の問題意識がおのずからむかった結果である。どのような研究も、自らの内から湧き出る、やむにやまれぬ問題意識に基づくものでなければ、いずれは枯渇する。就職や売名のための業績、執筆であれば、いずれは忘れ去られるものと、自戒をこめて認識している。現在、主としてメディアにおける女性表象、男性表象について教育、研究を行い、所属機関でジェンダー副専攻を担当したのも、女性表象を言語情報、視聴覚的情報を含めて総合的に研究したいという研究目的が、若い頃から変わらず、私自身のなかに存在し続けていたゆえであり、決して、現代のメディア多様化の時代に、漫画やネットなどの研究が〝うける〟から、などといった安直な動機づけでメディア学の研究、教育に携わるに至ったわけではない。前述のように、歴史的、社会的視点を重視したいという私自身の研究目的とはからずも合致して、現在、個人的には社会科学系の学部、大学院に所属しているわけだが、逆に、専門領域や学会としての比較「文学」は、文学研究の王道としての「エクスプリカシオン・ド・テキスト」の方法論にもとづいた翻訳論や緻密な作品論、文学表現についての研究を、よい意味で伝統芸能的に堅持していただきたいと考える。メディアの現状や時代の風潮に安易に阿(おもね)ったり、すりよったりする必要はない、と後輩には伝えたい。

女性研究の領域として、〝比較〟の先輩にあたる増田裕美子先生からお声掛けをいただいて、増田先生の大学での共同研究に参加させていただき、論集をまとめることができたのは幸いであった。当該論集を『比較文学』第五十四巻（二〇一一年三月）で橋本雅子先生に書評していただいたことにも心から感謝している。ただ拙稿については、文学としての分析が表層的ではないかとのご指摘をうけ、また、日文研の幸田露伴研究会で露伴の作品分析を行った際にも、同席されていた池内紀先生から、もう少し文章表現についての考察もしてほしかった、と同様のご指摘をうけた。確かに、私の研究関心は結局、文体論や翻訳論にはむかわず、歴史学的、文化史的方向にむかってきたので、逆に後輩には、王道的な比較文学研究を守っていただきたいと願うのである。

一方で、女性、さらにはジェンダー研究という大きな領域においては、文学もそれ以外の表象も、あわせて論じる視点が不可欠であると個人的には考えており、「正史でなく、小説、浄瑠璃の中を見ませうで。時の人情と風俗とは、史書よりも寧ろ此の方が適当でありますので」と、泉鏡花「海神別荘」（『中央公論』第二十八年十四号、一九一三年十二月。『鏡花全集』第二十六巻、岩波書店、一九四二年十月）の博士の台詞にあるように、文学テキストは心性史の解明において、依然として私のなかで大切な研究対象であり続けている。ゆえに、やはり文学専門の研究からも常に謙虚に学び続ける必要があると思い、二〇一四年度の国内研究の機会には、言語情報科学専攻の小森陽一先生の大学院ゼミでお世話になった。先生および、当時の大学院生のみなさまに、この場をお借りして感謝申したい。

　大学院生であった当時、芳賀先生の授業には、インディアナ大学のスミエ・ジョーンズ先生、ブリティッシュ・コロンビア大学の故・鶴田欣也先生などが次々と聴講にこられ、当時は、ご立派な先生方がなぜ、まだ大学院に入りたての若者たちの研究発表に、嬉々として同席されているのか、実は不思議に思ったのであったが（クラスに来られた先生方は、本当にうれしそうな表情で、生き生きとされていた）、ひとたび研究職につけば、必然的に研究だけに時間を使うことができなくなる状況で、十年に一度あるかないかの機会に、大学院生とともに授業に同席することが、研究者としてどんなにうれしいことか、実に三十年の後に痛感したのであった。芳賀先生から、大学院時代が一番研究に集中できるのだ、と何度もおっしゃっていただき、実際に研究職についてからそれを実感したのであり、就職がなかなかきまらないと不安を口にされる若手の大学院生のみなさんに対しては、芳賀先生のこのお言葉を、いつもそのまま伝えるようにしている。

　平成のはじまりとともに研究職についてからはや二十八年目。就職直前の三月、厳安生先生に、「消費税とともに〝佐伯先生〟も誕生ですね」と笑顔で励ましていただいたことが、今も印象深い。研究の道を志したのは、もとをたどれば、祖母が女性能楽師であり、小さい頃から祖母の舞台を観て育ったため、いつかは日本の古典芸能の研究に携わりたいと幼少期から希望していたからであった。最初に述べたように、実際に研究職への一歩を踏み出した大学院入学以降は、演劇自体の研究ではなく、女性研究へとむかったのであったが、いまも少数である女性能楽師という存在を身近に観て育った経験は、なんらかの専門職につく人間になりたいとの生涯設計を抱いた源になっている。山口県の郷里には、祖母の稽古用の舞台があり、夏の帰省には、そこで扇や太鼓をいじって遊ぶのが私たち姉妹の常であった。研究の原点をつきつめれば、この故郷の風景にゆきつく。自宅に能舞台があったというと、今どきは文学研究者の方からさえ、嘘といわれて驚愕したこともあったが（いやしくも、自著でそんな虚言をはくと疑う側の感性を疑う。根拠のあることを書き、主張するのが研究者の良心である。ただ、自然科学分野でも、このことがゆらいでいる近年の風潮は極めて残念である）、多少の旧家であれば、能舞台を自宅に設けるくらいの文化的趣味は、素人でもままあるのであり、ましてや、プロの能楽師が自宅付設の能舞台をもつことは能楽の世界では常識である。よけいなことまで書いてしまったようだが、研究の原点をふりかえるにあたり、あらぬ誤解はきちんといておきたい。

研究の視野を広げるにあたって、大変有意義かつありがたい経験となったのは、日文研、国立民族学博物館（民博）、京都大学人文科学研究所（人文研）等の研究機関の共同研究に参加させていただいたことである。創立まもない日文研では、芳賀徹先生の研究会「理想郷の比較文化史」で、リヴィア・モネ先生や作家の辻原登先生から、海外からの日本研究、創作者のお立場からのご意見をうかがい、おおいに刺激をうけた。民博の研究会では、南インドをフィールドとされる文化人類学者・田中雅一先生のもと、美術史、宗教学、民俗学等の先生方とご一緒に、多様な文化、社会における女性の現実と表象との落差、関係性について議論する機会をいただいた。まだメールのなかった時代、田中先生からお電話で、研究会へのお誘いをいただいた際には、初めてのご連絡にとまどったこともあり、博論の執筆があるのであまり出席できないかもしれない、などともったいなくも失礼なお答えをしてしまったことを、おおいに反省している。鈴木貞美先生による「大正期総合雑誌の総合的研究」では、雑誌研究の多様な可能性を学び、雑誌『変態心理』の考察を手がかりとして、その後の私の男色研究にも結びつけることができた。笠谷和比古先生の「十八世紀日本の文化状況と国際環境」では、日本近世の歴史を学際的に考える機会をいただき、井波律子先生の「幸田露伴の世界」では、池内紀先生、井上章一先生、鈴木貞美先生等のご意見やご議論から、一人の作家世界に関する研究の豊かな広がりを教えていただいた。千田稔先生による「「関西」史と「関西」計画」では、国交省や鉄道会社等、産学官の現場でご活躍の方々のご意見も拝聴しながら、関西の文化遺産、知的活力とは何かを幅広く考え、研究者であると同時に一社会人として、地域活性化等の社会的な問題意識を高めることができた。

研究を進める上で常に留意してきたのは、関連専門分野の先生方から、所詮は専門外ですね、おおざっぱな議論ですね、というご批判をいただかないように、武士道に論及する際には近世史、稚児物語を論じるには中世文学と、できる限り、その道の専門領域の先生方のご教示をあおぎつつ、独善的な議論に陥らないようにすることである。その意味で、近世史の笠谷先生、中古、中世文学の佐伯真一先生や岩坪健先生からご意見を頂戴したことは大変ありがたく、笠谷先生から、近世の男色研究について、力強い論文で僕の論集にほしかった（様々な事情で、申し訳ないことに、先生の研究会の論集にはまにあわなかった）とおっしゃっていただいたときには、大変心強く、おおいに励みとなった。大学院時代にご教示をいただいた小堀桂一郎先生からは、年賀状等でおりにふれてあたたかいお言葉をいただき、何十年も続く学恩に感謝申し上げている。少女漫画とドイツ文化の関係については、京都日独協会でドイツ文学の先生のご教示もあおぎ、少女漫画の描くドイツのイメージは、驚くほどドイツ的な精神の本質をついている、とのコメントをいただくことができた。

所属する学部が社会学部として独立して、ちょうど二〇一五年で十周年となったが、学部時代に歴史学を専攻していたとはいえ、社会科学的な方法論、問題設定は当然、一朝一夕で身につくものではなく、付け焼刃的な姿勢で異分野に手をだして学際研究を気取っても、十年、二十年の蓄積がなければ看板倒れに終わることは身をもって認識している。日々、勉強の連続であり、学問に定年はない。若き日の研究生活を共にすごさせていただき、今も比較文学会関西支部でお世話になっているヨコタ村上孝之先生から、久しぶりに出席した関西支部の研究例会で、佐伯の女性研究はフェミニズム研究の主流とは一線を画しているはずだったのに、現在はむしろフェミニズムの常道的な議論にはまっており、転向したのですか、とのご質問をうけた。私自身も、過去と現在の女性研究の立場が変化していることは自覚しており、それは主として、文学上の表象研究から社会的な問題設定へと視点を移したことによると考えている。二〇一五年の三月、久しぶりに京都でお目にかかった芳賀先生からも、「きみ、ジェンダー研究なんかやめろよ〜」（いつもの明るいご調子で。決して叱責ではありません）と冗談まじり（?）のありがたいご意見を頂き、恩師や先輩からいつのまにか遠いところにきてしまったのであろうかと感懐深かったのであるが、私のジェンダー研究への歩みについては、いつか別の機会に考え直してみたいと思う。

研究生活の大きな節目となった博士論文審査の際には、延広真治先生、保苅瑞穂先生、杉田英明先生、故・大澤吉博先生に副査としてご審査いただき、延広先生は大学ノート、保苅先生はルーズリーフに、章ごとにわけてびっしりコメントを記してくださった。お願いして譲っていただいたそれらのノートは、今でも宝物であり、自分自身が博論審査をするにあたり、恩返しの気持ちをこめて、当時の審査に近い実質をめざすように心がけている。

どんな学問領域も、歴史を経れば良くも悪くも、方法論や研究対象が規範化しがちである。芳賀先生が教鞭をとられていた時代には、「若く美しい学問」であった比較文学比較文化も、あっという間に三十年、学問的には十分、熟年の域に達したのだといえよう。だが、さきにも述べたように、比較文学の基礎的な方法論を守り続けることは、いい意味での規範であると思っている。〝比較〟に学んだ二十代は自分自身も若く、芳賀先生のお言葉が世代的にも心に響いたのであるが、自分も今や熟年世代をむかえ、自分なりの研究の道を歩んで今日に至っている。

おりしも佐伯彰一先生の訃報に接し、直接授業をうけた世代ではないが、著書をお送りするとご丁寧なお返事をいただき、励ましていただいたことに、この機会を借りて感謝申し上げたい。故・島田謹二先生からも、初めて『比較文学研究』に掲載していただいた若き日の論文にあたたかいお言葉をいただいた。杉田英明先生には、拙い後輩の論文に、芸術的ともいうべき几帳面な校正をいただいて、今も編集の労をおとりいただいていることにただ感謝するばかりである。杉田先生ご自身の博士論文公開審査の際、日頃は物静かな印象の先生が、「これを書かなければ死ねない」と研究への熱い思いを吐露されたことには、これこそが研究者本来の情熱と心うたれたものである。

あるメディア学研究者の方と雑談をしていたおり、「佐伯さん、芳賀先生に似てきましたね。弟子って先生に似るんですね」となぜか納得（?）されたことがある。前述のように、いまや〝不肖の弟子〟になりおおせてしまったのではとの反省にもかられるなか、思いがけないお言葉ではあった。もちろん、畏れ多くも芳賀先生のご所作にまで習っているつもりは全くなかったのだが、もし第三者の方にそのような印象を与えているとすれば、それも学恩のうちというべきかもしれない。

教育・研究者としても、社会人としても年を重ね、日本社会全般におけるワークライフバランスのあり方や大学教員の重責も含め、考えさせられることは多く、思うように研究成果を出せないことも少なくない。特に大学院では、博士論文にふさわしい水準とはなにかを切実に模索しながら指導にあたる日々であるが、あるヴェテランの先生から、研究には人格がおのずとにじみ出るものであり、こころがあたたかくないと長年の研究は続かない、とのご発言があり、胸の内があらわれる思いであった。自分自身も神ならぬ身で、自慢できるような人格者でもないが、これまでに教えてきた学生をふりかえると、素直に先人に学びつつ、地道に努力する、一見おとなしく控えめな学生こそが、最後に研究の実を結ぶという印象をもっている。思えば、大学院時代をすごした八〇年代は、日本全体も経済的な豊かさを享受していたが、格差問題も含め、殺伐とした雰囲気も一部に漂うこの時代に、心の豊かさに立脚した文系研究分野の存在意義は、なくなるどころか、ますます高まっているというべきであろう。

いろいろなご縁を通じ、様々な研究分野を渡り歩いてきたかのようなこの三十年であるが、どのような所属分野にあっても、常に私なりに努力し続け、社会的な責任を果たし得る研究者でありたいと思っている。

文化の巨人・小島烏水における研究の力

藤岡　伸子

一　忘れられた文化の巨人

一九〇五（明治三十八）年十月、近代登山の発祥地イギリスの山岳会「アルパイン・クラブ」（一八五七年創設）に倣って、日本に「山岳會」が創設された。会員三百九十三名。志賀重昂（しげたか）（一八六三―一九二七年）、柳田國男（一八七五―一九六二年）、小山内薫（一八八一―一九二八年）、島木赤彦（一八七六―一九二六年）、島崎藤村（一八七二―一九四三年）、田山花袋（一八七一―一九三〇年）、画家・高島北海（一八五〇―一九三一年）、地理学者・山崎直方（なおまさ）（一八七〇―一九二九年）、植物学者・牧野富太郎（一八六二―一九五七年）らも名を連ねていた。その半年後、「山岳を文學、藝術、科學等の諸方面より、研究せむがため」、(1)機関誌『山岳』も創刊され、新たな文化の種が蒔かれたのである。信仰の山、あるいは杣人（そまびと）・猟師の領域として、ほの暗い静寂の内にあった本州中部の深山幽谷は、この時ロマン主義を源流とするアルピニズムの舞台に見立てられ、やがて光り輝く頂をめざすアルピニストで賑わう「日本アルプス」として生まれ変わることとなる。(2)この「山岳會」創設とアルピニズムという新たな文化の創造において中心的役割を果たしたのが、烏水・小島久太（きゅうた）（一八七三―一九四八年）である。明治六年に生まれ、開港からほどない国際貿易都市横浜で、文化の激動を身近に感じながら成長した。山岳紀行文の名著『日本アルプス』全四巻（前川文榮閣、一九一〇年七月―一九一五年七月）の著者であり、日本山岳会初代会長を務めた。

この人物の名を聞いて、彼が明治後半から第二次世界大戦直後にかけて残したきわめて広汎な分野にわたる重要な仕事のうち、『日本アルプス』以外のほんの一部分でも思い浮かべることのできる人が今日どれほどいるだろうか。まして、その名に冠した「文化の巨人」という呼び方に、疑問や違和感を抱かれる向きも多かろう。実のところ、日本にアルピニズムという新文化をもたらし、山岳紀行文を通じて新たな風景美学を生み出したこと一つをとっても、小島烏水は、間違いなく文化の巨人と呼んでよい。だが、それは烏水の仕事の重要な一角ではあっても全てではない。

『小島烏水全集』全十四巻（大修館書店、一九七九年一月―八七年九月）の目次を概観しただけでも、烏水が明治・大正・昭和にわたって携わり、成し遂げた仕事の多彩さには目を見張るものがある。山岳紀行文学、文芸評論、美術評論、浮世絵蒐集と研究、西洋版画蒐集と研究、展覧会企画・目録制作、エッチングの普及(3)支援、新版画(4)の支援、水彩画・風景画(5)の推進、ジョン・ラスキンJohn Ruskin（一八一九―一九〇〇年）研究、ロマン主義・アメリカ超絶主義を含む欧米文学・文化研究、稀覯本蒐集・書誌研究、氷河研究。ざっと羅列したこれらの、どれもが先駆的であり、他の追随を容易には許さない高みにまで達している。しかし、こうした膨大な仕事の多くが今日忘れられてしまっている。まずはそれを直視することから始めねばならない。

そんな中、二〇〇七年に横浜美術館が開催した「小島烏水版画コレクション展――山と文学、そして美術」(6)によって、これまでほとんど看過されてきた烏水の一つの重要な仕事にようやく光が当てられた。この展覧会は、小島烏水旧蔵の浮世絵、西洋版画、関連資料など約七百点を、二〇〇三年に遺族が横浜美術館に寄贈したことをきっかけとして実現した。これまで、全集に収められた『小島烏水翁蒐集浮世繪目錄』(7)や『泰西創作版畫展覽會目錄』(8)など、文字情報でのみ知られていた烏水の旧蔵美術品の、想像以上の質の高さが初めて明らかとなったのである。古びた包みや箱を開けることから調査を始めたという主任学芸員の沼田英子（ひでこ）は、十六世紀のオールド・マスターから二十世紀に至る西洋版画や浮世絵とともに、「版で刷られたあらゆるものと、その研究のための資料やメモなどが姿を現し」、それは「東西版画に対する壮大なヴィジョンをもった一人のコレクターの書斎の扉が少しずつ開かれてゆくようであった」(9)と当時の驚きを伝えている。また、沼田はこの展覧会に先立ち、烏水旧蔵美術資料を踏まえて烏水の美術関係の業績を網羅的に詳説した『小島烏水 西洋版画コレクション』（横浜美術館叢書8、有隣堂、二〇〇三年六月）を上梓した。これまでほとんど山岳関連でしか行われてこなかった烏水研究のうち、美術に関する空白地帯に、この著作が多くの的確な道しるべをつけた意義は大きい。だが、まだ精査されぬまま等閑に付されている烏水の他の仕事は山のように残されている。

この論で、小島烏水の膨大な仕事の全領域を追うことなど、もとより不可能である。そこで、忘れられた文化の巨人を私たちの意識の中に引き戻し、その仕事の本来の豊かさを丸ごと享受する準備として、まずは、きわめて多方面に広がる烏水の関心を中心でしっかり束ねている要（かなめ）に迫りたいと思う。烏水には、さまざまに関心の対象が違っても、仕事を進める上で一貫して取った基本的な姿勢、振る舞いや実際の方法があった。それがどのようなものだったのかを探ることで、文化の巨人の全体像が、人の身の丈にあった、共感できるものになるのではないかと思う。それをもって、なされるべき仕事がまだ多く残されたままの小島烏水研究への誘いとしたいのである。

二 「趣味といふ慰樂」

小島烏水の仕事がどれほど幅広いものであったかをごくおおまかに紹介したが、もう一つ、烏水を論じる上で忘れてはならない事実がある。それは、これらの仕事の全ては、烏水が横濱商業學校を出て二十二歳で入行した横濱正金銀行の一行員として、多忙な職務を全うする中で成されたということである。しかも定年まで第一線で働き続けた長い年月の間には、一九一五（大正四）年から一九二七（昭和二）年までの、ほぼ十二年にわたるカリフォルニア駐在もあった。実業人として生計を立てることは、「故ありて讀書の人となるを許されず」(10)という言葉に滲み出ているように、決して彼の本意ではなかった。子供の多い没落士族の長男として、家族の経済的困難を背負わねばならなかったのである。山に登ること一つをとっても、年間十四日しかない有給休暇すべてを使い切って行わねばならなかった。しかし、烏水には、少年時代からの猛烈な読書を通じて蓄えた教養(11)と感度の良い、柔軟な好奇心があった。そして、不遇に決してへこたれない一つの拠り所があった。

「今まで失意の時もあり懊悩煩悶失望したりするときも長い月日の間には無くもなけれど趣味といふ慰樂あるため忽ちそれを慰めることが出來るなり故にいかに失望のときと雖も小生は厭世家にはならざるべし」(12)と三十三歳の烏水は弟への手紙で書いている。ここで烏水が自身の精神的支えとして言及する「趣味」とは、ただの余暇の娯楽というような意味では、もちろんない。それは、「生きる上でする必要がないこと」、つまり「しなくてもよいこと」と言い換えることができる。それは、「しなくてもよい」ことなのだから、あらゆる利害から自由で、「したい」という個人の思いだけを動機とする純粋な行為である。それゆえに、烏水は、一点の曇りもない喜びとともに、たくさんの「しなくてもよいこと」になけなしの私財と限られた時間、そして精魂をためらいなく傾けた。まさに、そんな「趣味」の醍醐味について、烏水は、『日本アルプス』第一巻の序で次のように言う。

そんなものが何になるのだと問はるれば、「私には必要だ」といふ一語を以て、抗辯の支柱とする。

斯の如くして私は、海拔一萬尺の土地の目録を作つた、同じく自然の雜報を書いた、（中略）さうして切迫（せつぱ）詰まつた世の中に、このやうな旅行をして、このやうな文章を書くのも、Dilettantism の、一つの特權であると信じてゐる。(13)

「趣味」、もしくは「Dilettantism」。これらは烏水の仕事に触れる時、頻繁に遭遇する、決して忘れてはならない言葉である。彼は、「しなくてもよいこと」を「私には必要だ」という唯一絶対の基準に則って、嬉々として行ったのである。その結果、「そんなものが何になるのだ」と問われるような行為が、逆説的に、大きな本質的価値、あるいは普遍的価値を生むことになった。

二十を少し過ぎたばかりで、投稿雑誌『文庫』の記者に抜擢された才能溢れる文学青年(14)にとって、銀行員として家族を支えねばならなかった境遇は不運と言ってもよいかもしれない。だが烏水は、そうした逆境もきっぱりと受け入れ、そこに何らかの好機をみつけては、「趣味」を芽吹かせ、それぞれを見事に開花させていった。例えば、排日的な法律が成立し、日系人社会への経済的・精神的圧迫が強まっていた一九一五(大正四)年のアメリカ西海岸への分店長・支店長としての赴任は、銀行員としての烏水には試練だった。また文筆家としての烏水にとっても、この業務命令は最悪のタイミングで下された。ちょうどその前年に大著『浮世繪と風景畫』(前川文榮閣、一九一四(大正三)年八月)を刊行し、浮世絵の研究をさらに進めるため雑誌『浮世繪』を創刊したばかりだった。さらに、『日本アルプス』全四巻の最終巻は、烏水が日本を去って六日後に刊行された。その「序」には、大正四年六月の日付と共に、「日本を去るに／臨みてしるす」の一言が重々しく記されており、作家・評論家として、まさにこれから道が大きく開けようとしていた時に日本を去る無念が滲んでいる。(15)

このような不運の一方で、この時期のアメリカには、第一次世界大戦勃発がもたらしたヨーロッパからの人と物と情報の大量な流入があった。アメリカの古書店や骨董商、画廊などには、ヨーロッパから避難するようにもたらされた優品がかつてない密度で存在していた。ロサンゼルス分店長、サンフランシスコ支店長という烏水が歴任した役職は、横濱正金銀行内では決して要職ではなかったが、高額の海外勤務手当が支給されていたという。(16)西洋版画だけではなく、海外流出していた刷りの良質な浮世絵を当地で購入するのにも、その手当が役立ったようである。烏水のスケールの大きな仕事は、およそこのような不運と幸運の紙一重のところで成し遂げられていった。

三 「趣味」のための研究

不屈のディレッタント・小島烏水が、文化の巨人に成長していった過程で力となったのは、どの「趣味」においても、一貫して取った「研究」という姿勢である。山岳會創設の趣旨として、烏水は「山岳を文學、藝術、科學等の諸方面より、研究せむがため」と謳ったことは冒頭で紹介した。烏水の著作を詳細に当たれば、この「研究せむがため」との宣言は単なる美辞麗句ではなく、実を伴った烏水の決意表明だったことは明らかである。

心惹かれるものを前にして、人はどう振る舞うだろうか。多くは、それを所有、あるいは鑑賞することで満足するだろう。しかし烏水は、心惹かれるものがあれば、感性的に引き込まれるだけではなくて、常にそれを対象化し、実証的に研究した。その素性、来歴、背景、構成、そういった客観的な事実を調べ上げ、詳細に、そして正確に記録したのである。しかも、こうした烏水の徹底的な「研究」は、常に、鑑賞や愛蔵といった、対象と一つになろうとする愛情溢れる行為と手に手を取り合う関係にあった。例えば、廣重、北齋、國芳らの風景画について、「浮世繪風景畫に對して多情な私は、皆んな好き、甲乙を附けるなどは野暮の沙汰だ」(17)と言う一方で、『浮世繪と風景畫』の執筆について、「本書の材料收拾に就いては、作品の蒐集は言ふまでもなく、廣重の寺に詣でゝ過去帳を寫し、武藏野の郊外に遺族を訪ね、廣重に最も關係の深い故老に就いて、當時の話を聞いたりなどした」(18)と説明している。

烏水の実証研究的なアプローチは、山岳紀行文の分野でも遺憾なく発揮されている。例えば『日本アルプス』各巻に豊富に配された図版に対し、その一枚一枚の詳細な解説が一カ所にまとめて掲載されている。山岳写真一枚にも、標高、方位、撮影時刻、撮影者などが詳しく記されている。また、『日本アルプス』第一巻巻頭では、Alpsの語源から、ヨーロッパ・アルプスの正確な範囲、ついで「日本アルプス」は「高山、又は大山脈」という程度の呼称であって本家アルプスと「山岳成王(ママ)の時代、起因、又は構造を同じくしたる故にあらず」と断り、この巻で対象とする赤石山系は、「褶曲山脈にして、其構造最も歐羅巴のアルプス大山脈に似たるものなれば、(中略)最も純粋なる「日本アルプス」なり」(19)と結んでいる。こうした烏水の徹底した実証的アプローチは、田山花袋(一八七一―一九三〇年)をして、「烏水が才と文とを地理的研究に浪費するを惜むの念に堪へない」(20)とまで言わしめた。しかし、こうした科学的解説は、あくまでも背後をしっかりと固め、その上で自由にものを言うためのものであり、風景や植物、雲などを描くのに、烏水がロマン派詩人の流麗さをまとうのは、むしろお手の物だった。もともと「バイロン擬(もど)きに山を讃嘆して、空疎なる文字を列ねてゐた」(21)烏水だったからである。

実証的アプローチは、物、事、人と対象を選ばず用いられた。烏水は、「ウエストンを繞りて」(22)「王堂チエムバレン先生」(23)など優れた人物評も多く書いている。それらは、人となりの思い出話や淡い印象記ではなく、経歴や業績、育った時代の背景などを綿密に調べた上で、評価軸を定め、その人物像を活写するものである。同じように、とっておきの話を人に伝えようとする時には、それが著作でも講演でも、まず前置きとしてテーマにまつわる詳細なデータを示した。簡単な紹介ではなく、その歴史、研究史、関連人物などにおよぶ詳細なものであり、時としてそれは論文と呼べるほどのレベルと分量の論考となった。例えば、アメリカ駐在を終えた直後の一九二八(昭和三)年に東京日日新聞社講堂で行われた「米國の山岳探検」という講演がある。この一部として、烏水は、アメリカ国立公園の父ジョン・ミューアJohn Muir(一八三八―一九一四年)を紹介している。その内容は実に驚くべきもので、ミューアの詳細な伝記、彼が設立に関わった自然保護団体シエラクラブの設立経緯、ミューアの名にちなんだ国内各所に散らばる名所の一括紹介、自然保護か開発かをめぐって国内世論を二分したヨセミテ国立公園のヘッチ・ヘッチー渓谷論争の顚末、そしてミューアの著作解説まで含まれている。講演原稿はすぐに『山岳趣味』(24)に収録されたが、そのミューアに関する部分のみを抜き出せば、現在のアメリカ研究においても十分に通用するレベルのミューア論となっている。このことは、実に、ミューアの評伝が日本で初めて書かれたのは一九七二年とする現在のミューア研究の定説を覆すものである。(25)

こうしたアプローチは、最高のアマチュアを自ら任ずる烏水がプロの領域で対等に渡り合うためには有効な武装だった。だが、当初は必要を感じて身につけた武装だった研究も、そのスキルが上がれば上がるほど、自分の好きな対象に深くくい込んでいける方法であることを知ったのではないかと思う。対象と深く交わる手段として研究を我が物としたディレッタント・小島烏水の中で、愛情と研究は表裏一体のものとなったに違いない。研究は烏水にとって、小手先の「手法」でも、渋々用いる「手段」でもなく、「生き方」そのものとなったのである。烏水の遺品の中に含まれる研究メモや、絵画購入計画メモ、全集に収録された研究ノートさながらの日記や断片がそれをはっきりと物語っている。

四　烏水の研究力の秘密

これまで見てきたような卓越した研究力を、アマチュアの小島烏水がどうして手にすることができたのか。それは誰もが抱く大きな疑問だろう。烏水が、アマチュアの域を超える専門性を手に入れた鍵は、彼がいつも自身の好奇心の微かな動きをやり過ごさず、その意味をすぐに確かめようとすることである。その際、彼が向かう先は、まずその道の専門家である。そして、魅力が本物であると見定めれば、そこに通い詰め、いつの間にか彼らから専門知識の手ほどきを受けているのである。烏水の率直さや謙虚さが、教える側の熱意を引き出すのか、専門的な「訓練」は驚くほど早く進み、さらにはそこから網の目のように延びた人脈が、烏水を一層大きく育てていくのである。

例えば浮世絵に関しては、次のようなエピソードがある。烏水は、イギリス人宣教師ウェストンの書斎に『富嶽三十六景』の原版一枚が立派に額装されて掛けられていたのを見て、浮世絵の芸術性に初めて気付かされた。そもそも浮世絵は、烏水にとって少年の頃からの遊び道具の一つとして親しんでいたものだった。しかし、「浮世繪を好きと言つても、低級な玩弄品的藝術としか思つてゐなかつたので、世間へ遠慮氣味であつたが、かう改まつて見ると、馬士(まご)にも衣裳の喩(ママ)えで、大分浮世繪も見られると思つた」[26]のである。すると、程なくしてある浮世絵商の暖簾をくぐっている。そこで、店のおかみさんは「浮世繪の模造品のこと、買ひ方の心得などに就いて（中略）初心の私に、噛んで哺(ふく)めるやうに、説き聞かしてくれた上、私が廣重が好きだといふので、それでは京橋の五郎兵衛町に、渡邊といふ若い男が、廣重を澤山持つてるから、そこへ往つて御覧なさい、と私を紹介してくれた」[27]というのである。この渡邊という若い男は、後に川瀬巴水らの新版画の生みの親ともなる版元・浮世繪師の渡邊庄三郎である。渡邊を通じて、烏水は他の浮世繪界のご意見番たちの知遇を得、さらに自らも文献を渉猟するなどして専門性に磨きを掛けていったのである。ウェストンの書斎での出来事からほんの十一年後、日本の廣重研究の嚆矢とされる『浮世繪と風景畫』は刊行された。これが、烏水の引き起こすさまざまな奇跡の、一つの典型である。ほぼ同じような手順が、西洋版画蒐集においても、稀覯本蒐集においても繰り返されているのである。「ほんの氣まぐれから、最初の暖(の)簾(れん)を潜つて見たに過ぎなかつた」[28]というようなところから、いつも烏水の新たな「趣味」は芽吹き、高度な学びは開始するのである。

このような、ほとんど奇跡的な手順で烏水が獲得していった専門性のレベルについても簡単に触れておこう。例えば前述の沼田は『浮世繪と風景畫』について、「美術史学や美術史方法論がほとんど確立されていなかった大正初期の日本において、このような実証的な美術作品の研究は画期的なもの」(29)だったと述べている。実は、そうした方法は欧米の美術史学においてはすでに進んでいて、当時最新の英文研究書から烏水がその手法を学び、自身の研究に取り入れていたのは間違いないと指摘している。同書の巻末参考文献が、それらの研究書に該当するもので、頻繁な引用が本文中に確認できる。さらに、この『浮世繪と風景畫』刊行の二年後となる一九一六(大正五)年、烏水は初任地のロサンゼルスで、自身の所蔵作品による浮世絵展覧会「The K. Kojima Collection of JAPANESE PRINTS」を開催している。会場は、ロサンゼルスの文化芸術施設が集積するExposition Park内のMuseum of History, Science and Art of Gallery of Fine and Applied Artsであった。(30)サンフランシスコに転任後には、一九二二(大正十一)年六月二日に、日系人を対象とした展示と講演「第一回浮世繪風景版畫展覽會」(日本倶樂部)を行い、また一九二四(大正十三)年三月五日にも、サンフランシスコの伝統ある女性社交団体The Century Club of Californiaにて、展示「Artistic JAPAN」と英語の講演「My Collection of Ukiyoe」が行われている。(31)このような本格的な展示の企画が可能だったことは、烏水の浮世絵研究レベルの高さを証明するものであろう。また、西洋版画の蒐集と研究においては、烏水が専門的な美術研究の流儀に則っている。これについては、「ヱッチングを使っていたことがわかってカタログ・レゾネ(作品総目録)を集める氣になつて、ニューヨークから目録を取寄せた」、あるいはボストンの「店の目録が大變參考となつた」と一九三六(昭和十一)年の講演で話していた記録があり、「ヱッチング講話」(32)として、以前から『全集』に収録されていた。ところが寄贈された烏水旧蔵資料の中から、使い込まれた実物が多数出てきたことによって、烏水の収集が、好みに任せた場当たり的なものではなく、体系的なコレクションをつくることを意識した周到な計画に基づいていたことが明らかになったのである。それらは二〇〇七年の「小島烏水 版画コレクション展――山と文学、そして美術」で資料として展示された。(33)

五 「趣味」の追究に生きた研究の力

研究するという姿勢は、関心事に向かう「方法」というよりは、むしろ「生き方」そのものになったのではないかと少し前に述べた。では、「趣味」の高度な追究という烏水の生き方において、研究がその真価を発揮したのはどんな場面だったのだろう。

すでに確認したとおり、烏水の研究の出発点は、完全に純粋な「趣味」であるのだから、研究のスキルを手に入れた後は、それを駆使して関心の趣くままに視界を広げるも、一点を深く追究するも至って自由である。そして「趣味」なのだから、誰のためでもなく、自分の目で見、体験し、純粋に対象を楽しんだのである。そうするうちに、ディレッタント特有の自由な視点を持つ烏水には、専門家には却って見えにくいもの、他の誰もが気付いていないものなどがよく見えてきたのではないかと思う。例えば、それまで誰も高く評価しなかった江戸末期の浮世絵に価値を見いだし、それを『江戸末期の浮世繪』（梓書房、一九三一〔昭和六〕年四月）に結実させたのは、まさに「趣味」と「研究」の好循環が生み出したものだと言える。自由な眼と、利害にしばられない屈託のなさで、烏水は、どれほど多くのことを発見しただろうか。美しい山岳風景、あるいは一枚の銅版画、氷河が刻んだカール地形、アメリカのナチュラリストの自然保護にかけた人生、一枚の浮世繪の超絶技法――烏水が次々発見していったものは、時空を超えて広がっている。是が非でも誰かに伝えたい感動を胸に抱けば、人はそれを「誤解なく伝わるように」、「共感してもらえるように」、あるいは「信頼してもらえるように」発信したいと願うだろう。その思いが、烏水の研究力をさらなる高みへと押し上げ続けたのである。烏水にとって、研究は、愛着ある対象により深く入り込む手段でもあったが、自分の感動を共有したいという人間の本源的な欲求を、手堅く実現する手段ともなったのである。研究という営みの最良の姿がここにはあると言っても過言ではないだろう。結果として、烏水はさまざまな専門領域で独創的な視座を示すことになった。大家と目される人物の見解にも異を唱え、通説に挑むこともためらわなかった。

慧眼達識のフエノロサにしても、名著The Masters of Ukiyo-ye（浮世繪大家論）に於て、廣重の繪に好感を表しながらも、廣重を第三流畫家の列に入れてゐる。何故だらう、廣重の繪は畫因（モチイフ）に於て、あまりに、日本的で、單に構圖や、描線や、色彩などの技法論だけでは、割り切れないところがあるから、西洋の美術批評家は、ほんとうの勘どころに、徹して（ママ）ゐないのだと思ふ。[34]

このような烏水の果敢さを支えたのは、他でもなく、自分自身の頭で、目で、あるいは手足で、直に確かめた事実の蓄積とその結果得た揺るぎない確信に他ならなかった。

六　真のアルピニスト

烏水は、イギリス人宣教師ウォルター・ウェストンからアルピニズムを知った。発祥地のイギリスで、アルパイン・クラブは、誰でも入れる山好きの同好会などではなかった。まず入会希望者は、必須条件であるアルプスでの登山経験の証拠、山岳にまつわる教養、文学・芸術上の業績を審査員に示さねばならなかった。審査では、社会的信用のある職業人であることも、評価の対象にされたという。[35]ウェストンは、そうした厳しい条件を乗り越えて、一八九三年に入会を許された栄誉あるアルパイン・クラブ会員だった。十九世紀末頃のアルパイン・クラブの主要会員は、医師、技師、実業家、そして聖職者だったというから、ウェストンは言わば典型的なアルパイン・クラブ会員だったのだ。[36]それは、ヨーロッパの十八世紀においてアルプスが「陰鬱な山々」から「栄光の山々」に変貌した歴史(37)に始まり、それに続くイギリス・ロマン派詩人たちのアルプスを題材にした活躍を経て、さらに、ヴィクトリア朝において大英帝国の躍進と歩みを共にしたアルピニズムという独特の文化思潮の隆盛に至るまでの山岳の文化史をウェストンが熟知していることを意味した。

ウェストンとの出会いで得た山岳文化にまつわる数々の情報は、烏水に大きな転機をもたらした。リュックサックやザイル、登山靴などが所狭しと置かれたウェストンの書斎で、烏水の心を何より捉えたのは「英國の山岳雑誌「アルパイン・ジャーナル」幾册と、その大會の案内狀、展覧會の目錄、山の寫眞」などだった。そして、ラスキンの『近世畫家論』第四卷の「山の榮光」についての話を聞かされて、「解らないながらも、ラスキン先生に頭を下げる氣になつた」(38)というのだ。真のアルピニストたるものは、単に登山だけではなく、山岳の世界に関わる学術活動や芸術・文芸活動などでも立派な業績を認められなければならないことを驚きと共に初めて知ったのである。社会的な尊敬を受ける職業人でありつつ、山では英雄的な意気を示し、文学や芸術にも秀でる人間というアルピニストの理想像は、烏水のアイデンティティ確立に大きな意味を持ったはずである。生業(なりわい)を離れ、利害から自由なアマチュアとして、文学・芸術に関わり、山に挑むことにこそ価値があるという考えは、烏水が心ならずも置かれていた銀行員の境遇を、完全に肯定し、むしろ祝福するものだった。これまで見てきたような「趣味」と「研究」の好循環によって文化の巨人として成長していった小島烏水の原点は、究極的にここにあるのではないかと思う。

ある人間に何らかの卓越した能力があればあるほど、最良の意味でのアマチュア精神を保ち続けることは、とても難しい。何かに卓越してその専門家だと思い上がれば、屈託なく愛した「趣味」は、もはや「趣味」ではなくなり、生彩も本質的価値も失われてしまう。だが、烏水には、「趣味」の鮮度を常に確認させてくれる日々の実務があった。それゆえ、生活の糧を得るために日夜奪われていく時間のわずかな残りを、烏水は想像を超える密度に凝縮し、やがてさまざまな奇跡を引き起こしたのである。

本論の冒頭で山岳界の巨星としての名声が、かえって烏水の文学と美術における重要な業績を見えなくさせていると述べた。そして、烏水の山岳文学や近代登山の創成に関する業績にはあえて光を当てないことを旨としてこの論を進めてきた。だが、これまではほとんど誰からも見えなかった烏水の別の顔が見えてきたとき、やはりもう一度、烏水の背景には美しい山々の風景を置きたいと思う。なぜなら、烏水が展開したあらゆる仕事の原点には、山に教えられ、山に励まされて培ってきたアマチュアのプライドがいつもひそんでいるからだ。烏水は自分が山に登ることの意味を次のように言っている。

> 何(なん)のために山に登る、(中略)自分は山を以て自然の王と信じてゐるこの王座に咫尺(しせき)して、山の精靈と、人間の心魂と、融然合一させる境地に立ちたいためである、(中略)これからの山は、何(ど)の方面でも、天才の試金石になるであらう。(39)

アルピニストという人間像が烏水のアイデンティティの核にあること、そして、山こそが文化の巨人・小島烏水を作り上げた全ての「趣味」の焦点であることを忘れてはならないだろう。

［注］

（1）小島烏水「山岳會設立に就きて」『文庫』第三十一巻第三號、一九〇六（明治三十九）年三月、二五八頁。『小島烏水全集』第六巻、大修館書店、一九七九（昭和五十四）年九月、四一五頁。本稿における『小島烏水全集』（全十四巻、一九七九年一月－一九八七年九月）各巻からの引用は『全集』と略記して巻数を記す。『全集』において初めて付されたルビを採用する場合は、ルビに丸括弧を付して原ルビと区別した。また小島烏水の文章には改めて執筆者名は記さない。

（2）小島烏水が、ウォルター・ウェストンWalter Weston（一八六一－一九四〇年）との出会いを通じてヨーロッパのアルピニズムの文化的奥行きを知り、その翻案的な文化事業として、日本の風景美学に新生面を切り開いた状況については、拙稿「日本アルプスの誕生――文学者・小島烏水による文化翻案の試み」（亀井俊介編『近代日本の翻訳文化』叢書比較文学比較文化3、中央公論社、一九九四年一月、三〇九－三四頁）に詳説した。

（3）西田武雄（一八九四－一九六一年）が推進したエッチングの普及活動。日本エッチング研究所の設立（一九三一年）、雑誌『エッチング』の創刊（一九三二年十一月）など。烏水は、西田の『エッチングの描き方』（木星社書院、一九三〇（昭和五）年五月）、一－一〇頁に「序」を寄せた。これは「創作版畫家西田武雄――『ヱッチングの描き方』序」と改題され、小島烏水『書齋の岳人』（書物展望社、一九三四（昭和九）年八月、一九三－九九頁）に再録された。『全集』十、一五六－六一頁。また、『エッチング』第三十九號（一九三六（昭和十一）年一月、四九六－九八頁）に掲載された「小島烏水先生の講話」（小野忠重筆稿。のち「ヱツチング講話」『全集』十四、四六九－七四頁）があり、西田のエッチング普及活動に積極的に協力していた。

（4）一九一四（大正三）年に、渡邊庄三郎（一八八五－一九六二年）がオーストリアの画家フリッツ・カペラリFritz Capelari（一八八四－一九五〇年）の水彩画を錦絵の技法によって版画化したことを発端とする新しい版画の動向。のちに「新版畫運動」と呼ばれ、急速に衰退していた浮世絵制作技術を復興・継承し、川瀬巴水（一八八三－一九五七年）らによる新しい潮流を作った。大正四年に巴水の第一作を出版する際には、渡邊がアメリカ駐在中の烏水にアドバイスを求めている。沼田英子「コレクター小島烏水――東西版画の峰々を極める」『小島烏水 版画コレクション――山と文学、そして美術』企画・監修＝横浜美術館、大修館書店、二〇〇七年一月、一五頁。

（5）水彩画は、明治二十年代のイギリス人画家による導入後、大下藤次郎（一八七〇－一九一一年）の水彩画指導書『水彩畫之栞』（新聲社、一九〇一（明治三十四）年六月）を嚆矢として同種の啓蒙書が相次いで刊行された。また、大下の雑誌『みづゑ』が、大下の急逝によって廃刊の危機に直面した際には、編集に携わり、存続に貢献した。「みづゑは廢刊を取り消して繼續發刊いたします」『みづゑ』第八十一號、一九一一（明治四十四）年十一月、一一－三頁。「『みづゑ』の刊行を繼續する辭」、小島烏水『書齋の岳人』一七六－八〇頁。『全集』十、一四四－四五頁。

（6）二〇〇七年一月二十二日－四月四日、横浜美術館。横浜美術館が所蔵する烏水旧蔵の美術作品八百九十一点から選んだ二百四十九点の作品と五十八点の資料で構成された。また、この展覧会の図録を兼ねる『小島烏水 版画コレクション――山と文学、そして美術』（注（4）で既出）も刊行された。これ以降の同書からの引用については、『版画コレクション』および頁番号で示す。

（7）林彰吾・松木喜八郎刊、一九四一（昭和十六）年二月。『全集』十四、三三〇－四三頁。美術版画商林彰吾と松木喜八郎による売り立てのため作成された。

（8）東京朝日新聞社主催・小島烏水蒐集『泰西創作版畫展覽會目録』朝日新聞社、一九二八（昭和三）年四月。『全集』九、三〇七－八三頁（『泰西創作版畫展覽會目録』）。烏水がアメリカで蒐集した約四百点から、三百五十六点が烏水によって選ばれ展示された。

（9）沼田前掲論文、六頁。

（10）「小學校を卒業せるころより故ありて讀書の人となるを許されす、（中略）今や算盤の人となり了す」と述べている。「乞丐子」『文庫』第十巻第二號、一八九八（明治三十一）年七月、八二－八三頁。蘆の里人（高須梅溪）編『小山水』（矢島誠文堂、一九〇〇（明治三十三）年四月）に収録された際に削除された部分。『全集』第一巻の「解題・解説」五一八頁に再収録（「許されす」→「許されず」と改める）。

（11）「讀書に至りては、所謂之に淫するなり、半刻も眼鏡と、及び何等か書冊の形ちしたるもの、左右に是無かる可らず（中略）書籍の種類に対する嗜好は、こゝに幾變遷したりしかど、讀書社會に置籍の人たるは、依然として猶渝らず、おそらく骨に至りて始めて止む底のものならむ」（「讀書日記」『文庫』第二十七巻第四號、一九〇四（明治三十七）年十一月、二六七頁。『全集』五、四四七頁。後者はパラルビ）など、烏水は自身の多読の習慣にしばしば言及している。こうして培われた烏水の教養について、英文学者で登山家の田部重治（一八八四―一九七二年）が「中等学校の教育を受けただけにしては、小島君は漢籍は分るし、英語もラスキンの如きむずかしい文章を読めた」と一目置いていたという。小島隼太郎「父を語る」、小島烏水『山の風流使者』日本岳人全集、日本文芸社、一九六八（昭和四十三）年七月、六一二頁。

(12) 小島隼太郎「烏水の未發送書狀を讀んで」『小島烏水全集』第一巻月報、大修館書店、一九八一（昭和五十六）年二月、五頁。

(13) 「序」、小島烏水『日本アルプス』第一巻、前川文榮閣、一九一〇（明治四十三）年七月、四頁。『全集』六、一三二頁。

(14) 烏水が文芸界に登場したのは、『帝國文學』が文壇の主流をなす中、学閥も伝もない無名作家にとって数少ない登龍門であった投稿雑誌『文庫』への投稿である。「歴史家としての曲亭馬琴」（第一巻第五號、一八九五（明治二十八）年十一月、三八五―九二頁。『全集』二、三―一六頁）、ついで「一葉女史」（第四巻第一號、一八九六（明治二十九）年十一月、六七―七八頁。『全集』二、七五―九一頁）が特に注目されて、二十三歳で『文庫』記者となった。「烏水」の号は、その際につけられた。

(15) 「序」、小島烏水『日本アルプス』第四巻、一九一五（大正四）年七月、二頁。『全集』八、三頁（原著の改行を追い込む）。

(16) 雪山行二「序　小島烏水という生き方」『版画コレクション』三頁。

(17) 松木喜八郎編『廣重江戸風景版画集』序、岩波書店、一九三九（昭和十四）年九月、三頁。『全集』十四、四六〇頁。

(18) 『浮世繪と風景畫』「序」六頁の添え書き。『全集』十三、六頁。

(19) 「日本アルプスの意義」、小島烏水『日本アルプス』第一巻、六頁。『全集』六、一三四頁（「成王」→「成生」に改め、「褶曲山脈にして」の直後の読点を削除）。

(20) 田山花袋「現代の紀行文」、同『花袋文話』博文館、一九一二（明治四十五）年一月、三四六―四七頁。福田清人編『明治紀行文學集』明治文學全集第九十四巻、筑摩書房、一九七四年一月、三七三頁。

(21) 「山岳會の成立まで」、小島烏水『アルピニストの手記』書物展望社、一九三六（昭和十一）年八月、四一頁。初出は「日本山岳會の成立まで」と題して『山岳』第二十五年第三號、一九三〇（昭和五）年十一月、五三三頁。『全集』十、三〇三頁（「擬」にルビを振る）。

(22) 小島烏水『アルピニストの手記』一六―二九頁。『全集』十、二八五―九四頁。

(23) 初出は「早期登山時代のチヱンバレン先生」『心の花』第三十九巻四號、一九三五（昭和十）年四月、一―三頁。加筆補訂して「王堂チェムバレン先生」『山岳』第三十年第一號、一九三五年七月、八一―九四頁。のち「私の遇つた登山家の印象――其二　王堂チヱムバレン先生」として『アルピニストの手記』一〇八―二六頁に収録。『全集』十、三五三―六五頁。

(24) 小島烏水・槇有恒講演『山岳趣味』毎日叢書第五輯、大阪毎日新聞社・東京日日新聞社、一九二八（昭和三）年八月、一―四一頁。『全集』九、四二七頁、および四三〇―三九頁。

(25) 一九二五（大正十四）年一月一―六日および十三―十六日に、『東京日日新聞』東京版朝刊に十回連載で発表した「米國の山岳風景――富士火山帯及日本アルプスとの比較」（後に「米國の「山岳氷河」――富士火山帯及日本アルプスとの比較地形」、小島烏水『氷河と萬年雪の山』梓書房、昭和七（一九三二）年六月、三―四五頁）で、「ミューアについては、その完成した著書は素より、文藝及び學術雜誌に寄稿された旅行記、または論文から、自筆の斷簡零墨に至るまで、多年これを蒐集してゐるが、その評傳は、他日これを公けにする機會があらう」と述べている（初出は一月一日、朝刊第三面。総ルビ。単行木、六頁。ルビなし。『全集』九、九頁。パラルビ）。なお、これまで日本で最も早いミューア関連の出版は、戸伏太兵譯『アラスカ探撿記』（聖紀書房、一九四二（昭和十七）年十月）とされてきた。その後、東良三が上梓した『自然保護の父ジョン・ミュア』（国立公園協会／山と渓谷社、一九七二（昭和四十七）年五月）が初めてのミューア伝記とされている。

(26) 「浮世繪蒐集おぼえ帳」『みづゑ』第百十九、百二十一、百二十二、百二十五號、一九一五（大正四）年一、三、四、七月、二一―二四頁、一六―一八頁、一九―二二頁、三〇―四〇頁の全四回連載、引用部分は第四回、四〇頁。『全集』十三、四〇八頁（パラルビ。「喩え」→「喩へ」と改める）。

(27) 同右。『全集』十三、四〇九頁。

(28) 同右。『全集』十三、四〇九頁。

(29) 沼田英子『小島烏水　西洋版画コレクション』六二―六三頁。

(30) 同展覧會図録画像、沼田前掲論文中の図三、『版画コレクション』一一頁。美術工芸部門が一九六一年に独立して、現在、Los Angeles County Museum of Art (LACMA) となっている。

(31) 『版画コレクション』掲載資料、S43-S45参照。

（32）初出は注（3）で既出の「小島烏水先生の講話」四九六頁。『全集』十四、四六九―七四頁（引用は四七〇―七一頁）。初出では「ヱ」↓「エ」、「ニューヨーク」↓「ニユーヨーク」とする。

（33）沼田前掲書、一二―一三頁。

（34）松木喜八郎編『廣重江戸風景版画集』序、三頁。『全集』十四、四六〇頁（「あまりに」「だけでは」「尠どころに」の直後の読点を削除し、The Masters of Ukiyoe の前後に二重引用符を付加）。

（35）Peter H. Hansen, "Albert Smith, the Alpine Club, and the Invention of Mountaineering in Mid-Victorian Britain," *Journal of British Studies* 34 (July 1995), pp. 309–10.

（36）同右論文 p. 311.

（37）"The Mountain Gloom" と "The Mountain Glory" は、ジョン・ラスキン『近代画家論』*Modern Painters* 第四巻 *Of Mountain Beauty* (London: Smith, Elder and Co., 1856) のそれぞれ十九章と二十章の章題。

（38）「山岳會の成立まで」、小島烏水『アルピニストの手記』三七―三八頁。初出は「日本山岳會の成立まで」『山岳』第二十五年第三號、五三一頁。『全集』十、三〇一頁（「ジャーナル」↓「ジヤーナル」）。

（39）「日本アルプスの南半」『山岳』第二年第一號、一九〇七（明治四十）年三月、八―九頁。小島烏水『雲表』左久良書房、一九〇七年七月、頁番号欠（「二　日本アルプス連嶺を観ずる記」の一八―一九頁、一三頁目）。初出はルビなし、単行本は総ルビ。『全集』六、五五―五六頁（「信じてゐる」の直後に読点を追加、「心魂と」「方面でも」の直後の読点削除。パラルビ）。

中国を研究することの個人的な意味

榎本　泰子

その頃北京には、自家用車というものは存在しなかった。一九九三年のことである。人々は買い物や近場の移動には相変わらず自転車を利用していたし、少し遠くへ行くにはバスやトロリーバスの路線を乗り継いだ。それに加えて「麵包車」(麵包はパンのこと)と呼ばれる黄色いタクシーが急速に普及していた。ワンボックス型でころんとした食パンのようなタクシーは、乗り心地は悪いがとにかく安い。郊外に位置する北京大学から市の中心部へ行く時、一時間近く走り続けても数百円しかかからなかった。

思えばあの頃から人々は、満員のバスに揺られることに疲れ、自分の行きたい方向に車を走らせる醍醐味を覚え始めたのだろう。黄色いタクシーはその後数年のうちに4(フォー)ドアのもっとよい車種に取って替わられ、増え続ける車による渋滞や大気汚染が都市の新たな問題になっていった。

自分の研究を振り返る時、二十年以上前の北京の風景がいつも目に浮かぶ。大開発が始まる直前、清朝以来の胡同(フートン)の街並みがまだ残り、飴売りや鋏研ぎのリヤカーがのんびりと行き来していた、古きよき北京。その最期に「間に合った」私にとって、今の中国に追いつくのはなかなか難しいことだ。この二十年間、中国について理解しようとする遅々とした歩みより、中国自身の変化の方がもっと速く、私を戸惑わせる。加えて、良好だと思っていた日本と中国の関係が、二十一世紀に入ってがらりと変わり、中国を研究することの意味を改めて考えざるを得なくなった。

一　中国語を学び始めた頃

一九九〇年に駒場の比較文学比較文化専攻に入った時、私はちょっとした変わり種だった。駒場の教養学科出身の人が目立つ中で、本郷の国文科から進学したのは、のちに南方熊楠研究で知られる松居竜五先輩に次いで、私が二人目ということだった。筆記試験の後の面接で、「ところであなたは英語ができないね」と言われ、「でも中国語の成績はよいようだね」とほめてくださったのは、今思えばどの先生だったのだろうか。

受験した時には、比較文学が何をする学問なのかもほとんど知らなかった。何かと何かを比べればよいのだろう、それが中国と日本でも悪くはあるまい、と単純に考えていたのである。中国語は大学入学後、第二外国語として学び始めたのだが、フランス語やドイツ語でなく、中国語を選択したことが、私の運命を大きく変えてしまったように思える。私が中国語を勉強し始めた一九八六年は、中国の改革開放政策が軌道に乗り始め、多くの日本人がもう後戻りはないと信じていた時期に当たる（それは八九年の天安門事件によって打ち砕かれることになるが）。大学でも中国語の学習者は増え続け、その年の文科三類の中国語クラスは七十五人の大所帯であった。

従来文科三類には中国語クラスは一つしか設けられておらず、新入生オリエンテーションなどを通じて「上クラス」と「下クラス」のつながりも密接だった。夏休みに那須の三斗小屋温泉で行われる恒例の「中国語合宿」では、先輩から口写しに教えられる『我愛北京天安門』などの毛沢東讃歌を一生懸命おぼえたものだ。もちろん、かつて中国語クラスにも到来したという文化大革命の高揚は遠いものとなり、私たちの世代には時代遅れの風俗として喜ばれていただけだった。教科書の会話文に出て来る「同志！」などの呼びかけを私たちはおもしろがって使い、それぞれの氏名を中国語読みにしたもの（たとえば「チンシャンロン（井上隆）」）がそのままニックネームとして通用していた。当時一緒に中国語を学んだ七十五人のうち、今も中国関係の仕事をしているのは私のほかに三人。中国古代史の研究者、外交官、中国各地を取材するノンフィクション作家である。

国文科志望だった私は、国文学を勉強するにも中国語が役に立つだろうと思っていた。しかし三年生になり国文科に進学して初めて、国文の世界で必要とされているのは漢文の知識であり、中国語ではないことに気付いた。せっかくおもしろくなってきた中国語を使わないのは惜しいと思い、国文科の大学院とは別の進学先を考えた時、目に留まったのが比較文学比較文化専攻だった。自宅から二時間以上かかる本郷よりも、駒場の方が一時間半とまだしも近い。そんなことも励みとなり、受験することにしたのである。

しかし「比較」に入ってみると、日本人学生の多くは英語やフランス語が堪能であることがわかった。帰国子女や、大学教授の子女なども少なくない。私は高校一年の時すでに父を亡くし、父は生前一度も外国に行ったことがなかったから、およそ外国とは縁のない家庭だった。私が中国語に興味を持ったのは、姉が大学で中国語を勉強していたからで、姉が家で暗誦している中国語の響きがおもしろかったからである。

一九九〇年当時の比較文学研究室には、中国を専門にしている専任の先生はいらっしゃらなかった。それで私は芳賀徹先生や平川祐弘先生、小堀桂一郎先生の授業などで日本の文学・文化と欧米を比較する手法を学びつつ、他の専攻、すなわち地域文化や表象文化論などで開講されている中国関係の授業に出るようになった。中でも現代中国映画を専門とされていた刈間文俊先生には、大学二年の時に中国語の授業でお世話になって以来のご縁で、何かと教えをいただいた。刈間先生が私と表象文化論の院生（それも中国語クラスの同級生だった）のために、ご自分の研究室で読書会を開いてくださったことなど、その後の駒場の先生方の忙しさから見れば驚くほどの贅沢さであった。

二　中国の西洋音楽

ある日刈間先生の研究室で『蕭友梅音楽文集』という本を見つけた。ぱらぱらめくってみると、蕭友梅（一八八四―一九四〇年）とは戦前の上海に初めて音楽学校を作った人とわかり、そこで行われた音楽会のプログラムが載っていた。西洋の作品も、作曲家の名前も、漢字に横文字まじりで書かれていたが、私にとっては奇妙に懐かしいものだった。それは私が幼い頃から大学時代まで、ピアノやヴァイオリンで弾いたことのある作品だったし、日本の洋楽史を調べた時に見かけた、上野の音楽学校のプログラムとそっくりだった。

ものごころついた時から私は音楽好きで、姉の真似をしてピアノを習い始めると、「作曲」と称していつまでも即興演奏をしているような子どもだった。大きくなるにつれ「天才」は徐々に影を潜めたが、小学校の途中からはヴァイオリンも習い、地元の児童合唱団にも所属した。指揮者の先生がコダーイ・メソッドを実践していたので、ハンガリー語の歌をたくさん覚えたのも不思議な思い出である。音楽に触れているのが好きというだけで、音大を目指すほどの才能もやる気もなかったが、中学ではブラスバンド部で管楽器も習い、高校生の時は市民オーケストラでヴァイオリンを弾くなど、素人ながら様々な楽器や演奏形態に挑戦した。大学のサークル活動では「室内楽の会」に所属し、芸大生を友人に持って芸大の練習室に出入りしていたこともある。

そんな私にとって、中国人も西洋音楽をやっていたというのは新鮮な発見だった。『蕭友梅音楽文集』を手に取ったまま放さない私を見て、刈間先生が「こんなのもあるよ」と一冊の本を出してくださった。それが『傅雷家書』だった。傅雷（フーレイ）（一九〇八―六六年）はフランス帰りの知識人でロマン・ロラン Romain Rolland（一八六六―一九四四年）やバルザック Honoré de Balzac（一七九九―一八五〇年）の翻訳者。息子の傅聰（フーツォン）（一九三四年生）は戦後ショパン・コンクールで東洋人として初めて入賞したピアニスト。父から子への手紙が一冊にまとめられたのがその本である。文化大革命での迫害に耐えきれず自殺した傅雷が、名誉回復したあとに出版され、八〇年代の中国で改革開放の始まりを象徴するベストセラーとなっていた。

それまで私は、「比較」の授業で日本の近代化や「西洋の衝撃」について学んでいたけれども、中国もかつて同じように西洋文化の圧倒的な流入を経験したことに想像が及んでいなかった。多くの日本人がそうであるように、漢文に代表される伝統中国の世界と、社会主義中国の間をつなぐ知識が欠落していたのである。刈間先生の授業で取り上げられた現代の文学・思想も、善かれ悪しかれ共産党の文芸観の枠組みの中で成立したものであり（九〇年代初頭の中国文芸界はまだ今日のように商業化していなかった）、私が親しんできた日本や欧米のものとはあまりにも異なっていた。だから何を研究したらよいのか、自分に何ができるのかがわからず、修士論文のテーマも決めあぐねていたのである。そんな時、人民共和国以前の中国で人々がフランス文学にあこがれたり、私と同じようにピアノを弾いたりしていたことを知り、目の前に新しい中国の地平が開けたような気がした。

結局修士論文では傅雷の手紙を主な材料としてその西洋音楽観について考察し、中国における西洋音楽の受容について考える契機になった。修論完成間際には折良く傅聰が来日公演を行ったため、楽屋に押しかけて突撃インタビューをしたのもよい思い出である。一年間の北京留学と上海での調査を経て、博士論文では上海音楽学院（蕭友梅が作った音楽学校）の創立史をテーマにした。中国の近代化の歴史の中に音楽教育の展開を跡づけ、西洋音楽を学び教えるために奮闘した人々の群像を描き出そうとしたのである。学位を得た後も、中国近代音楽の揺籃となった上海の全般的な音楽状況を明らかにするため、毎年のように上海を訪れて調査を重ね、七年かけて工部局交響楽団（上海租界の市営オーケストラ。上海交響楽団の前身）の歴史をまとめた。これらを私は勝手に自らの「三部作」と名付けていたが、運にも恵まれすべて公刊することができた（ただし修士論文は論文そのものではなく、『傅雷家書』の翻訳として）。

修士論文を指導してくださった芳賀徹先生も、博士論文を指導してくださった川本皓嗣先生も、そのほか論文の審査に当たってくださった「比較」の先生方もみな、おそらくそれまでご存じなかったであろう傅雷や蕭友梅のことをちゃんとおもしろがってくださった。私の研究からは日本と中国の比較という視点がだいぶ薄れてしまい、中国の文化史や音楽史そのものの探求という色合いが濃くなっていたが、西洋音楽の受容という切り口が、日本にも共通するものとして「比較」の先生方には理解しやすかったのだろう。また、中国人留学生が増え始めた一九九〇年代、日本と中国の文学・文化史上の比較が話題になることも増えていた。先生方は留学生を指導する必要もあって、中国の近代文化に関心を持ってくださったのではないかと、今にして思う。「比較」の日本人学生で中国をまともに取り上げたのは、当時としてはごく稀だったが、先生方に温かく見守っていただいたおかげで、自分の思うままに研究を進めることができた。

三　外国人研究者としてのメリット

ところで刈間先生はしばしば、「せっかく中国について研究をするなら中国人の役に立つことをしなさい」とおっしゃっていた。刈間先生ご自身は、学生時代からその中国語力を生かして現代中国映画の字幕制作・上映活動を担っており、日本人の中国理解に大きく貢献していた。八〇年代に世界を驚かせた陳凱歌（一九五二年生）監督の『黄色い大地』（一九八四年）や、九〇年代に国際的な評価を受けた同監督の『さらば、わが愛　覇王別姫』（一九九三年）などは、いずれも刈間先生が日本語字幕を手がけている。また、一九八九年の天安門事件前後には、学生運動を支援する中国の知識人らと頻繁に連絡を取り合い、彼らの主張をリアルタイムで日本に届けるために尽力された。当時ソ連のゴルバチョフ政権の動向などから、鄧小平が政治の自由化を推し進めるのではないかという楽観的な見方があった中で、刈間先生は現地の情報に基づき、武力鎮圧が避けられないことを予想していた数少ない識者の一人であった。

刈間先生の存在は、私や、授業に出ていた他の院生にとって、非常に重いものであった（それは先生の大きな体型との相乗効果であったかもしれない）。当時先生はまだ四十になるやならずのお若さで、中国と共に生きる、とでもいうような情熱で周囲を圧倒していた。自分の進路について日々自問自答していた二十代の私が、刈間先生の言動に影響を受けたのは無理もない。その名残で、私は今でも時々考えることがある。私の研究は一体、中国人の役に立ったのだろうか。

実は、上海音楽学院の創立史をまとめた『楽人の都・上海――近代中国における西洋音楽の受容』（研文出版、一九九八年九月）と、『上海オーケストラ物語――西洋人音楽家たちの夢』（春秋社、二〇〇六年七月）は、それぞれ二〇〇三年十月と二〇〇九年十二月に中国で翻訳出版されている。いずれも今では近代音楽史を学ぶ中国人学生の必読書になっているようだ、と後者を翻訳してくれた「比較」の同窓生、趙怡さんが教えてくれた。

初めて上海音楽学院に資料調査に行った一九九四年当時は、学校の創立史に学問的な関心を持っている中国の若者はほとんどいなかった。音楽学院では実技を磨いて海外留学を目指す学生が主流であり、国内で文献を相手に音楽史や音楽学の研究を志すことは稀だった。せっかくの改革開放時代に、苦労ばかり多く金にならない道だったからである。北京から紹介状を手にして現れた私に、音楽学専門の陳聆群教授は学生の「忍耐がない」ことを嘆いてみせた。ほこりくさい資料と時間をかけて格闘しようとする人材がいないというのである。中国人学生がやろうとしない分野だから、私は行く先々で珍しがられ、親切に資料を提供してもらい、下手な中国語にもかかわらずインタビューに応じてもらえた。それは私が若い外国人だったからこそ受けられた厚遇であり、外貨を持っていたからこそ貴重な資料を大量にコピーすることも可能だったのである（当時中国国内の研究者は、資料を手で書き写すのが普通だった）。

国内の人がさまざまな要因により気付かない、あるいは手が付けられない資料の価値を、外国人が先に発見するということは決して珍しくない。中国の近代音楽史研究の場合、ある時期まで研究をリードしていたのは、香港の研究者やアメリカの中国系（台湾系を含む）研究者だった。いずれも中国語を操り、中国各地に自由にアクセスすることが可能である（中国の人々は、一九九〇年代はまだ公的な出張以外に国内を移動する自由はなかった）。

中国を研究するにあたって、外国人は経済的な自由や移動の自由を享受していただけでなく、もう一つの大きなメリットがあった。それはイデオロギーから自由であることである。実際中国国内では、近代音楽史研究も、文学やその他の芸術と同じかそれ以上に、社会主義イデオロギーの制約を大きく受けて来た。

私が注目した上海音楽学院の創立者蕭友梅や、初期に教鞭を執った音楽家たちは、いずれも一九一〇年代から二〇年代に欧米に留学し、西洋音楽の理論や技術を学んだ。上海租界という、欧米人居留地を中心に発展した独特の都市文化を背景に、学院（創立当初の名称は「国立音楽院」）では欧州の音楽学校並みのカリキュラムが展開された。工部局交響楽団の団員など、租界に住んでいた外国人音楽家も、若い中国人のための音楽教育に協力した。

しかし蕭友梅をはじめとする教師や、学院から育った第一世代の音楽家たちは、中国近代音楽の基礎を築いたにもかかわらず、人民共和国建国後は「学院派」「全面洋化主義者」などのレッテルを貼られ批判されることになった。左翼音楽史観に基づけば、一九三〇年代から四〇年代にかけて、抗日・愛国を歌い上げ人民大衆を鼓舞した音楽家こそが最も高い評価を受けるべきであり、西洋音楽を忠実に学ぼうとした「学院派」などはほとんど民族の裏切り者なのであった。つまり一九八〇年代に改革開放政策が始まるまで、蕭友梅らは日蔭の存在であり、私が調査を始めた九〇年代前半においてもなお、あからさまに評価することを避ける風潮があったのである。当時私が目にした資料とは、創立時の学校便覧などの一次資料のほかは、往時を知る人々の個別の回想等にとどまり、両者を結びつけ学院創立の意味を客観的・体系的に論じる著作は存在しなかった。『蕭友梅音楽文集』のように、音楽家の著作や作品が少しずつ刊行されるようになってはいたが、ほとんどは論評抜きの基礎資料のような形だった。のちに『楽人の都・上海』の中国語版が出版された時（それは日本で学位を得た上海音楽学院教授・趙維平氏と彭瑾夫人の尽力の賜物だった）、陳聆群教授は学院内部で「本来中国人がやるべき研究だった」と漏らしたというが、偽ることのない本音だったのだろう。

中国人研究者ができなかったことや言えなかったことを私がやれたのなら、少しは中国人の役に立ったのかもしれない。少なくとも二〇〇〇年代初頭くらいまでは、日本人研究者には中国研究をするためのアドバンテージがあり、地理的に近く歴史的な関係が深いことも有利に働いていた。ところがその後中国の飛躍的な経済発展により、中国研究を取り巻く状況は劇的に変化したのである。

四　中国の変化と研究に対する影響

改革開放初期の一九八〇年代、南部の広東を中心に進められていた開発は、一九九〇年代に入って上海を中心とする長江下流域にシフトした。加速した経済発展の影響が市民生活に顕著に表れるようになったのは、二〇〇〇年代以降のことである。だから二〇〇〇年以前の中国を知っている人と、そうでない人の中国イメージは相当異なるだろう。

率直に言えば、私にとって中国の原体験とは、北京大学に留学した一九九三年当時の物質的な乏しさだ。それは今の日本人はもちろんのこと、中国の若者にも想像もつかないだろう。パンやケーキは外資系ホテル（今や死語）のデリカテッセンで、外国人用紙幣（これも死語）で支払わなければ手に入らなかったし、コーヒーに至っては、北京に数店しかないマクドナルドのものが一番「味が安定している」と言われていた。どこで何が手に入るとか、どこの何がおいしいとかいう生活情報が留学生たちの最大の話題だったし、カフェも居酒屋もない街にはおしゃべりをする場所もないから、授業が終われば宿舎の誰かしらの部屋に集まるしかなかった。

音楽史研究のための資料を集めるといっても、そもそも音源が存在しなかった。当時中国ではCDはまだ高級品であり、音楽はもっぱらカセット・テープの形で流通していた。庶民の一番人気は香港や台湾の流行歌で、売り子の兄さんがラジカセに合わせて熱唱する傍らで、客が薄汚れた海賊版のカセット・テープを物色する。中高年には民謡や京劇の音楽が人気で、週末の公園ではのど自慢をする光景もしばしば見られた。一方、かつての「学院派」の作品などは歌われるのを見たことも聞いたこともなかった。日本の近代音楽家の作品が唱歌や童謡としてなお親しまれているのとは、状況がまったく異なるのである。だから私は、中国の近代音楽史に登場する作品はすべて楽譜を通して想像するのみで、音楽として聞いたのはだいぶ後になってからのことだった。

近代の日本の例を見ても、租界時代の上海の例を見ても、人々が西洋音楽に親しむようになるには、暮らしの西洋化や一定の経済力、教養や留学体験などが条件となる。私がパンやケーキ、コーヒーの普及度にこだわるのは、それが西洋音楽を受け入れる下地とリンクすると考えるからだ。二〇〇〇年を境とした中国の市民生活の変化は、焼きたてパン屋や、スターバックスなどコーヒーチェーン店の普及からも裏付けることができる。音楽生活も豊かになって、国内外のさまざまなジャンルのCDやDVDが明るい店に並ぶようになった。今では中国音楽史の教科書や、音楽家の評伝にCDが附属していることも珍しくなくなり、インターネットの発達ともあいまって、近代以降の作品を音楽として聞くことは格段に容易になった。

中国の大きな変化は市民生活だけでなく、研究界にも及んでいる。かつては大学教授と言えば貧乏の代名詞のようだったが、中国の大学も産学協同や外部資金導入などを推し進めた結果、分野によってはかなり羽振りのいい人々が出現した。以前は外国人研究者のメリットだった経済的な自由や移動の自由などは、国内の研究者もほぼ同等に享受するようになった。中国各地で開かれる学会は、研究者が旅行をするよい名分になり、一部の地方大学で行われる学会は、豪華な宴会や名勝へのツアーをセットにした一大イベントになっている。

租界時代の上海の建築などが観光資源として重視されるようになったため、上海の歴史や文化の研究が急激に盛んになった。それまで上海租界と言えば、半ば植民地化された屈辱の近代の象徴だったので、西洋の影響を受けた風俗文化などは、堕落と頽廃のレッテルを貼られてきたのである。時代は変わり、かつての上海租界の繁栄は、グローバル都市の先駆けとして地元の人々の誇りとなっている。

近代音楽史の研究に取り組む若手も全国的に増えた。かつて「学院派」と呼ばれた音楽家に対しても実証的な研究が増え、生誕や没後を記念するシンポジウムなどもしばしば行われている。音楽史研究をリードするのは今や外国人ではなく、中国国内の研究者なのである。

相対的に見て、外国人研究者に対する視線は変わった。今や上海あたりでは、外国人だからと言ってちやほやされることはほとんどない。租界として発展した歴史から、上海の人々は北京などと比べても外国人には寛容で親切な方とされてきた。しかし最近では外国人にも慣れ過ぎたのか（それともこちらが日本人であることが理由なのか）、格別親切でもないばかりか、下手な中国語が通じなかったりするとかなり邪険に扱われることもある。もっと困ったことは、研究者がよく訪れる一部の施設で、資料の閲覧担当者が「拝金主義」に走り、外国人には規定よりも高い複写料金を払わせようとしたりする。それだけでなく、紙がぼろぼろになった貴重な資料を、本来は電子化すべきであるのに、稀覯本として閲覧させればそれだけ高い料金が取れるので、意図的に電子化を遅らせている節がある。結果として資料は相変わらず人の手に触れ、どんどん劣化しているが、一体誰が責任を取るのだろうか。

ともあれ外国人研究者にとっては、経済的な自由や移動の自由といったアドバンテージがなくなり、本来の言葉のハンディキャップに加え、土地勘やコネを持たないことなど、むしろマイナス要因が目立ってきたように感じられる。また中国の環境問題や食品汚染問題が顕著になるにつれ、中国を訪問すること自体に躊躇を覚える向きもあろう。さらに日本人にとっては近年の円安により海外で使える金が目減りし、物価上昇の進む中国での活動にも困難が生じているのではないだろうか。それらのことを痛感したのが、二〇一三年の在外研究の時だった。

この年はかつて北京大学に留学してからちょうど二十年の節目だった。初めて在外研究の機会を得て、私は行き先として迷わず上海を選んだ。中国の近代音楽について調べている間に、その舞台としての上海にすっかり親しみを覚えるようになり、二〇〇九年十一月には上海という都市そのものをテーマとした『上海——多国籍都市の百年』（中央公論新社）を上梓していた。いつも夏休みを利用して訪れるだけだった上海に、一年を通して暮らしてみたいというのが私の夢だったのである。

期待に胸をふくらませて春の上海に降り立ったが、結末を先に言えば、夏にはもう上海を撤退することになった。その主な原因は、外国人用マンションの高額な家賃に、追い打ちをかけた円安であり、加えて鳥インフルエンザとPM2・5（微細な大気汚染物質）だった。上海到着早々に鳥インフルエンザで死亡者が出たことが発表され、鶏肉の取引は停止、生きた鳥を扱う市場や人込みには近づくな、と脅かされてほぼ一か月の間外出もままならなかった。セキュリティを重視して、清水（きよみず）の舞台から飛び降りるつもりで契約した月額一万二千元の「日本人向け」マンションは、フローリングの広いリビングとウォシュレット付きのトイレが売りだったが、サッシの隙間から風が吹き込み、夜は凍死しそうなほど寒かった。昼間床を拭いてみるとびっくりするほどどす黒く、これが屋内であるとはとうてい信じられなかった。

それまで為替レートとはほとんど縁のない生活をしてきたので、海外に出た時に円安がこれほど痛いものだということを初めて知った。アベノミクスのおかげで、半年足らずの間に一元約十四円から約十八円になるまで円が値下がりし、マンションの家賃は日本円にして二十万円以上にはね上がってしまった。

いくら上海中心部の家賃が高いと言っても、この設備と古さで東京都心部並みとは、どう考えても計算が合わないのである。これではせっかくもらった在外研究手当はおおかた家賃に費やされることになり、本を買ったり調査旅行をしたりする余裕がなくなってしまう。そう思い当たってから、上海に一年間住み続ける気力は急速に失われていった。

高いお金を払っても、それにふさわしい、よい思いができるなら納得もできる。留学していた頃は、日本並みのお金を払っても、おいしいパンやケーキが食べられるならばたまには贅沢もした。「日本並みのお金」は、二十年前の中国では時に日本でありつける以上の商品やサービスを意味した。ところが少なくとも今の上海では、「日本並みのお金」では日本同様の暮らしを実現することはできない。衣食住の値段がどんどん高騰しているし、安全・安心な環境はいくらお金を積んでも買えないからである。

帰国したあと、上海出身の中国人何人かに顛末を話したら、一様にこう言われた。「僕だって今さら一年間上海に住みたくはないよ」「せっかくの在外研究に中国に行くだなんて、もったいないとは思わなかったの？」——中国人にこう言われてしまっては、私も返す言葉がないのだった。

五　中国との関わり方

再び刈間先生の話になるが、先生はかつて研究のあり方についてこう語っていた。「おもしろどまりじゃ研究にならない。おもしろくなければ研究できない」。解説を加えるとこうだ。自分が「おもしろい」と思ったものに執着するだけではマニアと同じで、職業としての研究にはならない。しかし同時に、自分が「おもしろい」とも思えないものを、一生かけて追究するようなことはできないし、さらには他人に「おもしろい」と思わせることもできない。この言葉もまた、今なお私の胸にしまわれている。

中国は私にとって、好きとは言わないまでも、ずっとおもしろい国だった。中国の人々は、たいてい好きだった。傅雷や傅聰のことを私は尊敬しているし、お金にもならない私の本を翻訳出版するのに尽力してくれた友人や先生方にも心から感謝している。学問をする上で、中国の人と通じ合う言葉が持てたことは、私の大きな財産だと思う。

しかし昨今、私が教える学生を見ていると、二〇〇〇年代以降日中関係が悪化する中で育った日本の若い世代に、中国や中国人に対するマイナスのイメージが強固に染みついていることを痛感する。メディアによって繰り返し伝えられる中国の「反日」や、日本側の感情的な中国脅威論によって、警戒感と不信感が生まれているのである。日本人には世代によって中国観に大きな違いがあるが、その中でも二十一世紀世代の現状には薄ら寒いものを覚える。これらの若者に中国の「おもしろさ」を伝えることは、実のところ相当難しい。私と彼らの間に共有する中国体験がほとんどないからだ。北京と言えば高い空と胡同の壁を思い出す私とは異なり、彼らにはＰＭ２・５に煙る灰色のビル街しか思い浮かばない。中国語を専門に学ぶ学生すら、政治状況や生活環境を心配して、留学することをためらっているのである。

話は戻るが、二〇一三年の夏に上海から撤退したあと、私は韓国・釜山に行ってみた。上海と歴史的・地理的条件が似ており現在は姉妹都市であるということを発見し、釜山で半年余りを過ごしたのである。この経験は私の中国を見る目をかなり変えることになった。韓国の人々は中国や中国人に対してクールな距離感を保っており、漢字を使わなくなったせいか、文化的な紐帯などもほとんど感じていないように見える。日本人にとってアジアの大国と言えば昔も今も中国を指すだろうが、韓国人にとっては追いつき追い越す相手は日本であるようだ。

ところ変われば中国観も変わる、ということに気付いてから、私は自分にとって関心の対象がなぜ中国だったのか、と考えずにはいられなかった。上記の世代論から言えば、一九八〇年代に中学・高校・大学時代を過ごした私は、中国の改革開放政策と、それを歓迎する日本の政財界の明るいムードに大きな影響を受けている。日本経済もバブルの時代であり、若者が中国を旅行することも容易だった。戦争体験からも遠く、「新中国」の興奮からも遠く、政治的にニュートラルな視線を保つことができたことも、私の世代の特徴だったかもしれない。

一方、少し前の世代の刈間先生が「中国人の役に立つ研究」を志したのは、一九七〇年代に中国語を学び始め、文化大革命の高揚と価値観の崩壊を同時代的に経験したことが大きいのだろう。中国に留学する機会もなかった分、改革開放を迎えた時に、今後の中国の再生に最大限関わっていきたい、という思いが強かったと推察する。そうだとしたら私の世代の研究者は、社会主義市場経済の道を驀進する二十一世紀の中国を相手に、これからどのような関わり方をしていけばよいのだろうか。

決まった答があるわけではない。政治経済の研究ではなく、文学芸術の研究をしていくのに、社会主義市場経済と一体何の関係があるのか、と思う人もいるだろう。しかし私の頭に引っかかるのは、やはり文化大革命によって自殺に追いやられた傅雷や、二十年もの亡命生活を強いられた傅聰のことだ。彼らのような文学者や芸術家が今後中国から生まれないとは、断言することができない。なぜなら今日の中国でもなお、社会主義イデオロギーの力は絶大で、個人の権利を守ろうとする活動家や弁護士が不当に逮捕され、罰せられているからだ。私の中国語クラスの同級生で、中国の市民活動を取材していたノンフィクション作家は、数年前から中国へ入国禁止となっている。ささやかな私の本すら、中国語版が出版される時には、左翼音楽史観を批判的に書いた部分がごっそり削除されているのだ。改革開放以来三十年余の間に大きく姿を変えた中国の中に、変わらぬものが依然として存在している。

文学や芸術は、人間が自由に表現し発表する権利を保証されてこそ無限にはばたくことができる。世界の中で、そしてかつての日本で、その権利が奪われた時代があったことを、私たちは知っている。文学や芸術を研究する者には、作品が生まれた状況を冷静に見すえる必要があると同時に、創作という人間の営為を妨げるものを発見したならば、それを明確に指摘する責任があるだろう。それは研究対象に対して果たさなければならない責任である以上に、自分自身の生き方や信念を守るためであるからだ。

今後私たちが中国と真剣に向き合っていくには、時に為政者にとって都合の悪いことも言わなければならないかもしれない。政治的・経済的利害に惑わされず、人間として共通の価値観を追究していくこと。同じ時代に同じアジアの一角で共に生きること。それが私の中国との関わり方であり、中国を研究することの意味だ。「私たちは「党」と付き合っているんじゃありませんから。中国人と付き合っているんですから」――そういえばこれも刈間先生の言葉だった。

日本におけるスペイン語圏文学文化研究の三十年

――私的瞥見――

花方　寿行

一

今回「研究を語る」特輯号に寄稿することを決めたものの、切り口・語り口の選択においてはなかなか難しいものがあったことを最初に認めておきたい。大御所である先生方に比べればもちろん若輩、しかも同年配で活躍中の同業者が多い四十代半ばにして、ひとと比べて華々しい活動を重ねてきているわけでもない私が「わが研究を語る」というのはおこがましい。しかし一方、私の主な研究領域であるスペイン・ラテンアメリカ文学研究に絞って動向を紹介するのも、他領域に軸足を置かれる方々にはさして関心をひかない内容になりかねない。そこで本稿では、私が研究を始めた一九八〇年代末から現在に至る、日本及び海外におけるスペイン語圏の文学文化研究とその環境の変化を、私自身の経験を絡めつつ語りながら、現状の紹介と今後の課題へとつなげていくという、折衷的な形で進めていきたい。

私が東京外国語大学外国語学部スペイン語学科に入学したのは一九八七年、一年の休学期間を挟み卒業したのが九二年なので、卒論執筆や修士課程進学を念頭に置いて意識的にスペイン語圏の文学文化研究に取りかかり始めたのは、大体九〇年代にかかるかどうかという頃だった。もちろん私自身にとっては九〇年代などつい昨日のことだが、この間に急速に変化を遂げたのは、情報のデジタル化とインターネット環境である。これに関する記憶は、同世代から上の方には、研究領域にかかわらず共有されているものだろう。

私はというと、大学一年生の時に発売され始めたばかりの音楽CDを買うかどうかを友達と相談し（当時の結論は、まだCDはLPより音質が悪いので、もうしばらく様子を見た方がいいというものだった）、卒業論文はワープロ専用機で作成したが（スペイン語の特殊文字は入力できなかったので、プリントアウトに手書きで書き込んだ）、東京大学総合文化研究科比較文学文化専攻（当時）修士課程の入試のためにはワープロ原稿の提出が認められていなかったので、印字したものを手書きで原稿用紙に書き写した。なお大学院に入ってしばらくしてWindows 3.1が発売され、ワープロ専用機からパソコンに乗り換えようかと先輩に相談し、図像を処理するならまだまだMacintoshでなければと助言されたのも九〇年代初頭である。最終的に学部時代写真部だったよしみ(?)でキヤノンが製作に乗り出したWindows搭載のパソコンを買ったものの、当時学生には高額だったのに誤作動が続き、散々修理に出したあげくに安値で売却することになった(キヤノンはこの失敗でパソコン事業から撤退し、プリンターに特化した)トラウマ(精神的外傷)から、次にパソコンを買うまでしばらく時間が空くこととなったものだ。

当然ながらインターネットはまだ普及しておらず、大学図書館の資料検索はファイリング・ボックス内の紙のカードを片っ端からめくって行うしかなかった。キーワード検索など望むべくもないが、そのかわり書名全部を流し見しながら作業していくから、「こんな本もあるのか」と気がついたものを別にメモすることもできた。「できた」くらいだから、検索した資料の総冊数は、今になってみれば大したものではなかったのだろう。当時の東京外国語大学では、スペイン語圏関係の資料はまとめてファイリングされていたので、目を通すのはそこに限定されていた。

もう少し面倒だったのは雑誌論文の検索で、こちらもまずスペイン語圏でまとめられている雑誌の中から文学文化関係のものを選び出して、あとはひたすら目次に目を通すしかない。日本においてスペイン語圏専門で文学文化を扱う学術雑誌と言えば、今も昔も『イスパニカ』(日本イスパニア学会)か『ラテンアメリカ研究年報』(日本ラテンアメリカ学会)しかないので、これらは幸か不幸か片っ端から目次を見ることもできた。また大学図書館で定期購読しているスペイン語の雑誌には限りがあるので、その中から*Revista de Occidente*や*Revista Iberoamericana*をできるだけ通覧することもできた。個人的には、オルテガ＝イ＝ガセットJosé Ortega y Gasset(一八八三―一九五五年)が創刊した歴史ある、しかしちょっと切り口が古くなって感じられた前者より、ポストコロニアリズムやジェンダー研究を積極的に取り入れていた後者が面白かったが、いずれにせよ、こうなるとだいぶ冊数・論文数も増え、網羅的に目を通すのはきつくなる。ましてや紀要論文や一般文芸誌に掲載された論文などは、目を通した論文に参考文献として挙がっているか、先生方や先輩のご教示を受けるかしなければ、自力で探し出すのは困難だった。学部時代はフランコ期のスペイン大衆文学などという、日本人で他にやっている人はまずいないだろうという研究主題だったので、日本語の先行文献探しはかなり大雑把に済ませていたし、スペイン語の場合そもそも手の届くところに実物がなければどうしようもなかったので、大学図書館の蔵書に限定しても良しとしていたが、修士課程に進んで魔術的リアリズムなどを研究主題に選んでしまうと、そういうわけにもいかない。ただありがたいことに、修論の準備をする頃にはＯＰＡＣがどこの図書館でも使えるようになってきて、検索については現在に近い、だいぶ楽な状況になった。

先行研究の点検もこのように大変だったが、スペイン語圏の研究者にとっては、そもそもスペイン語の書籍を手に入れるのがまた一苦労だった。九〇年代初頭当時、東京でスペイン書籍を主に扱っていたのは、その名の通りのスペイン書房と、イタリア語書籍と並ぶ形で輸入していたイタリア書房程度。スペイン書房の方は、当時は普通の街角の本屋くらいの空間は確保していたが、イタリア書房は小さい古本屋程度しか店舗がなく、当然どちらも入荷して店頭に置いている書籍の種類・数が限られている。著者名・書名・出版社名が分かればかなり取り寄せてくれたが、そもそもどんな本が現在出版されているのか、その情報を入手するのがまた大変だった。もちろん先生方の中には、スペイン語圏の書籍より入手しやすい英仏語の文芸誌・書評誌を経由して新刊情報を入手されている方もいらしたが、自分の研究主題に限定して情報を仕入れることなどまず期待できないし、学生となるとさらにおぼつかない。先生方の情報（現地の〔古〕書店主との文通〔！〕で仕入れた情報や図書目録を含む）や、輸入書店の在庫目録などの、ほとんどの場合は書名だけから、自分の研究主題に関係するのではないか、こういう内容なら資料が集められるのではないかと、漠然としたイメージを作るところから始めていた。

卒論の関係で同時代スペインのベストセラー小説を調べようとしたことがあったが（結局卒論には使わなかった）、この時は半年遅れで船便で届くスペインの日刊紙『ＡＢＣ』が図書館書庫に束ねて積んであるのを引っ張り出しては、週間ベストセラー・リストを抜き書きするという作業をひたすら行ったものだった。名が挙がっているのがそもそもどういう本なのかを調べる次の調査にどう手をつけていいのか分からず断念したため、調べた内容はほとんど忘れてしまったが、当時新刊だったバルガス＝リョサ Mario Vargas Llosa（一九三六年生）の『継母礼讃』*Elogio de la madrastra*（一九八八年）が何週にもわたって第一位を独占していたこと、なぜかＣ・Ｓ・ルイス Clive Staples Lewis（一八九八―一九六三年）の『ナルニア国物語』*The Chronicles of Narnia / Las Crónicas de Narnia* シリーズが代わる代わるランクインしていたことだけは覚えている。

文学作品それ自体を手に入れようとする場合も、スペイン語圏各国の出版事情は、「欧米先進国」に比べるとまだまだ見劣りのするものだった。スペインのカテドラ（Cátedra）やカスタリア（Castalia）、ベネズエラのアヤクーチョ（Ayacucho）といった校訂・注釈入りの叢書（必ずしも全てが満足のいく水準ではなかったが）は既にあったし、スペインのエスパサ・カルペ（Espasa Calpe）やセイ（ク）ス・バラル（Seix Barral）、メキシコのシグロ・ベインティウノ（Siglo Veintiuno）、ベネズエラのモンテ・アビラ（Monte Avila）、アルゼンチンのロサーダ（Losada）といった現在も活動を続けている大手出版社によって古典や新作が刊行されていたが、紙質は一般に悪かった。また出版地が広いスペイン語圏に分散している上、日本への輸入元が限られているため、学生には新刊情報を仕入れることも難しかったし、大手の取り扱う英仏独語の出版物に比べて輸入価格も高めだったので、幅広く手をつけるのはなかなか勇気の要ることだった。作品自体でさえこうした状況だったから、刊行部数のより少ない研究書となると、よほど有名な研究者のものでなければ自分で取り寄せるところまでなかなか踏み切れなかった。

九〇年代にかかる頃でさえこれほど情報収集に手間がかかっていたのだから、スペイン・ラテンアメリカ文学を専門とするその前の世代の諸先生の業績が「研究」より「紹介」に偏りがちだったのは、やむを得なかっただろう。出版不況の昨今とはいえ、市販されている西和辞典の種類を見ていると隔世の感を抱かずにはいられないが、私が大学に入った八七年に市販されていた『西和辞典』はただ一つ、白水社から出ていた高橋正武編（一九五八年四月初刊、一九七九年三月増訂）のみであり、学生は**"almendra"**（アーモンド）が「はたんきょう・扁桃の実」、**"flan"**（プリン）が「プッディング、プリン（卵黄乳菓）」となっていたこの辞書で一年間四苦八苦した後は、プラネータ（Planeta）社の『西西辞典』***Diccionario Planeta de la lengua española usual***（一九八二年）を買って格闘しなければならなかった。直後に小学館の現在も版を重ねている桑名一博他編『西和中辞典』（一九九〇年一月）が刊行されてから状況が一変したが、一番裾野が広いはずの初修者向け学習環境がこんな具合だから、当時文学作品をスペイン語から直接訳せる翻訳者の数は、まだまだ限られていた。文学作品を読み慣れていなそうな他分野の研究者や一般人による努力には敬意を表するが、いかんせん訳の正確さはおろか日本語として惨憺たる出来映えの訳書も多かった。

また、従来文学部には研究科・コースがまず設置されていなかったスペイン・ラテンアメリカ文学研究（一部の学部では「南欧文学」の括りの下で学ぶことができたが）においては、主要外国語文学研究とは異なるハンディキャップがあった。八〇年代になって増えてきた外国語学部または地域研究・国際研究学部の中に含められることの多かったスペイン語圏の研究課程は、学際的な交流のしやすい環境にあったとはいえ、逆に他言語の方も含め文学文化専門の研究者と切磋琢磨することが難しく、理論武装が進んでいなかった。八〇年代までの「ラテンアメリカ文学研究」が、政治経済研究中心の「ラテンアメリカ研究」の一部として活動することが求められがちだった一方で、ボルヘス **Jorge Luis Borges**（一八九九—一九八六年）やガルシア＝マルケス **Gabriel García Márquez**（一九二八—二〇一四年）などへの文学研究者の関心は、英米やフランスでの受容・研究を受けて、そちらを経由してかき立てられていた。もちろん元々英仏文学を専門としながら、そうした言語からの重訳を試みるだけでなく、スペイン語を学んで直接原文から翻訳する活動をされた先生方の恩恵を我々の世代は受けているのだが、少なくとも研究の紹介においては、こうした事情に加えて知名度の問題もあり、スペイン語圏ではなく英独仏の研究者の業績ばかりが紹介されているという状態が今も続いている。セルバンテス **Miguel de Cervantes Saavedra**（一五四七—一六一六年）やカルデロン **Pedro Calderón de la Barca**（一六〇〇—八一年）、ガルシア＝ロルカ **Federico García Lorca**（一八九八—一九三六年）、ボルヘスのような代表的な作家についても、スペイン語圏の研究者の手になる文献はあまり翻訳紹介されていないし、日本人研究者のそれなりにしっかりした研究書が刊行されるようになったのも、同じ一九九七年の刊行である牛島信明氏の『スペイン古典文学史』（名古屋大学出版会、一月）と高林則明氏の『魔術的リアリズムの淵源――アストゥリアス文学とグアテマラ』（人文書院、四月）が大体皮切りであり、それ以前は作家・作品紹介に重きを置いたエッセイ調のものが主だった。

もっとも問題は日本での受容・研究にだけあったのではない。スペイン語圏の各国における文学文化研究にも、様々な問題があった。特に大きな影を投げかけたのが、冷戦構造である。スペインで第二次世界大戦前から続いていたフランコ独裁政権が、フランコ Francisco Franco y Bahamonde（総統在任一九三九―七五年）の死によって幕を閉じたのが一九七五年、クーデター未遂事件を含む政情不安が落ち着いたのは八〇年代に入ってからだった。カトリック信仰護持と反共産主義を掲げるフランコ体制下では、もちろん書誌学・修辞学的な研究は積み重ねられていたし、左派的な切り口を取り入れた研究ができないわけではなかったが、マルクス主義的・ニューレフト的な批評理論は良くも悪くも主流派とはなり得ず、全体として旧態依然とした感は否めなかった。逆にこちらもメキシコ革命（一九一〇―一七年）以降左派政党が一党独裁体制を続けてきたメキシコにおいては、教条主義的なマルクス主義文学批評が強い力を持っていたが、もちろん九〇年代にかかる頃には限界が露呈していた。そして他のラテンアメリカ諸国では、チリのクーデター（一九七三年）を皮切りに次々と成立した親米軍事独裁体制による左派知識人の弾圧や、中米地域におけるアメリカ・ソ連の代理戦争と化した内戦の長期化などで、研究はどうしてもイデオロギー的な色彩を帯びることが多くなっていた。研究拠点として重要な役割を果たしていったのは、スペイン語圏からの移民や亡命者など、スペイン語話者が多く、多様な地域から流入する研究者を受け入れていたアメリカや西ヨーロッパ先進国であり、スペイン語圏自体はやや影が薄い存在となっていた。こうした問題は、おそらく当時の中国（台湾）・韓国文学やソ連・東欧文学の研究者も抱えていたのではないだろうか。

もちろんこれは、当時のスペイン・ラテンアメリカ文学文化研究の大きな障碍ではあったが、九〇年代初頭には次の時代に向けて確実に変化の兆しも見えていた。スペイン語圏各国における継続的で自由な研究の難しさ、作家や研究者が亡命を強いられる望ましくない社会状況は、亡命と拠点の分散という悪条件を生み出したが、同時にそれが、一国にとどまることのできない作家や研究者がスペイン語圏のみならずアメリカや西ヨーロッパ各国の研究・出版拠点を移動しながらネットワークを築き上げるのに寄与していた。

日本について見れば、私たちの世代はおそらく、大学に入る前に日本語訳でスペイン・ラテンアメリカの主要な文学作品をある程度読むことができた、日本で最初の世代ではないだろうか。八〇年代半ばに集英社の画期的な「ラテンアメリカの文学」叢書全十八巻が出ていたし、早くに鼓直訳『百年の孤独』*Cien años de soledad*（原著は一九六七年刊、邦訳は一九七二年五月）を出していた新潮社の「現代世界の文学」には、八〇年代にはガルシア＝マルケスの当時刊行されていたほとんどの長編に加えてフエンテス Carlos Fuentes（一九二八―二〇一四年）やバルガス＝リョサも収められていた。「叢書ウニベルシタス」（法政大学出版局）にはオクタビオ・パスOctavio Paz（一九一四―九八年）の高山智博・熊谷明子訳『孤独の迷宮』*El laberinto de la soledad*（原著は一九五〇年刊、邦訳は一九八二年十月）が入っていたし、国書刊行会からは同じく牛島信明訳『弓と竪琴』*El arco y la lila*（原著は一九五六年刊、邦訳は一九八〇年一月）が刊行されていた。重訳も含め様々な出版社から刊行された訳書で、ボルヘスの主要作品は大部分が読めるようになっており、九〇年代初頭には現代企画室の「ラテンアメリカ文学選集」全十五巻が刊行されていった。さらに我々貧乏学生にとっては幸いなことに（この点では二〇一六年現在より当時の方が恵まれていたかもしれない）、それまでは岩波文庫にスペイン古典文学が一部収められているくらいだったのが、白水Uブックスのような新書や、今はなきサンリオ文庫をはじめとする文庫本でスペイン語圏の小説が読めるようになったのは、嬉しい限りだった。散発的にだが、早川文庫（あるいはハヤカワ・ポケット・ミステリ）や創元推理文庫にスペイン語圏のミステリーが収められたのも、画期的だった。

　映画監督ビクトル・エリセVictor Erice Aras（一九四〇年生）の『ミツバチのささやき』*El espíritu de la colmena*（一九七三年）と『エル・スール』*El sur*（一九八二年）が立て続けに公開され、アルモドバルPedro Almodóvar（一九五一年生）やカルロス・サウラCarlos Saura（一九三二年生）の新作が恒常的に輸入されるようになり、ギタリストのパコ・デ・ルシアPaco de Lucía（一九四七―二〇一四年）がフュージョン（ジャズにロックやラテンなど、異なる領域を融合させた音楽）に進出したことからフラメンコが一部好事家のものではなく広く注目を集め、「ワールド・ミュージック」のコーナーで様々なスペイン語圏の音楽が比較的簡単に入手できるようになっていったのも、私が高校生から学部生にかけての時代の変化だった。

　知的スノビズムに陥るきらいはあったものの、バブル期の出版好況の追い風に乗って、日本語で欧米の新しい文学理論を学び、スペイン語圏の文学文化について、いまだ雑多ながらもそれ以前よりは遥かに多くの情報を仕入れた上で、大学で一年次から学んだスペイン語を用いて原書を読み研究に取り組むことができる。我々はまさにそうした新しい時代の最初の世代だった。高校時代に映画館で見た『エル・スール』に感動して進路を決め、入学してすぐに二年生の講読授業のテキストとしてガルシア＝モラレスAdelaida García Morales（一九四五―二〇一四年）の原作が用いられているのを知って、後に指導教員をお願いすることになる桑名一博先生の研究室に買いに行った私の体験は、英仏独語においてはありふれたものだったろうが、今思えば日本のスペイン・ラテンアメリカ研究においては、全く新しいものだったのではなかっただろうか。

二

　こうした条件を考えると、既に機は熟していたと言えるのだろうが、九〇年代初頭までとその後の、特に二〇〇〇年代にかけての変化には目を見張るしかない。

　研究傾向の関係でとにかく肯定的に作用したのは、冷戦構造の終焉である。八〇年代末から九〇年代初頭という、まさに私が学部生だった当時に起きた冷戦終結からソ連崩壊にいたる変化は、ラテンアメリカの多くの地域で内戦の終結もしくは停戦協定の締結、軍事体制の民政移管に結びついた。もちろん対立の根源にある経済格差などの諸問題は解決されておらず、中米の麻薬戦争など形を変えて紛争は続いているが、少なくとも文学文化研究においては教条主義的な批評が姿を消し、より作品に即した精緻な分析が主流となるのに寄与したし、国家間のイデオロギー対立が解消されたおかげで、研究者の移動はより自由になった。キューバ問題や中米の内戦についてどの立場をとるかが文学研究より先に議論の対象とされてしまうような状況がとりあえずなくなり、国際学会が活発になると、先に記したようなスペイン語圏の作家や研究者の移動の多さは、逆に肯定的に作用するようになってゆく。

もう一つ大きく肯定的に作用したのが、経済のグローバル化だ。これは社会問題全体として見ればもちろん功罪両面があるし、研究主題によっては否定的な効果の方が大きいものもあるが、少なくとも出版事情についてはよかったことがかなりある。先に述べたように、従来各国別に散在していた主要な出版社は、八〇—九〇年代に資本統合を進め、サンティリャーナ (Santillana) グループのような巨大な多国籍企業を作り上げていった。こうした動きは英米圏のランダムハウス (Random House) やイタリアのモンダドリ (Libri Mondadori) のようにスペイン語圏以外でも進行していたが、元々国際的な知名度や販売網を持っていた大手出版社の統合と違って、単独では国際的に展開する力が乏しかったスペイン語圏の出版社にとっては、共同でネットワークを運用するというのは全く新しい次元の展開だった。経営上はグループの傘下に入っても自社ブランドは叢書の名前として残したり、自国においては自社ブランドで出版し、諸外国での出版流通についてはグループに委ねるなど、出版社ごとに状況は異なるようだが(それに伴い研究者は参考文献表での出版地・出版社表記に頭を悩ませることが増えているが)、それでも大局的には出版活動の活発化につながっている。

こうした研究の活性化と国際共同出版の増加が結びついた成果が、九〇年代に続々刊行されたコレクシオン・アルチーボス (Colección Archivos. アーカイヴ・コレクション) という叢書だ。フランスやイタリア、ポルトガル、ブラジルを含む八カ国の共同出版で、アメリカ大陸到達五百周年を記念して刊行されたこの叢書は、中南米二十二か国(プエルトリコを含む)の近現代の文学作品を作家ごとに一冊ずつ刊行するだけでなく、書籍の半分は各国の専門家による研究論文が占め、研究者には非常にありがたいシリーズだった。収録作品は国別に分けられるのではなく、作品の言語もスペイン語・ポルトガル語に加え英語・フランス語作品も収め、広く「中南米文学」の全体像を示そうという意欲的な企画だった。またスペインのイベロアメリカーナ (Iberoamericana) とドイツのヴェルヴュエール (Vervuert) の共同出版は、両社の連携の下にスペイン語圏の文学全般を対象とした優れた研究書を定期的に刊行してきている。また二〇〇〇年代に入り、統一通貨ユーロ導入に伴って資本が流入し好景気を迎えたスペインでは、出版産業もその恩恵にあずかり、地方自治の強化政策が地方大学への支援の強化にもつながったため、先に述べた大出版グループ以外にも、大学出版局を含む中小の出版社が盛んに出版活動を行った。その中で今まであまり流通していなかったマイナーな作家・作品や、主題を絞った研究論集が次々と刊行されるようになっていった。

人的交流と出版活動の活発化は、研究の形式やトピックにも標準化をもたらした。八〇年代のスペイン語圏ではまだあちこちで見かけた、注がほとんどついていない印象批評的な「論文」はほぼ姿を消した。アメリカ大陸という広大な「元植民地」が様々な問題を提起するだけに、(ポスト)コロニアリズムやオリエンタリズムを冠する論文集が次々と刊行され、フェミニズム・ジェンダー批評もあっという間に主流に躍り出て確固たる地位を占めるようになった。フェミニズム的な切り口の定着は、女性作家とその作品を歴史的に遡って掘り出し、分析し刊行する叢書やアンソロジーの広まりにも見て取れる。またスペインにおける地方自治促進のもう一つの成果は、各地方のナショナリズム高揚に伴う、異なる言語(カタルーニャ語、バスク語、ガリシア語など)で書かれたものやその地方出身作家に注目した出版物の増加として実を結んでいる。さらにこれは世界的な傾向だが、こうした新しい文学理論の普及と出版合戦は、従来評価の定まった「古典文学」を収録してきたカテドラやカスタリアといった叢書の中に現代文学が収録されるようになったり、「古典文学」同様に「女性文学」叢書を従来の叢書と並行して刊行したり、さらには「大衆文学」叢書が創刊されるなど、研究と原典をセットで読める様々な書籍の刊行につながっている。中南米の好景気と不景気の目まぐるしい入れ替わりや、バブル崩壊後のスペインの不況など悪条件もあるが、それ以前の状況がさらに悪かったこともあり、今のところ九〇年代以前に逆行するような極端な出版の落ち込みは感じられない。

こうした状況をさらに後押ししたのが、パソコンの普及とインターネット環境の整備である。これについては特に他の言語圏と状況は変わらないが、九〇年代初頭以前の、情報を得るのにさえ苦労していた頃を思うと、隔世の感である。スペイン語圏の主要な大手出版社・書店のサイトに入れば新刊情報はすぐ手に入るし、検索も簡単にできる。日本への直接発送は行っていない書店が多いが、書誌情報があれば輸入代理店にも発注がかけられるし、標題や著者名だけではなくもっと詳しい情報を読んでからであれば、購入も決めやすい。スペインの国立図書館やセルバンテス・ヴァーチャル図書館(Biblioteca Virtual Miguel de Cervantes)など、電子化された書籍をウェブ上で閲覧したりダウンロードしたりできるサイトも増えているし、最初から電子媒体で刊行される学術雑誌もある。また国内で収蔵している大学はあるが論文単位での検索が難しかった *Revista Iberoamericana* のような学術雑誌の場合、ウェブ上での閲覧こそ購読しなければできないが、論文検索はサイト上で行えるようになっているので、目星をつけてから雑誌の取り寄せを図書館に頼むこともできる。

もちろん「スペイン語圏」は幅広く、各国ごとの状況も異なるので、特定の国でしか手に入らない(所蔵のない)文献を探す場合は、必ずしもすべて「欧米並み」とは言えない。蔵書の電子化が進んでいない国立図書館もたくさんあるし(日本もひとのことは言えない)、そもそも設備を近代化する予算が得られない国もある。七年ほど前に訪れたキューバのハバナ大学図書館では、いまだOPACも機能せずカードで蔵書を検索していたものだ。予算不足や制度の機能不全のため、通常期待される直接訪れての資料調査すらできない国もまだある。一方で日本では不思議に思われる事例もある。ベネズエラで刊行されているアヤクーチョ叢書は、現在著作権の問題がないものはウェブ上で閲覧できるようになっているが、このサービスを進めているのは図書館ではなく、叢書の発行元であるベネズエラの文化省だ。もちろん「出版社」が営利団体ではないからできる判断だが、書籍の販売によって編集経費を支える必要がないのであれば、最初から出版・流通の経費を気にしないで「発行」できる形態に切り替わることもあり得るだろう。アヤクーチョ叢書の電子化が進んだのが、チャベスHugo Rafael Chávez Frías(在任一九九九―二〇一三年)政権下でのことだったので、はたしてこれが文化事業の経営を無視した上意下達方式の決定だったのか、それとも物不足が深刻化し「本を印刷して売る」ことが困難になってゆく中で、それでも「書籍の流通」を止めまいとした文化省の英断だったのかは分からない。いずれにせよ国の社会的・経済的困難が新たな取り組みを必ずしも完全に阻害するわけではないという一例だろう。

またかつては、それこそ数少ない映画祭での上映を見逃すとほとんど実物を見る機会がなかったスペイン語圏の映画も、今では新作はもちろん重要な旧作もかなりDVDで手に入れることができるようになった。こちらも国別の違いは大きいが、少なくともスペイン映画については、フランコ時代の旧作も大当たりした作品であれば相当数が市販のDVDで入手し鑑賞することができるし、新作がDVD化される速度も速くなっている。おまけに日本国内でも、ビクトル・エリセやペドロ・アルモドバルのような有名監督のものはもちろん、サスペンスやホラー、「エロティック」に分類可能な作品であれば、意外なものまで日本版が手に入る。全般的に、カセット・ビデオといったテープ媒体よりも大量生産が簡単で流通経費も安いディスクの普及は、YouTubeなどウェブサイトの充実とともに、資金力に乏しいスペイン語圏の音楽・映像資料の発信・受信を画期的に拡大させている。

このため日本の若い研究者たちの論文も、もちろん最終的な仕上がりは玉石混淆ではあるが、一次資料の調査や先行研究を踏まえた分析など、かつてより格段に基礎力がついたものになってきている。残念ながら全体的な少子化・経済的な事情による進学者数の低下に加え、昨今の英語偏重の風潮と大学院進学後の就職難により、スペイン語圏研究者の裾野の広がりには歯止めがかかってしまっているが。

三

さて、かくして現在ではスペイン語圏の文学文化研究は、現地においてはもちろん日本においても、他の欧米諸国のものと、環境面でひけをとらないものになっている。したがってここから先に記す現在の問題点は、基本的には他の分野と共通するものだと思われる。

　まず一つ目の問題は、入手できる情報が飛躍的に増加した結果、研究者個人がすべてに目を通すことが不可能になったことだ。もちろんかつても不可能だったのだが、九〇年代までは物理的な限界が大枠となっていた。情報は、すべては「入手できない」。だからこそ入手できた情報のみを前提に論を立てていくのは、やむを得ないことだった。しかし現在は入手できた情報をすべては「処理することができない」。九〇年代に私がポストコロニアリズムやオリエンタリズム、ジェンダー批評の手法を用いた研究に向かった時には、次々と同時代に刊行される海外の成果を少しずつ入手し、検討を加えながら利用する時間的な余裕があった。今は先に挙げたような雑誌・出版社のサイトやacademia.eduのような論文検索サイトを利用すれば、こうした切り口でスペイン語圏の作品を論ずる文献は毎日何件も新しいものが入手できる。しかし研究を深めるためには資料を入手するだけではなく、きちんと読まなければならない。「研究環境についての不満は書かない」よう指示が出ているので本稿では細かく書かないが、現在の日本の大学においては、常勤教員にかかる雑務の負担が飛躍的に増えているため、実際問題として昔ながらの手段で入手した資料を読む時間もとれないくらいだが、そうでなくともある程度以上大きな、あるいは人気のある研究主題を選んだ場合、どれほど時間があっても先行研究に目を通すだけで手一杯になってしまう。となると何らかの基準を設けて自分で利用する資料数を限定しなければ先に進めないのだが、手に入りうる論文をどう振り分けて目を通すものを決めるか、客観的に説明できるような基準で定めることは難しい。

　二番目の問題は、そこから派生している部分も大きいと思うが、新しい研究論文の多くが先行研究の整理に追われ、肝心のテクストを読み分析する部分が形式的になりがちだという点である。もちろん往年の、根拠なしでいきなり評釈を始める印象批評型論文――その問題点は切り口が「その批評家独特」であることにではなく、むしろその切り口を規定している自らの予断が何に由来しているかに無自覚なことにあった――よりは、先行研究にきちんと目配りをした論文の方がいいが、この作業負担の増加のためか、あるいは特にアメリカに見られる「(自然)科学的分析方法」偏重のためか、ポストコロニアリズムなりジェンダー批評なりの先行研究紹介が大半を占め、最後にその分析方法を特定のテクストに応用したらどうなるかが簡単にまとめられるという論文を多く見かける。しかしどれほどその結論が「正しい」ものだろうと、植民地支配者側の作家や男性作家のテキストに「植民地支配者や男性の文章ならではの」特徴が見いだされるというだけでは、対象となるテキストの読みを豊かにすることにはつながらず、予定調和的な機械的論文生産になってしまう。今まで批判対象と見なされていなかったテキストを対象にするか、他の分析手法と組み合わせることで重層的な読みを行うか、いずれにしても既に市民権を得ている分析方法を援用する場合には、今まで以上にテキストそのものの丁寧な読みが要求されていると言えよう。

　そして最後に、これは日本ではあまり見受けられないが、アカデミズムと実作が比較的良好な関係を築いているスペイン語圏を含む欧米では、先に述べたような文学理論の批判に応える形で、「政治的に正しい」作品が次々と生まれてきている。こうした作品は、文学理論の先行研究をまとめ、従来どのような「政治的に正しくない」作品が生み出されていたかを示した後に、現代の新しい取り組みとして提示するには好都合であるため、論文にも取り上げられやすい。しかし研究者として注意しなければならないのは、それがポストコロニアルな問題意識であれジェンダーについての現代の考えであれ、テキストを構成しているものと分析者が拠り所にするものが完全に一致しているならば、分析結果は事実上同語反復になってしまい、生産的ではなくなるという点である。マルクス主義的な分析が有効だったのがいわゆる「ブルジョワ的な創作物」に対してであり、社会主義リアリズムの作品に対してではなかったように、現代のポストコロニアリズムやエコロジー理論を取り込んで成立している作品の分析においては、ポストコロニアリズム批評やエコロジー批評は有効ではない。こうした作品に対しては、作品の予定調和的な読みを裏切る新たな分析方法を見いだす必要がある。

こうした問題をいかに解決していくかは、研究者それぞれが自ら苦闘しながら見いだしてゆくものなので、万人に共通する答えは出てこないだろう。私自身は現在、あくまでも効率化の誘惑に抵抗することしかないと考えている。すなわち丁寧にテクストそのものを読みながら、そこで浮かんだ疑問に対する答えを求めて援用できる研究論文を探し、使い方のわかっている分析方法で分析しやすい題材を求めてテキストを渉猟しないこと。できるだけ新しい情報を多く入手しようと努めながらも、数をこなすことや「最新流行」の理論に「アップデート（更新）」することに執着せず、テクストの読みを深めることを第一目的にし続けること。そして現在多少なりとも定着している分析方法については、党派的にひたすら肯定することも、やみくもにイデオロギー的あるいは感情的に反対することもなく、その成果を正しく評価した上で、弱点や偏りを批判的に認識し、より有効に用いることができるよう気をつけること。言葉と論理を明晰にするべく努めながらも、そもそも複雑である対象テクストを過度に単純化して解釈することで「わかりやすさ」を偽造しないよう腐心すること。

これが現時点での私の現状認識であり、「研究のあり方」である。

情報通信技術と人文学
——学際的研究と文章解釈をめぐって——

鈴木　禎宏

一　はじめに

「わが研究を語る」というお題を頂戴した。端的にこれに答えれば次のようになる。卒業論文以来今日まで、イギリスの陶芸家バーナード・リーチ Bernard Howell Leach（一八八七—一九七九年）とその周辺について研究している。そのため地域としては日本とイギリスが、分野としては美術・工芸が、時代としては十九〜二十世紀が主たる研究対象となった。研究で訪れるのは主に図書館、美術館、窯業産地（窯元）である。これだけを見るならば私の研究は狭義の比較文学から遠いところにあるように見えるかもしれない。

私が学生だった一九九〇年代から、情報通信技術（ICT: Information and Communication Technology）が急速に発達した。これに伴って研究のやり方・あり様も少なからず変化を蒙った。現在の学生達はこうした技術体系を所与の環境として受け容れているのに対し、私はそれを研究や日々の生活に少しずつ採り入れながら学生時代を過ごした。そして教員となった今、ＩＣＴが研究の基盤を制度的に整備した一方で、その基盤の下に広がるべき土壌を痩せ細らせているのではないか、という危惧を抱いている。

拙論では学ぶ立場と研究する立場、そして教える立場から最近約二十五年間の経験をご紹介し、情報通信技術が学術研究にもたらした事態について考えたい。私の経歴を振り返るにあたり、「学際的研究」と「文章解釈（エクスプリカシオン・ド・テクスト）」という二つの軸を設ける。個人的な事例がどこまで一般性を持つのか心許ないが、人文学の研究者が見た時代の記録、及びそれについての省察としてお読みいただければ幸いである。

二　道具としての情報通信技術
――一九九〇―二〇〇〇年　大学入学から就職まで

私は一九九〇（平成二）年四月に東京大学教養学部文科三類に入学し、翌年に教養学部教養学科第一の比較日本文化論分科の一期生となり、平成六年四月に大学院の修士課程（総合文化研究科比較文学比較文化専攻）に進学した。平成八年四月に博士課程に進学すると、所属は超域文化科学専攻（比較文学比較文化コース）となった。比較日本文化論分科は他の分科とは成り立ちが異なり、先にあった大学院組織が教養学科（シニア）に設立した教育組織である。一九九〇年代の比較研究室では学際的研究（Interdisciplinary Studies）に対する肯定的な立場から教育が行われていた。その背景として、一国文学史に対する反省と批判から比較文学という学問が生まれたこと、そしてその延長線上に、文学という枠組を超えた文化史研究が構想され、一定の成果を挙げていたことを指摘できる。

新設された比較日本文化論分科ではさまざまな教官の授業に出席した。平成三年度の冬学期、退官間際の芳賀徹先生と平川祐弘先生の授業にて、それぞれ「日本文化史における「海」の役割」や「外国の日本研究者の人と作品」について学んだ。三、四年次には小堀桂一郎先生から日本近代文学史や歴史的仮名遣いについての講義を受けた。学部レベルではあったが当時の「比較三原則」（比較研究室の三教授）に接することのできた、最後の方の学年だった。それと同時に次世代の先生方の薫陶も受け、卒業論文はエリス俊子先生に、修士論文は川本皓嗣先生に、博士論文は三浦篤先生にご指導いただいた。比較文学系の授業ではエクスプリカシオン・ド・テクストの実践を目の当たりにし、三浦先生からは美術史的な物の見方と、研究における実証性というものを学んだ。

博士論文においては、バーナード・リーチの基礎研究を行い、作家論と作品論を試みた。すなわち、日本とイギリスの先行研究を参照しつつも、リーチ本人に即して伝記研究をやり直し、そこからリーチの作家としての特性や、作品の特徴を考えた。この陶芸家には文学、美術史、地域研究などの枠組みには収まりきれない面白さがあったが、それを損なうことなく取り上げるには、比較文学比較文化という領域が適していた。この博士論文は後にミネルヴァ書房から出版できた。(1)

このように私は一九九〇年代を学生として過ごしたが、これは比較研究室の教育組織の改編や教官の世代交替の時期だったばかりでなく、今日に繋がるような情報機器の使用や電子情報の活用が始まった時期でもあった。一九九二年に商業インターネットが日本に登場し、一九九五年にマイクロソフト社から基本OS（operating system）ウィンドウズ95が発売された。(2) 幸いなことに、当時の比較研究室には竹内信夫先生や大澤吉博先生など、研究にパーソナル・コンピュータ（パソコン）を積極的に取り入れている教官・先輩方がおられた。

文章作成のあり方について振り返ってみると、当時の変化がわかりやすい。学部入学当初、私は授業の課題レポートを手書きの原稿用紙で提出していたが、卒業論文はワード・プロセッサー（ワープロ）で作成した。白黒の液晶画面にわずかな量の文字しか表示されない代物だったが、インクリボンの他に印画紙も使えるという、当時としては悪くないものだった。作成した文書のデータは容量一・四四ＭＢ（メガバイト）のフロッピー・ディスクに保存した。私が人生最初のデスクトップ型のパソコンとしてアップル社のマッキントッシュＬＣ六三〇を購入したのは一九九五年頃のことである。その後、同社のノート型のパソコン（Power Book 1400）を使用したが、これによりイギリスなどの調査先でも作業ができるようになった。博士論文はマイクロソフト社のワープロソフト（Word）で作成した。

前述のように、私がパソコンを購入した時点で商業インターネットは始まっていたが、その実態は電話回線によるパソコン通信のままであった。電子メールのアドレスなるものを取得すると、通用範囲は同じプロバイダに限られていたが、文通が格段に手軽になった。その一方、通信速度が遅いため、一枚の画像を見るためにパソコンの前で何十分も待たされた。今から振り返るとお粗末な状況だが、それでもモデム（データを電話回線でやりとりするための信号変換装置。modulator＋demodulatorの合成語）とTelnet（遠方のコンピューターにログインし、利用するためのシステム）のおかげで研究のあり方は変わった。すなわち、自宅に居ながらにして東大はもちろん、ロンドンの英国図書館、パリの国立図書館の目録を検索できるようになったのである。ただし、専門書検索についての体系的な授業や講習、データベース・サイトはなかったので、不親切な手引き書を解読するか、たまたま出会えたその道の先達に教えを請うという、何とも心細いやり方でこうした新技術を採り入れていった。

一方、電子機器は別の面でも研究を変えていった。一九九〇年代後半、デジタル・カメラはすでに普及していたが、まだ解像度が低かった。そのため学会発表や授業ではあいかわらずスライドが映写されていた。リバーサルフィルムによるスライド作成には技術と経験が必要だったが、二〇〇〇年代に入りデジタル・カメラの性能が向上するにつれてそうした技能は廃れていった。デジタル情報化された資料をパソコン等で保存・参照できるようになったことは研究を助けた。蛇足ながら、紙の複写機も長足の進歩を遂げていった。

前述の通り、私は日本とイギリスに散在するバーナード・リーチ関連の資料や作品を目録化し、伝記的事実を整理していったが、こうした作業においてはパソコンのデータベース作成ソフト、ファイルメーカープロを活用した。これは基本的に紙のカードを電子化したものと考えてよいが、決定的に異なるのは検索と並べ替えの機能である。私が作成したリーチ作品のデータベースを例にとれば、「壺、皿」などの形態、制作年、制作地などの項目を組み合わせることにより、作品同士の比較を容易に行える。例えば、同一年に彼がどのような作品を展開していたかを調べることも、あるいは壺の形や動物などの模様が年を経るごとにどのように変遷していったのかを追跡することも、瞬時にできる。こうした技術がこれまでの私の研究を支えていると言っても過言ではない。

こういう次第で私は、図書館――主として駒場八号館の教養学科図書室――で紙のカード目録を用いて文献を探し、得られた知識をノートや紙のカードに整理し、それをもとに論文を書いた、最後の方の世代である。そしてこれはまた同時に、ぎこちなく電子機器を研究に取り入れ、データを電気的情報として蓄え、論文を最初からキーボード入力で作成・発表・入稿するようになった、割と最初の方の世代であることを意味している。同世代の学生達もそれぞれの専門分野において、似たような移行を経験した筈である。(3)

三　環境としての情報通信技術
——二〇〇一年以降　就職から現在まで

二〇〇一（平成十三）年度にお茶の水女子大学の生活科学部に就職し、現在に至っている。その後十五年ほどの間にさまざまな変化があったが、それらは情報通信技術の急激な発達と何らかの形で関わっていたように思われる。

私が就職した生活科学部は旧家政学部を母胎としており、ここでは旧帝大の学問体系（法医工文理農経養育薬等）とは異なる世界観に基づいた教育・研究が行われている。規模は小さいものの、学部内には自然科学系、社会科学系、人文学系の教員がおり、その意味では教養学部に似たところがある。ただし、ここでは「生活」という核の下、実践性と総合性が重視されており、こうした特性は家庭科の教員養成課程という形で端的に現れている。(4) このようにして、駒場の教養学部教養学科という「学際的」な場所で教育を受けた私は、生活科学という女子教育の領域に足を踏み入れたことにより、文学部を中心とする既存の人文学の学問体制からさらに逸脱することになった。

この傾向を一層強めたのが、平成十二年度から約十年間、国立民族学博物館（みんぱく）と国際日本文化研究センター（日文研）の共同研究会に参加したことである。みんぱくの熊倉功夫先生（当時）や日文研の稲賀繁美先生にはたいへんお世話になった。共同研究会では他分野の研究者や実作者との交流を通じ、自分の強みと弱みを実感することができた。それはすなわち、自分の興味関心に応じて柔軟に地域・学問領域を越境できること（あるいは、そうせざるをえない立場にいること）である。

職場の話に戻ると、就職して以来、さまざまな「改革」を経験した。特に大きかったのは平成十六年四月の国立大学法人化である。これにより「教官」はある日突然「教員」になり、身分は国家公務員から「見なし公務員」（と呼ばれる団体職員）に変わった。さらにその後学校教育法が改正され、「助教授」Assistant Professorだった私は「准教授」Associate Professorになった。大学には中期目標の設定、評価・認証制度等々の新しい制度が次々に導入されていった。これら一連の変化は、教育改革に名を借りた行財政改革であり、国立大学法人の予算（運営費交付金）は「効率化係数」なる言葉の下、法人化以降今日まで毎年削減され続けている。

予算削減の結果、人件費は削減され、定年により辞めていった教職員の後任は不補充となったり、非常勤に置き換えられたりしていった。小規模の教育組織においては、一人の教員が一つの学問分野を代表していることが珍しくない。そのような教員の後任が不補充となることは、その組織で教授できる学問分野が縮小し、学生が定常的に享受すべき教育の基盤が弱まることを意味している。

こうした状況の中、大学には「効率」的な経営が求められるようになっていったが、これにも情報通信技術が関わっている。ICTはその後も急速に発達を続けた。パソコンの性能は飛躍的に向上し、保存できるデータの量は増え続け、通信速度は劇的に上がり、そのコストは急激に下がった。メモリの容量はGB（ギガバイト）を経ていまやTB（テラバイト）という単位で語られる。コンピュータはパーソナル（一人一台）どころか、一人で数台所有していることも普通である。さらに情報機器端末は小型化・軽量化し、ポータブル（持ち運べる。ノート・パソコンなど）を経て、ウェアラブル（身に付けられる。アップルウォッチなど）となった。

こうした変化に伴い、一人の人間が一日に独りで処理（あるいは処分）すべき情報量も増えたように感じられる。私が就職した当時、教授会の資料はB5判の紙で配付されたが、それはやがてA4判になり、現在では紙ではなく電子ファイルとしてイントラネット（一組織内の情報交換に用いられるインターネット）を通じて配信されている。また、就職当初手書きで行われていた事務作業（教員による授業案内の入稿、成績評価、物品購入、学生による履修登録、成績確認など）も、現在ではすべて学内のイントラネットで行われている。電子メールの普及により郵便、電話、ファックスを使用する頻度は大幅に減った。

こうした時代の趨勢は大学運営だけでなく、すべての研究活動を静かに変容させていった。例えば科学研究費補助金の応募の際には、かつては申請書を複写・糊付けして七部ほど用意し、右上の角に指定された色を塗っていたが、現在では電子申請が行われている。また、学会の研究発表の募集や大会への参加手続きなどはインターネットのワールドワイド・ウェブを通じて行われる。調査や出張の準備にもインターネットは欠かせない。また研究資源として、さまざまな対象がデジタル・データ化され、インターネットを通じて閲覧・視聴が可能となった。その中には研究論文も含まれており、理系においては紙媒体の学会誌が出版される前に電子版が先行して公開されることもある。さらに日本では、平成二十五年から博士論文はそれが提出された大学等のサーバーで全文公開されることになった。いまや情報通信技術は研究の前提となっており、これなくしては研究を遂行・発表・出版することはできなくなっている。

このようにして、一九九〇年代まで目的を達成するための手段とされていた情報通信技術は、二〇〇〇年代に入ると環境となり、目的の有無に関係なく日常生活の中に入り込んだ。「ユビキタス社会」が到来したのである。

四　情報通信技術による研究の変容

過去二十五年を振り返ってみると、私の経歴には二つの軸があったようである。即ち、学際的研究と文章解釈（エクスプリカシオン・ド・テクスト）とに関わる認識である。この項では前者について考察する。

ユビキタス社会の実現により、研究のやり方も変わっていった。基本的な論文作成の考え方として、ウンベルト・エコUmberto Eco（一九三二—二〇一六年）が『論文作法』(5)で書いたことは今でも有効であろうが、しかし個々の場面における研究は様変わりした。エコの本には文献カードを人に貸したり売ったりする話が出ているが、紙の文献カードを使っている人は今では少数であろう。東京大学総合研究博物館小石川分館では、かつて実際に使用されていた図書の検索カードの入った木製収納箱が展示物となっている。

個人レベルから研究のあり方を考えると、情報通信技術は各専門分野においてさまざまな形で研究を変えていったのだろうが、人文系において特に意義深いのは、先行研究や、各種研究資源を検索する際に、インターネット上のデータベース・サイトが使用されるようになったことである。国立情報学研究所をはじめとする研究機関はそれぞれ独自のデータベースを構築している。かつてわざわざ国会図書館やイギリスの機関まで閲覧に出かけなければならなかった文献や書簡が、いまでは自宅のパソコンで閲覧可能な場合もある。また、必要な論文を手元の情報端末にダウンロードできることも少なくない。

このことは研究のあり方を考える上で軽視できない意味を持っている。従来は学会という閉じた枠組みにおいて個々の論文の学術性・新知見が問われ、それが評価された。それは今も基本的には変わらないが、ただし領域横断的な文献検索が当たり前となった今では、文献の検索・読解の段階で学際的な姿勢が要請されている。例えば、私が研究している宗教哲学者・柳宗悦（一八八九—一九六一年）に関する論文は、美術史、美学、宗教学、地理学、民俗学といった人文学系の学問領域だけでなく、国際関係論、カルチュラル・スタディーズなどの社会科学系の領域でも見つかる。研究者としては、関連論文の存在を知ったからにはそれらを読み、その上で自分の論文をなにがしかの枠組（学問領域）の中でまとめ、どこかの制度（学会）の下で発表することになる。そして、発表された論文はまたデータベースに登録され、別の学問領域の研究者の目にとまる筈である。つまり、かつて学生の耳に新鮮に響いた「学際的研究」と呼ばれる営みは、今では一般化したのである。

学際的研究の一般化という事態は、何によって学術性が担保されるのか、という古くて新しい問題をもたらしている。ある研究課題に関してさまざまな学問分野の成果を参照することは可能であり、それは決して悪いことではない。ただし、そうした成果を活用するには、それを生み出した学問分野・制度・機関の特性についての理解がある程度必要だろう。各学問分野にはそれぞれ固有の強みと弱みがあるからである。そして、さまざまな成果を参照すればするほど、それら諸分野といかに向き合うかという点で、研究者自身の学問的基盤が問われることになる。

このことは個々の研究者についてだけでなく、学会という専門的な研究者の集団についても言える。学会において論文の評価が行われる点は今も昔もかわらない。しかし、現在では一つの論文の中に、その査読が行われる学会・学問分野だけでなく、他分野の成果も流れ込んでいることがある。査読者がそうした他分野の成果、及びそれを取り入れた当該分野の成果を常に正確に評価できるとは限らない。なぜなら、ある分野の専門家は別の分野の素人だからである。研究という知的営為が「学術」的であるための要件は、個々の研究者はもちろん、学会・大学のような制度・機関からも、改めて問われなければならなくなっているようである。

以上に述べた状況を別の角度から考えると、各分野において、既存の研究の枠組み（ディシプリン）が、以前ほどには明瞭でなくなってきていると言い換えることもできる。前述のように個々の研究者の活動が学際化していく一方、大学などの教育・研究機関においても、若年人口の減少や文教予算の削減といった背景の下、学問分野の再編が少しずつ行われている。例えば、かつてサブカルチャーとしてアカデミアで取り上げられることが少なかったマンガ・アニメは、今では重要な研究領域になった。（今日外国の日本研究者の大半はマンガ・アニメへの関心が契機となり日本語学習を始めるという経歴を辿っている。）別の例では、地球環境学や文化資源学など、新しい学問領域と教育・研究組織、学会もできている。こうした状況下で、「文学」「美術」など既存の学問分野の領分は以前ほど明確ではなくなってきているように思われる。

こうした学問分野の変遷は人文学全体にも言えるかもしれない。学術研究全体を考えると、結局は理系分野中心に研究が行われている。もちろん情報通信技術普及以前からそのような傾向は存在したが、しかしＩＣＴが科学技術の産物であることはこの傾向をさらに助長しているように思える。評価や審査が行われる場合、報告書・申請書の書式が理系には適合していても人文学にはそうとは限らず、結果的に人文学が不利になるような仕組みができあがっているように見えることすらある。(6)また、「文理融合」などのかけ声の下、文系と理系の共同研究が試みられているが、その場合にも人文学の立場は弱い。原子力発電など、サイエンスの問題ではあるが、サイエンスだけでは解決できない問題が存在することが指摘され、「トランス・サイエンス」という名称の下、理系と文系の研究者が共に同じ問題に取り組むようになった。あるいは、地球環境学分野においても「学際的研究」Transdisciplinary Studiesが行われている。しかし「トランス・サイエンス」にしろ、Transdisciplinary Studiesにしろ、理系と協業しているのは主として社会科学であり、人文学は影が薄いようである。

諸学問領域の成果が相互に参照されることはよいとして、そのようにして出来た成果がどのように評価されていくのか、特に学術性が何によって担保されるのかについては、今後さらに議論が必要だろう。それと同時に、二十一世紀における人文学の役割について改めて議論が必要となっているように思われる。

五　情報通信技術の「全体主義」と文章解釈（エクスプリカシオン・ド・テクスト）

私の経歴の二番目の軸は、文章解釈（エクスプリカシオン・ド・テクスト）である。大学卒業後、これに関して認識を改める契機がいくつかあったが、その一つは教員としての論文指導である。現在本務校では比較文化論と生活造形論という、二系統の授業を受け持っている。これまでに主たる指導教員として関わった博士論文は二点ある。すなわち、清水恵美子氏の岡倉覚三(天心)研究と、難波知子氏の学校制服研究である。

　これらの研究に共通しているのは、研究対象と、それをとりまく諸団体・人物の関係性を解きほぐしつつ、それを当時の文脈において評価していくことである。清水氏の研究はボストンにおける岡倉の活動(美術館運営、オペラ台本『白狐』の執筆等)を、岡倉本人の視点、ボストンの文脈、そして日本の文脈からそれぞれ評価してそれらを対比させ、その上で当時の状況を考えている。[7]一方、難波氏の研究は「学校制服」を「文化」として位置づけ、それを成立させている諸要因(学生・生徒、保護者、学校、行政、生産・流通業者などが抱くそれぞれの関心)の絡み合いを丁寧に解きほぐし、学校制服文化成立の歴史を描いた。[8]これらの学生との対話から、教員の自分が学んだことは多い。

　対象を複数のコンテクストにおいて評価し、その存在を浮かび上がらせていくという手法は、もともとは私が博士論文においてリーチを日本とイギリス双方の文脈で評価したり、リーチ本人の著作から既存の定説を問い直したりした、そのやり方の延長線上にある。そして、こうした手法について振り返ってみると、その原点にあるのは「エクスプリカシオン・ド・テクスト」と呼ばれる文章解釈技法であったことに気づく。これは自分が駒場で得た、大きな資産であったように思える。

　そして私の場合、エクスプリカシオン・ド・テクストという手法は、実はこれまで触れてきた情報通信技術への認識とも関わっている。私の研究テーマの一つはバーナード・リーチと柳宗悦が二十世紀に従事した工芸運動、すなわちスタジオ陶芸運動と民藝運動である。これらは産業革命以後の経済体制や政治体制によって主導されていく社会・文化の中で、人間らしさの根拠を問い、それを擁護しようという試みであった。私の現在の関心はこうした流れを歴史的に位置づけることと、情報通信技術が席巻する今後の世界において、同様の運動がどのような形を取り得るかを考えることである。後者に関し具体的には、二十世紀に柳宗悦らが説いた「手仕事」という言葉を継承・発展させ、それを「手応え」という別の言葉の下、二十一世紀にふさわしいあり方に作り変えていくことを考えている。「手仕事」言説が批判したのは産業革命がもたらした弊害であるが、「手応え」が批判するのは現今の情報通信技術を礼讃する風潮がもたらす弊害である。何もかもをデジタル・データ化することを是とし、デジタル・データ化できないものには価値がないかのように見なすこの風潮を、ここでは宮本久雄先生に倣い、情報通信技術による「全体主義」[9]と呼んでおく。

　情報化という観点から「エクスプリカシオン・ド・テクスト」について考えてみよう。自然科学の成果によると、感覚器官による知覚の段階では、毎秒何百万ビットもの情報が脳によって受け取られているが、しかし意識的な思考に費やされている情報量は多く見積もって毎秒四十ビット――おそらく毎秒十六ビット以下――だという。つまり、無意識下では意識の百万倍におよぶ情報量が毎秒処理されている。これは、私達が経験している事柄の殆どを、互いに言葉で伝え合うことができないことを意味している。[10]

これらの数字を文章解釈に当てはめると、目前の文章は豊かな現実のほんの一部を示唆する記号にすぎない。それらの文字が連ねられていく間、さまざまな刺戟、思考、時間が、その時、その場所で、その著者の体内・脳裏を駆けめぐっていた筈である。しかし、それらすべてを文字で記述することは不可能である。確かに、意識していることについては言語で表現できるが、それでも文字で表せるのは著者の思考の一部にすぎず、思考そのものというよりは思考の痕跡と言った方が実情に近いかもしれない。さらに、文章は文字という記号の連なりであり、それ自体に意味はない。

ただし、そのような文章であっても、それが適切に解釈される時、著者が体験し、記そうとした世界が豊かに再現される。特に文学とよばれる分野のテクストは、意図的に文が織られ、内容が圧縮されて表現されており、その織り方・仕立て方に著者の技量が現れる。解釈者は形だけ残る手がかりを解凍・展開することで、その記号が指し示そうとしていた世界の内実を探る。言い古されたことであるが、解釈 (explication) とは、たたまれたものを広げてやることである。圧縮度（あるいは深度）の高いテクストほど展開・解釈には時間がかかり、高度の技術と経験が要求される。

それゆえ解釈には手際の表出が伴い、解釈の結果には解釈者の個性が出る。解釈者の人格、人生経験（その人が引き継いでいる技術、伝統）のようなものが読解作業に関与するゆえ、自然科学とは異なり、解釈の揺らぎは不可避である。なぜならば、「人」という不定形の、言い尽くせない存在がコンテクストとして存在しない限り、圧縮された情報を解凍することができないからである。文章解釈者の役割は、楽譜を解釈して音を奏でる演奏者に似ている。書くことと読むことは知的営為であると同時に、身体的行為でもある。

情報通信技術は確かに多くのことを可能にしたが、それには自ずと限界がある。機器設備の側から言えば、情報通信技術はデジタル信号によって仮想空間を機器の中に構築したにすぎない。それはこの現実の世界を抽象化したものであるゆえ、この世界と同じ情報量、豊かさを担うことは原理的に不可能である。人間の側から言えば、その抽象化された画像、音、文字が意味を担うには、解釈者の存在とその質が問題となる。

言語を操ることで現実を抽象化すること。そしてその言語を介し、個々人がそれぞれの私的な経験を参照し、他人の経験と自分の経験を重ね合わせることで意識の交流を企てること。これが言語を発達させた人類がこれまで行ってきたことである。その前提となっているのは動物（身体）として人間が周囲の環境の中で生存し、その自然とのやり取りの中で自らの存在の仕方をつくりだしていることにある。[11] しかし情報通信技術はこうした人類の特性——特に動物的な身体性と感性——を蔑ろにしている。情報通信技術万能の現代、多くの人は巷にあふれる情報の多さに圧倒されると言う。しかし、現在の技術水準において問題なのはむしろ、それがもたらす情報量の少なさである。インターネットのウェブページを見ても、そこに臭い、味、手触りはない。しかし前述のように、人間の脳と身体には毎秒何百万ビットもの刺戟を処理する能力がある。それゆえ、いくら情報端末の画面を眺めても、身体と心が満足することはあり得ない。[12]それにもかかわらず、ＩＣＴ万能の昨今では、そういった側面が隠蔽されがちである。この意味で、情報通信技術という人工的な基盤が堅固になればなるほど、その基盤がよって立つべき土壌――自然と人間とが接し、文化の根が育まれる領域――はむしろ貧しくなっていくように思われる。教養(culture)を深めることは、耕すこと(cultivate)に似ているが、私が問題としているのはその耕すべき土壌がＩＣＴによって浸食され流出しているのではないか、さらにその実態が(同じＩＣＴによって)隠蔽されているのではないか、ということである。

　テクストを解釈することは、こうした世界の現状を認識する出発点になる。情報通信技術は「情報」とよばれる電気信号を地上のさまざまな場所で交流させる働きをするだけである。交流の際、それらの「情報」がどの程度の抽象化を経ているのか、いないのか、その抽象化がいつ、どこで、誰によって、どのような意図の下になされたのかは不問に付されがちである。ＩＣＴによってもたらされた「情報」を解釈することは、文学の解釈よりも難しい。しかし、「情報」の産出には、身体を持った人間が何らかの形で関わっていた筈である。

　エクスプリカシオン・ド・テクストについては本誌前号において、菅原克也先生が簡明に纏めておられる。[13]それを私なりに敷衍すると、この技法は教室において教員と学生によって実践される。参加者は詩や文の読解を行い、解釈の内容や方法の妥当性をめぐって議論する。議論の場は教室という、実験室にも似た一種の理想状態であり、議論の対象はこれまでの学術研究の営みの中で選定された「古典」である。これらの条件は教室外の現実から参加者を距てることになるが、しかしこうした条件の下で過ごした時間、そこで経験される解釈という行為の身体性と社会性が、文化が育つべき土壌を豊かにする。この確かな土壌があってこそ、現実の文化の健全な営みが可能となる筈である。

　私の場合、「解釈」の対象には文字資料だけでなく、画家が残した絵画や陶芸家が残した陶磁器が含まれる。研究の醍醐味は図書館や美術館の倉庫で資料を閲覧する時、そして窯場を訪れる時に感じられる。研究対象を前にした時感じる途方のなさを、対象として捕まえることが研究の出発点である。その途方のなさは文字通り捉え所のないものだが、間違いなく私の身体の感覚に根差しており、「情報」という誰かが作った記号とはあり方が異なる。ただし、私が言語化した〈途方のなさ〉は論文という名の情報となり、流通することになる。大事なことは、その論文という「情報」が誰かに受け取られ、「人間らしさとは何か」humanitiesについての理解を豊かにしていくかどうかであるが、そこで問題となるのは著者と読者が共有すべき文化的基盤の質である。

六　これからのこと――結論にかえて

　これまで自分の抱く興味・関心が、既存の学問体系の中にきれいに収まったためしがない。前述のように、もともと駒場の「学際的」な風潮の中で私は教育を受けたが、この領域横断への志向は女子大への就職や大学共同利用機関の共同研究会への参加によって強化された。さらに、既存の学問体系が新しい時代に対応しきれていないように見えることや、情報通信技術の急激な発達がこうした個人的事情をさらに前景化させた。

こうした経緯を経て、「学際的」とか「領域横断的」とかという言葉がもはや意味を持たないようなところに今の自分はいるらしい。自分の研究テーマに応じて先行研究が決まるのであり、その先行研究には人文学だけでなく、社会科学や自然科学分野のものも入り得る。これは個人的な問題であるばかりでなく、今の学術研究一般の問題でもある。世界観は絶えず変化していくのであり、それに応じて個人の研究だけでなく、学問体系（教育・研究体制）も再編されていく筈である。不遜な物言いであるが、自分の居場所が学術研究の最前線であり、そうあらねばならないと考えている。

このような立場に立つと、高等教育の現場においては、既存の学問体系の中に蓄えられた知識を学生に教授することだけでなく、その学問体系そのものを問い直していくような姿勢が問われている。もちろん、既存の学問体系の維持・発展のための人材は必要である。ただし、その学問体系がこれからの時代に適合しているかどうかはわからない。新しい知識、および知識の新しいあり方を考えられるような人材の育成も必要であろう。知識のあり方を問題とするような視点を、ここでは知恵と呼んでおきたい。

研究においても、教育においても、課題は情報の扱い方ではなく、知識および知恵の生成・伝達である。だが考えてみれば、これは先人たちが「教養」という言葉でこれまでずっと論じてきたことの繰り返しにすぎない。そして、その教養を育む手法として、自分が教わった「エクスプリカシオン・ド・テクスト」と呼ばれる文章解釈技法は有効であるように思える。それはまた、情報通信技術がもたらす「全体主義」、あるいは文化が均一・平板になっていく現象を批判する目をも養うものである。

冒頭で私の研究は狭義の比較文学から遠いところにあるように見えるかもしれない、と述べた。しかし、以上のような次第で本人としては、「エクスプリカシオン・ド・テクスト」を学んだ一人として、広義の比較文学の一翼を担っているつもりなのである。

［注］

(1) 鈴木禎宏『バーナード・リーチの生涯と芸術――「東と西の結婚」のヴィジョン』ミネルヴァ書房、二〇〇六年三月。

(2) 情報通信技術の日本における進展の歴史については、NTTデータシステム科学研究所編／小豆川裕子・内藤孝一・石川裕子著『インターネット社会の10年――新しいインフラで変わる生活、変わる社会』中央経済社、二〇〇五年十一月。

(3) ちなみに、本誌『比較文學研究』においてフロッピー・ディスクによる入稿が本格化したのは、第六十六号（一九九五年二月発行）である。同号の「編輯後記」参照。

(4) 家庭科は被服学、食物学、住居学、家庭経営学、保育学、家庭電気・機械及び情報処理といった分野から成る。

(5) ウンベルト・エコ『論文作法――調査・研究・執筆の技術と手順』谷口勇訳、而立書房、一九九一年二月。

(6) 縁あって私は日本学術振興会とフランスの機関が主催する第七回日仏先端科学（JFFoS）シンポジウム（平成二十五年一月二十四～二十七日）に参加した。日本とフランスから四十名ずつの研究者が参加したが、全八十名の参加者のうち、文科学系（人文学系、社会科学系）はわずか八名であり、残り七十二名は理科学系であった。理系中心の傾向は、日本学術振興会が主催する様々な事業にも認められる。

(7) 清水恵美子『岡倉天心の比較文化史的研究――ボストンでの活動と芸術思想』思文閣出版、二〇一二年二月。この著作により清水氏は平成二十四年度第六十三回芸術選奨文部科学大臣新人賞（評論等部門）を受賞した。

(8) 難波知子『学校制服の文化史――日本近代における女子生徒服装の変遷』創元社、二〇一二年二月。書評として、張競「モードに組み込まれた「女子制服」の変遷」『毎日新聞』二〇一二年二月二十六日、朝刊第十面。

(9) 宮本久雄「はしがき」、宮本久雄・山本巍・大貫隆『聖書の言語を超えて――ソクラテス・イエス・グノーシス』東京大学出版会、一九九七年九月、v―vii頁。宮本久雄『聖書の言語宇宙――他者・イエス・全体主義』岩波書店、一九九九年二月、三二―三九頁。

(10) トール・ノーレットランダーシュ『ユーザーイリュージョン――意識という幻想』柴田裕之訳、紀伊國屋書店、二〇〇二年八月、第六章。ちなみに、一バイトは八ビット。

(11) この点については、次の著作から示唆を受けた。大島清次『知の墓標――「私」の問題II　言葉について』私家版、（二〇〇六年）。

(12) ノーレットランダーシュ、前掲書、四八六―八九頁。

(13) 菅原克也「エクスプリカシオン・ド・テクストについて」『比較文學研究』第百一号、二〇一六年六月、一―三頁。

[付記] 本研究はＪＳＰＳ科研費（挑戦的萌芽研究）JP26580066の助成を受けたものです。

円熟期の島田謹二教授

——書誌の側面から（17）——

小林　信行

文学博士・学会への復帰
——昭和五十（一九七五）年

一月二十五日（土）、源氏の会（於東大駒場キャンパス）で長塚節の『土』を読了した。二十六日（日）午後四時から高輪プリンスホテルで行われた、福鎌忠恕著『モンテスキュー——生涯と思想』（全三巻、酒井書店、昭和五十年一月）出版記念会に発起人の一人として出席し、祝辞を述べた。

　二月、雑誌『浪曼』への「秋山真之」研究の連載は、第四巻第二号（最終号）の「帰東直後の秋山真之④」をもって終了した。この月八日（土）、源氏の会で、竹久夢二の『五月の旅』（書物展望社、昭和十六年二月）の中の「道のをく」を語り、「明治・大正・昭和を総覧して」という話をした。なぜ急に吉井勇の『天彦』（甲鳥書林、昭和十四年十月）を読む予定を変えて「夢二の話」をしたのか。その理由は、劇作家青江舜二郎の『竹久夢二』（東京美術、昭和四十六年十月）を読んで、早い頃からの夢二好きに火がついたからである。青江氏に電話をして読後の感想を述べ、出来栄えの素晴らしさを話したのは二月五日である。青江氏からは、『ロシヤにおける広瀬武夫』の話が出た。そしてその翌日の手紙には次のようなことが書かれていた。

　先生はもうお忘れかと存じますが十何年か前、〝ロシア（ママ）における広瀬武夫〟を拝読、もと〳〵私は武夫ファンでしたのであの本にはすっかりいかれてしまい（後略）。

　私が〝夢二〟を書く時たえず頭にあったのは先生の〝広瀬武夫〟で鷗外の考証伝記もの以来、あれほどのものを読んだ記憶がなく、できれば先生のあとを追いかけたい気持であれを書いたのでした。それがまったく思いもかけず先生のお目にとまり過分のおことばをいただいたことはもうありがたくてどうしていいかわかりません。

会って話したいという気持ちが両方から高まり、日時を決め、二人は示し合わせた場所で食事をしながら長い時間話をした。広瀬や夢二の話が中心であったが、氏のいくつかの著書、『龍の星座――内藤湖南のアジア的生涯』（朝日新聞社、昭和四十一年十一月。増補改訂版『アジアびと・内藤湖南』時事通信社、昭和四十六年三月）、『石原莞爾』（読売新聞社、昭和四十八年十二月）、『宮沢賢治――修羅に生きる』（講談社、昭和四十九年一月）、『狩野亨吉（こうきち）の生涯』（明治書院、昭和四十九年十一月）等を読んだ感想も述べた。小山内薫や久保田萬太郎のこと、また、共通の知友・手塚富雄や成瀬正勝の話もした。そして、七・八年前の春、「比較文学奥の細道の旅」の途次、青江の出身地とは知らずに秋田の土崎（つちざき）を訪れたことも話した。

島田の「夢二好き」は中学時代に遡る。『小夜曲 SERENADE』（新潮社、大正四年三月）や『ねむの木』（實業之日本社、大正五年三月）を読んだのは中学二・三年の時、特に心惹かれた作品は卒業近くに読んだ『山へよする』（新潮社、大正八年二月）であった。青江も中学時代から夢二の熱烈なファンだった。著述に心を動かされると、すぐに会いたくなり話したくなる気持は、安東次男氏の時と同じであった。二十二日（土）、源氏の会で、吉井勇の『天彦』（第一回）を語り始める。数ヶ月前に行われた、雑誌『浪曼』の「シリーズ　浪曼派の詩人たち（一八）吉井勇――ロマンを行じた不世出の歌人」の鼎談（木俣修・島田謹二、司会＝阿部正路）が「特集・美とロマンを求めて」として掲載されたのは二月号誌上であった。「文壇を超越した稀有な歌人」「放蕩無頼と〝人間学校〟」「最初の戯曲はなぜ暗い世界を扱っていたか」「天才の背後には努力の積み重ねが……」「直情直叙の歌と絶賛した谷崎潤一郎」「今までにない相聞歌の風体をあみだす」「『天彦』に見る流離落魄の時代の高い境地」「土佐の韮生（にろう）峡で凝視した日本の自然」「勇における隠棲そして旅」「遊蕩文学者という言葉の浅はかさ」「有終の美を遂げた稀有なロマンチスト」という小見出しのように語られるが、島田は、吉井の『人間經』（政經書院、昭和九年十月）と『天彦』が特によく、敬服にたえないと縷々語った。

三月十三日、江田島海上自衛隊幹部候補生学校にて「我が愛する日本」と題して特別講演をした。

四月、東洋大学での講義「英米文学史Ⅰ」は、チョーサーとスペンサーを扱った。「英文学特論・英文学特論Ⅲ」は、昨年度の講義をそのまま承けて、英国研究を深める一方でイギリス風なユーモアの展開を『ベーオウルフ』から始めて、チョーサー、シェイクスピアを経、十八世紀中頃まで及ぶところを取り扱った。また一方、英文学の特性は英詩にあり、その英詩の中ではロマンチシズムにあり、そのロマンチシズムは象徴的表現にあり、と見る研究を詳しく語った。カザミヤンの『英国研究』の輪郭と実体を明らかにするためであった。「英文学演習Ⅰ」は、シェイクスピア前後のイギリス・ルネッサンスの戯曲を研究、クリストファー・マーロー、ベン・ジョンソン、ジョン・ウェブスター、トマス・ミドルトン、ジョン・フォード等を主にとりあげた。

この月、山梨英和短期大学（現在の山梨英和大学）で英文学を講じ始める。

四月十九日、文学博士号取得の祝賀会が椿山荘で行われた。出席者百数十名、芳賀徹、小堀桂一郎両教授司会のもと、発起人代表佐伯彰一教授（東大大学院比較文学比較文化課程第五代主任）による開会の挨拶があり、本間久雄教授の祝辞、乾杯の発声に続いて、学位論文審査委員長木村彰一（第三代主任）、矢野峰人（奥井潔代読）、堀口大學、厨川文夫、浅野晃、田内静三、小林英夫、小川和夫、小林福美、菊池榮一、富士川英郎、氷上英廣、赤羽淑諸氏のスピーチがあった。この日体調が悪く生憎欠席だった矢野教授は、次のような心のこもる祝辞を寄せた。

祝辞

甚ダ月並ナ前口上デハアリマスガ、コノヤウナ祝宴ニ於ケル慣例ニ倣ヒ、先ヅ、今夕ノ正客タル島田教授ニ対シ、御参會ノ諸氏ト共ニ、心カラナル祝意ヲ表シマス

此度島田教授ガ多年ニ亘ル御研究ニヨリ、文学博士の学位ヲ授與サレタ事ヲ耳ニシテ、「氏ハマダ学位ヲ貰ッテ居ナカッタノカ」ト、驚ク人ガ有ルト同様、一方デハ、其ノ事ノアマリニ遅キニ過ギタノヲ怪訝ニ思フ人モ有ルデセウ。然シ、ソレハ、御本人ガ何カ思フ所有ッテ、今日迄学位ヲ請求サレナカッタトイフ一事ニ帰スルノデ、別ニ問題トスルニ足リナイデセウ。

島田教授ノ業績ガ、学界ニ於テ、夙ニ認メラレテ居タ事ハ、東大教養学部ニ、比較文学講座ガハジメテ開設サレルヤ、氏ガソノ担任教授タル事ヲ命ゼラレ、次イデ、大学院開設ト同時ニ、其ノ比較文学課程ノ主任ノ地位ニ即キ、爾来、去ル昭和三十六年三月定年退官ニ至ル迄、其ノ職ニ在ッタ事ニヨッテモ立證サレルデアリマセウ。従ッテ、学位ノ有無ト言フ事ハ、今日ノ御本人ニトッテハ、既ニ古ビタ装身具ノ如キモノデ、特ニ何等新ラシイ感慨ヲ催サセラレル程ノモノデナイカモ知レマセン。ソレニモカ、ハラズ、ワレワレハ、今回ノ慶事ニヨリ、世人ガ、教授ノ業績ニ対スル認識ヲ新ニスル事ト共ニ、今後、文学研究ニ志ス者ノ取ルベキ態度・方法等ニ対スル注意ガ、更メテ喚起サレタ事ヲ喜バズニハ居ラレマセン。

教授ノ業績ニ就イテハ、昭和三十五年（ママ）出版ノ『還暦記念論集』ノ巻末ニ添ヘラレタ年表ニ詳シク、マタ、教授ノ天賦ノ才能トカ研究態度等ニ就イテモ、同書ノ序文ニ述ベテアルノデ、更メテ繰返ス必要ハ無イトモ思ハレマスガ、ヤハリ、此ノ機会ニ、一層声ヲ大ニシテ強調シタイノハ、其処ニ教授ノ特色トシテ挙ゲテアル「学藝ニ対スル旺盛ナル情熱ト、ソレヲ結実セシメルニ必要ナ、清新ナ感性トノ、稀有ナル結合」トイフ事デアリマス。マコトニ、コノ情熱ト感性トハ、ソノ後、毫モ、老衰・減退ノ兆ヲ示サナイノミカ、反対ニ、円熟・暢達ノ度ヲ加ヘテ居ルト言ッテヨイト思ヒマス。ソシテ、コノ「永遠ノ青年」ノ如キ情熱コソ、対象ニ対スル全我ノ傾倒ト、ソノ研究ノ徹底ヲ促進スル原動力ニ外ナラズ、コレコソハ、教授独得（ママ）ノ学風ヲ樹立サセタモノト解シテヨカラウト、私ハ考ヘテ居マス。教授ガ筆ニ口ニ文学ヲ語ル時、常ニ之ニ接スル人々ヲ強ク感動サセズニハ措カナイノハ、ソレラガスベテ、コノ炎々タル情熱ト纖鋭ナル感性トノ完全ナル融合ヲ母胎トシテ居ルガ故ニ外ナラズ、換言スレバ、教授ガ文学ト

共ニ、否ナ、文学ヲ生キテ居ル為デ、此処ニ、文学研究家トシテノ氏ノユニークナ点、餘人ノ到底及ビ難イ点ガ有ルト申シテヨイト考ヘマス［。］

マコトニ島田教授ノ業績コソハ、「学海」(まなびの海)トイフ広大無辺ナ大海原(オホウナバラ)ノ真唯中(マッタダナカ)ニ毅然トシテ立チ、其処ニ新ニ船ヲ乗入レントスル人々ニ対シ、ソノ正シキ進路ヲ指示スルノミナラズ、過去ノ同学ノ士ノ研究成果ヲモ厳正ニ批判スル光ヲ、不断ニ放ツ一大燈台ト言フベク、ソレハ又必ラズヤ、後ノ世カラモ永ク仰ギ顧ラレルモノト信ジマス。

教授ハ、前述ノ如ク「老(オイ)」ヲ知ラナイ「永遠の若人」デアリマス。私ハ、氏ノ、学藝ニ対スル無比ノ情熱ガ、イツ迄モ衰ヘザル事、否ナ、ソノ放ツ光ガ、年ト共ニ、マスマスソノ輝キヲ加ヘル事ヲ、氏ノ為ニモ学界ノ為ニモ切望シテ已(ヤ)ミマセン。

私ハ交游正ニ、四十有六年ノ長キニ及ンデ迎ヘタコノ吉日ヲ好機トシテ平生教授ニ対シ懐(イダ)イテ居ル所信ノ一端ヲ披瀝(ヒレキ)シ、以テ祝辞ト致シマス

一九七五年三月二十一日

矢野禾積

慶應義塾大学の講義は「ヨーロッパ近代比較文学」(四月二十二日、第一回)。五月二十七日からは、『比較文学読本』(研究社、昭和四十九年一月)を使い、李太郎、荷風、ベルツ、ニーチェ、ドストエフスキー、ゲーテ等を語る。「ある師弟」を『英語青年』第百二十一巻第一号に、「流火艸堂主人の芭蕉評釈」を『安東次男(つぐお)著作集』III(青土社、昭和五十年四月)の「手帖IV」に、「短歌と私――つつましい、無比の詩」を『讀賣新聞』夕刊(十日)に寄稿した。

五月、「近代文学研究叢書第四十巻の読後感」を昭和女子大学近代文化研究所刊『近代文学研究叢書』第四十巻(内海月杖、寺田寅彦、生田長江、牧野信一、石井直三郎)に寄せた。

六月六日、源氏の会のメンバーと岩手に小旅行、平泉で佐々木昭夫氏が散策に合流した。この日は志戸平(しどだいら)ホテルに泊まる。七日、宮沢賢治の墓、記念館、詩碑、生家を見、遠野に入り、千葉家に泊まる。八日、遠野市内、鍋倉城址を訪ね、帰途、土沢(つちざわ)で下車、国宝の毘沙門天像を見る。花巻では、賢治が名付けたイギリス海岸で北上川の眺望を楽しんだ。二十七日(金)午後、海上自衛隊幹部学校で、第十八期幹部特別課程学生一名、第二十一期幹部高級課程学生十九名、第二十三期指揮幕僚課程学生三十名、教官等十名に「秋山真之提督について」講演した。

七月三日、山梨英和短期大学で「近代イギリス小説」と題して講演した。

十月二十七日、金城大学校友会で「英文学の面白さ」と題して講演した。この月、「「青空」をよむ」を『中谷孝雄全集』第四巻(講談社)「月報」に、「日本男子の西洋女性発見」を『文藝春秋デラックス』第二巻第十一号に寄稿した。

十一月二十二日、大谷女子大学で行われた日本比較文学会関西支部大会で、「比較文学私見」と題して特別講演をした。この日、富田林(とんだばやし)で石上露子(いそのかみつゆこ)(本名杉山孝子)の生家を見る。牧野茂氏の「島田謹二先生と石上露子」は、二人の縁(えにし)論がエッセンスで

あるが、富田林訪問記とその後の動静の一部を、詳細な記録を借りて紹介しておきたい。

島田先生と一緒に近鉄長野線の小さな駅富田林に降り立ったのは、昭和五十年十一月二十二日の土曜日、今から二七年前のことだった。(中略) 富田林市大字富田林六二番地の杉山家へと向かった一行は、島田先生、小堀先生、小林信行先生、川手さん、小林康弘さん、橋口さん、村橋さん、小池さん、関さん、牧野の一〇名であった。富田林市の町割りは、外敵の侵入に備えてわざと見通しを妨げるために「あてまげ」という特殊な工夫が施されている。これは、小堀先生が解説してくださったと記憶している。杉山家は昭和五十八年に重要文化財に指定され、現在は一般公開されているが、当時は中へ入ることは出来なかった。島田先生は、「この家を見ると石上露子のプライドの高さが見当つく。」とおっしゃった。石上露子の人と作品が少しずつ分かるようになるにつれて、島田先生の言葉は重みを増してくる。三段屋根、煙り出し、忍び返しなどの杉山家の造りについても話をしたはずだが、「梲が上がるか上がらないか」という言葉が話題になったことだけが妙に記憶に残っている。石川のほとりまで歩いて、富田林の駅に戻り、滝谷不動の駅前で食事をした後、見晴らしの良い小高い丘(錦織志学台)の上に建つ大谷女子大学に到着した。

(中略) 島田先生は、一五時二〇分から「比較文学私見」と題する短い講演をなさった。結婚式のスピーチでさえ一時間を超したことのある島田先生にとって、短い講演はたいへん珍しいのだが、二〇分の約束がやはり三五分まで延びてしまった。

司会の大島先生からは、「島田先生は、比較文学会の創設者でありながら足が遠のいていた。」「ようやく機が熟した。」という挨拶があった。

島田先生も「学会」に出席するのは何十年ぶりかとおっしゃったと記憶している。今から考えれば、この時の島田先生の関西比較文学会への出席は、大事件だったといってもよいのではないだろうか。大島先生がいかに気を遣っていたのかが今になって良く分かる。日程確認のための電話を入れただけなのに、一介の大学院生に過ぎない者に対して、島田先生を学会へ招く意義について、延々と一時間近くも熱弁をふるわれたのを覚えている。／(中略)

この時の学会は、以後数年にわたって島田先生が関西比較文学会に出席なさるようになった、記念すべき学会だったのだと思う。島田先生と比較文学会との縁が再び結ばれたのが、石上露子の生地、富田林であったことに意味があるのではないだろうか。(後略)

(松本和男編著『論集　石上露子』中央公論事業出版、平成十四年十二月)

二十三日、二十四日、京都連泊。石峯寺、実相院、赤山禅院等を観、萬福寺や平等院も訪ねた。二十九日、源氏の会で「漱石文学について」(第一回) 語り始める。これは、翌年一月七日まで五回つづいた。この月、『日本における外国文学——比較文学研究』の刊行予告が「内容見本」と「申し込み」の刷り物で、朝日新聞東京本社、大阪本社、西部本社、名古屋本社共通で出された。上巻・下巻の内容目次、司馬遼太郎の「すいせんのことば」、著者略歴、そして「わが国における比較文学研究の開拓者／島田謹二博士の四十年におよぶ研究成果を集大成。／深い人間観照と独特の資料解釈により／比較文学の精髄をここに結実する——。」という堂々たる宣伝の文章である。十月初め、編集担当の小林隼美(はやみ)氏から送られてきた『日本における外国文学』のゲラに目を通して、司馬は、上巻の帯に掲げるための文章を書いた。編集者への書簡(複写)には次のように書かれていた。

島田先生の本の帯の文章同封します。
ゲラをぱらぱらとめくり讀みに讀みましたが、
大変いい内容で、これはすばらしいほんになりそうです。
いい本ができますように。

島田先生によろしく。

十月十三日　司馬生

小林兄

「すいせんのことば」(司馬遼太郎)は、『日本における外国文学』上巻の帯に掲げられるものである。

古今東西の文学に関する博覧強記ということで、島田謹二氏ほどの人を私は知らない。
さらに驚歎すべきことは、その無数の知識が、断片といえども孤立することなく、島田謹二という壮大な磁場のなかでさかんな電磁力を帯びつつ複雑に相関し、発光し、索引(ママ)しあい、ときには合金して、地上に出現したことのない新金属を創り出していることである。
私はかつて島田謹二氏の著作によって比較文学という地味な研究世界がこれほど面白いものかということを知らされたが、やがては文学というものの魔術的な面白さも教えられ、いまではさらに文章の原始にもどって、人間の書く文章というものが、プリズムの当て方によってこういう本質を露呈するものかということに、呆れる思いでいる。

十二月、『日本における外国文学』上巻を朝日新聞社より刊行した。一年前、比較文学研究の集大成である「日本における外国文学——比較文学研究」によって、東京大学より博士号を授与され、その上巻が公刊されたのである。この上巻の刊行年月日は昭和五十年十二月十日第一刷となっているが、著者のもとには八日に届けられた。十二月九日(火)午後、慶應義塾大学大学院の「比較文学講義」(ゲーテの「ファウスト」につづいて「ドイツ研究について」)を終えて夕刻に帰宅、和服に着替えてしばらくくつろいでから、著書への想い、これまでの道のり、今後の構想などについて数時間語った。

『日本における外国文学』
——昭和五十一（一九七六）年

一月、慶應義塾大学比較文学講義ではホイットマンの「大道の歌」を三回（十三日、二十日、二十七日）講義。源氏の会で、漱石の『わが輩は猫である』（三十一日、第一回）を語り始める。この月、「秋山真之大尉の子規庵訪問」を『子規全集』第四巻（俳論俳話1、講談社）「月報」に寄せ、フロリス・ドラットル著／井村君江訳『妖精の世界』（研究社出版）のために序文「ドラットル教授とその学風」を書いた。

二月、昨年末に刊行した『日本における外国文学』上巻につづく下巻を刊行した。多方面にわたる上・下巻の内容目次を眺めておきたい。

［上巻目次］

序の章　私の比較文学修業

フランス派英文学を学ぶ　「比較文学」を知る　翻訳の検討　外国的材源の取り扱い方　外地文学の意味　東大の比較文学研究　エクスプリカシオンの演練　日本の比較文学の主対象　文学研究の実態　世界文学体系の問題　日本をみよ

第一部　西から来た人、東から学ぶ人

第一章　フェルナン・バルデンスペルジェの日本来遊

生い立ち　パリに学ぶ　ドイツ遊学　リヨン大学教授　比較文学研究　パリ大学講師　ロシヤ—北京—日本へ　乃木大将　渋沢栄一　西園寺公望　日光にて　ニッポンのうた　東洋と西洋　人生観　思考法　芸術表現の対照

第二章　ラフカディオ・ヘルンと日本

アメリカにおけるヘルンの生活と思想と文学　「東の国」から　夏の日の夢　来日後のヘルン　東大講師としてのヘルン　今後のヘルン

第三章　若き日の森鷗外と西洋演劇

ドイツ留学　出入りした劇場　観劇した俳優　精読した戯曲　帰朝後の演劇改良策　⑴劇場　⑵俳優　⑶戯曲　西洋悲劇の導入　「サラメーヤ村長」「折薔薇」

第四章　上田敏の文学初山踏（ういやまぶみ）

一高生　「白菊の詞」「エンディミオン」　平田禿木　「ヒーローとリアンダー」　東大生　シェイクスピア　ブラウニングの詩　ロセッチから中世を学ぶ　コリンズの詩　近代思潮　スティーヴンソン　高等師範学校講師　「まちむすめ」

第二部　翻訳文学の研究

第一章　森鷗外の『即興詩人』

アンデルセンの生い立ち　『即興詩人』の成立　イタリア遊学　生活と美術と　訳した理由　訳文の特色　一種の改作　訳本の波動（鏡花・一葉・藤村など　風葉・花袋

・白鳥・有明など　学芸派など）　影響の実態

第二章　上田柳村の『海潮音』

『海潮音』の推敲ぶり（「良心」「花くらべ」「わかれ」）　代表的名作（「燕の歌」「小鳥でさえも巣は恋し」「わすれなぐさ」）　形式と思念（「小曲」「床」「賦」）　フランス象徴詩の来歴と解釈（ボードレール　マラルメ　ヴェルハーレン　レニエ　移植法の検討）

第三章　永井荷風の『珊瑚集』

アメリカ・フランスでの生活　詩的体験　フランス語詩の解釈　表現形態の適否　文体形成　訳詩集としての意義　序文のねらい

第四章　佐藤春夫の『ぽるとがる文』

出版経路　発信人　受信人　翻訳者　シャミリー大佐　バレンティン文（ぶみ）　ポルトガル尼僧　ギルラッグ伯爵　日本におけるポルトガル文（ぶみ）　春夫の解釈

第三部　近代詩文における西洋的材源の使い方

第一章　『若菜集』の成立

「草影虫語」「一葉舟（ひとはぶね）」「こひぐさ」「秋の夢」「うすごほり」「若菜」「さわらび」「うたたね」「森林の逍遙」　部立てなど

第二章　『東京景物詩』の周辺

「片恋」評釈　その世界と材源　「桐の花」の一首　意外な材源　「雪の上野」のエクスプリカシオン

第三章　『傀儡師』前後のイギリス的・ロシヤ的材源

大学の卒業論文　モリス　「偸盗」　思想の吸収先　ショー　「手巾」　霊魂の問題　ブラウニング　「尾形了斎覚え書」　「開花（ママ）の良人」　トルストイとポー　「首（ママ）が落ちた話」　メレシュコフスキー　「地獄変」　ドストエーフスキイ　「蜘蛛の糸」その他　西洋的材源の使い方　連俳の応用

第四章　『田園の憂鬱』考

「詩はわが懺悔である」　ゲーテに学ぶ　「日かげの薔薇」「病める薔薇」　「田園の憂鬱」　日本の自然と生活との詩化　幻想・幻感・幻滅　ドイツ・ローマン派とフランス・イタリアの新派　新文体（その手本二種）

［下巻目次］

第四部　より複合的な諸問題

第一章　現代文学の源流

1　異質の文化のからみ合い
2　二つの世界（福沢諭吉の西洋体験）
3　愛のおしえ（クリスト教の日本的定着　新島襄　内村鑑三）
4　翻訳から試作へ（『新体詩抄』の意義）
5　自覚から教育へ（坪内雄蔵の創始的な仕事）
6　青春と恋愛（「文学界」の諸同人　北村透谷　島崎

4　中国思想のフランス西漸（後藤末雄の先駆者的探究）

第二章　西洋文化圏の比較文学

1　フランスにおけるゲーテ（比較文学の基礎的パターン）

2　ゲーテとカーライル（三人のフランス学者の解釈を考える）

3　ロマンティック抒情詩の国民的背景（アザールの講義内容）

4　ニーチェとドストエーフスキイ（アンドレールの取り扱い方）

終わりの章　外国関係からみた日本近代文学

日本近代文学の欲求　われかわり、かれをかえる

外国文学の扱い方　⑴紹介　⑵翻訳　平田禿木　⑶研究　夏目漱石　日夏耿之介　⑷翻案　島崎藤村　夏目漱石

日本近代文学史観　⑴新旧での差別　⑵評価の基準　⑶基盤の有無

われらの対策　⑴学と見識　⑵窓を開く　⑶立脚地　⑷基本的作家群

書志その他

あとがき

下巻の帯に掲げた推薦文は、厨川文夫教授を通して依頼された江藤淳氏が書いた。

島田謹二先生は、比較文学という新しい学問の領域を、日本に導入された学界の先達の一人であると同時に、比較文学をさらに比較文化という新しい領域に拡大発展させ、無限の可能性を示唆された偉大な功労者である。このとき、実に比較文学は、はじめて欧米の方法を一歩進めて、日本の土壌にしっかりと根づくことができた。『ロシヤにおける広瀬武夫』は、そのような島田先生の金字塔ともいうべき業績である。

島田先生はまた、学問を表現の域にまで高められた数少い碩学の一人である。多年その学風を敬慕してやまなかった私は、その業績がかくのごときかたちにまとめられたことを心から喜んでいる。

『公明新聞』（一月二十六日）に、上巻の評「「学問」と「芸術」との見事な渾融」をいち早く書いたのは、仙北谷晃一氏である。

島田氏のこの大著は、文学研究のあり方に対して根源的な反省を迫っている。対象と方法論の明確な意識の上に立った「学問」という枠に縛られた文学研究がひどく貧相なものに見えてくる。明治以降この国に支配的だったドイツ流の文献学と文学史本位の研究は、得てして作品個々の内部生命を圧殺し、屍体陳列場を現出させるという結果を伴うことが多かった。しかるに氏の研究レポートには鋭利な分析の刃が閃くことはあっても、いとわしい死臭の漂うことがない。氏の研

究には知性と相携えて、想像力と同情的直観とが大きな役割を演じているからである。そして氏の個々の作品に対する愛情の深さはどうだろう。時間の重みによって萎(な)え切った作品を氏はじっくりと暖め、一字一句に立ち止ってその意味とニュアンスを吟味し、最後に綜合という形で、全体の脈絡の中に考察の対象としてきた各部分を鮮かによみ返(ママ)らす。エクスプリカシォン・ドゥ・テクストの術が、氏にあっては不可思議な魔法の色を帯びてくる。(後略)

仙北谷氏は、具体例として、藤村の「初恋」と白秋の「片恋」を挙げて、細部の「読み」の蓄積の上に立った著者の学問が、「優婉なミューズの笑みを受けて芸術的感興を失うことがない」のだと語っている。

三月一日には、森亮氏(お茶の水女子大学教授)の書評が『朝日新聞』の「えつらん室」に載った。

比較文学を開拓して五十年近い著者の仕事の精粋を集めた上下二巻あわせて一二七〇ページの大冊である。日本文学と外国文学との関連に問題を求めた「翻訳文学の研究」と「近代詩文における西洋的材源の使い方」の二部門がもっとも比較文学らしい。前者では『即興詩人』『海潮音』『珊瑚集』と佐藤春夫訳『ぽるとがる文』、後者では藤村・白秋の詩、龍之介・春夫の小説が扱われている。一部門で四〇〇ページを超える「より複合的な諸問題」では著者が壮年の十余年を暮らした台湾を背景にした日本人の外地文学の章と秋山真之をそう呼んだ「日本ナショナリズムの一戦士」の章とが異色あるもの。漢詩人籾山衣洲の南方景物詩などここで取り上げられなかったら永久に忘れられたことであろう。後者「一戦士」の章は秋山のイギリス滞留と欧州大陸旅行を叙したもので、俊秀ぞろいの駐在海軍士官たちと交わり語り合う体裁で日露の海戦に的をしぼった彼等の異国における勉励ぶりが活写されている。著者がいだく東西の学者の仕事に対する並々ならぬ興味は後藤末雄や堀大司の業績を跡づけた「日本人の先達」で代表されよう。博覧多識の著者は一方では深く考える人でもある。日本の比較文学がどうあるべきかを明晰(めいせき)な論理をもって語った巻頭と巻末の方法論は長年の体験から生まれたもので、名人の芸談のようなきらめく言葉が随所に見いだせる。

小堀桂一郎氏が、「新鮮かつ衝撃的な成果――汲めども盡きぬ滋味を湛へ」を寄稿したのは『日本読書新聞』(三月二十九日)紙上である。

島田謹二氏の『近代比較文學』が初めて世に出たのは昭和三十一年春であつた。それから丁度二十年を経て同氏の『日本における外國文學――比較文學研究――』上下巻が氏のその後の研究業績の集大成として刊行されたのはめでたい限りである。(中略)舊著から新著への年月の間になされてゐたこの分厚な増補と新研究を繙く時、評者はここで二様の相異なる感慨におそはれるのだが、その一は、舊著出現の折、これこそ新しい學問とて世間の耳目を聳動せしめた斬新な成果は、今眺め返してみるともはや新奇さの故に目をひくものではなくなつたといふ、言はば當然の事實に對してである。(中略)
感慨の第二は、「それにも拘らず」新著によつて提示されたこれらの成果が相も變らず驚くほど新鮮でかつ衝撃的だ、といふことである。方法としての斯學の普及・隆盛にも拘らず、開拓者の擧げた實績を全體として凌駕するだけのものは依然として現れてゐない、といふことになる。その意味で、これを無視しては近代日本文學研究が一歩も進めない、といふ事情にも依然として變りがない。もちろんそれは著者のために別段慶賀すべきことではないが、さりとて慨嘆する必要もない。何故ならばここに道は廣くかつ堅固に開かれたからである。この書の完成によつて比較文學といふ學問の可能性に對する危惧は完全に拂拭された。少し大冊にすぎるかもしれないが、この書上下二巻こそ最上の比較文學入門書である。(中略)
この書は畢竟學問と藝術との見事な融合として不朽の著作であらうが、もしこれが研究の成果としては新鮮にも衝撃的(ママ)にも映じない様な時がいつか來るとしたら、それは比較文學といふ方法が本當の意味で日本の學界の土壌に根づいた時であり、それはまた斯學にかけた著者の心願が達成された時だ、といふことであらう。さういふ少しく皮肉な運命を、この書は暗黙のうちに自ら要求してゐる様に見える。

『サンケイ新聞』(四月五日)〈読書〉欄に書評「文献学の貴重な成果」を寄せたのは青柳晃一氏である。

日本における近代比較文学研究の泰斗、島田謹二博士の『日本における外国文学』上、下巻が刊行されてから、すでに三月余り経つ。二段組み千三百ページに及ぶこの大冊の書物空間を埋める文字は、東西の文学を渉猟して五十年に及ぶ博士の深い造詣と蘊蓄(うんちく)に裏打ちされ、なまなかな菲才(ひさい)の書評子をたちすくませ、畏怖せしめるエネルギーと力に満ちている。
この書の全体を展望してその企図するところを理解するためには、上下両巻のそれぞれ冒頭を飾る「フェルナン・バルデンスペルジェの日本来遊」と「現代文学の源流」の二つの章から繙(ひもと)くことが捷径(しょうけい)であろう。(中略)
島田博士の文学研究が、対象となる詩人や作家の魂に共感し同化しようとする強い衝迫に促されて成ったものであることはいう迄もないが、その共感や同化は、単に作品の主要観念や基本情緒の次元においてなされるのみならず、創作の発想や語法という文学技術的な次元においても実現されていることが大きな特徴となっている。文学における芸(アート)の面を重視する博士の本領は、藤村や白秋の詩、龍之介や春夫の小説の西洋的材源を論じた第三部の諸論考において、最もよく発揮されているといえよう。
詩人の生の根源に肉薄することによって、詩的言語の極微の宇宙を解明しようとする島田博士のエクスプリカシオン・

ド・テクスト（テクストの解明）の方法を可能にしているものは、近代西欧のフィロロジー（文献学）の方法と成果を自家薬籠中のものとされている博識であり、あわせて、「日本ナショナリズムの一戦士」の章にうかがわれるような、狭義の文学を超えて拡がる、近代日本の歴史への博士の愛と関心である。

フィロロジーとは、もと言葉への愛の意であるが、この書は、まことに、ヨーロッパ近代フィロロジーの、日本における最も大きな波動の一つと、博士にならっていうことができるであろう。

『朝日ジャーナル』第十八巻第十四号（四月九日）に書評「滔々たる比較文学の奔流」を寄せたのは佐伯彰一氏である。

題名の示す通り、「日本における外国文学」、とくに明治以後ヨーロッパ文学のもたらした衝撃、影響、日本の作家の側の反応、対応をたどるところに全体の基軸はすえられているが、必ずしもこうした東西遭遇、衝突のドラマの組織的、体系的な解明に書物全体が集中しているとはいえない。総体的、客観的に概観し、総括しようというよりは、取り上げる対象にも時期にも、島田氏の個人的な好みがはっきりと出ており、氏の愛好し、親しんできた作家、作品のこまかい鑑賞、調査が中心をなしている。

堂々たる大著ではあるが、まず個人的な好みと体臭の強く匂う本である。ヘンリー・ミラー流にいえば、「わが人生のなかの書物たち」とでもいった身近さがあり、パーソナルな味わいがある。自分の好みに合った対象を舌なめずりせんばかりに、しゃぶりつくそうとしている。文学の溺愛者、耽読者という趣すらただよう。いわゆるアカデミックな、方法至上にこり固まった硬さはまるでない。そこが、一般読者をも気楽に誘いこみ、親しめるところだが、同時にこの大著を貫き、支える島田氏の基本的な態度、また方法論とは何かという疑問もそこから生じてくる。重々しく威圧的な一貫性がないだけに、著者の文学的な嗜好そのものの基準、また批評、分析のやり方について、こちらから気やすく問いかける余裕も出てくるのに違いない。この著者は、まぎれもなく、根っからの文学好きだが、ではいかなるタイプの愛好者で、彼の趣味の基準はどういうところにあるのかと反問せずにはいられない。

親しみやすさという点では、島田氏の文体が一役買っている。（中略）いわばイメージをはらんだ文体であり、情景を描き出す楽しみに語り手自身が身をひたしていることが感ぜられる。しかも、おのずと一種の調子があり、リズムがそなわっていて、いわば快い波のうねりのように読者を誘いこまずにおかぬ。島田流の語り芸とさえいえるかもしれない。

もっとも、こうしたあまりに誘惑的、陶酔的な語調、リズムには、ぼくとしてかえって抵抗をおぼえ、時として反発を抑えがたい。（中略）

なるほど島田氏は、近代日本における「翻訳文学」の意味と比重の大きさに注目を求めている。本書の第二部、第三部も、ほぼ一貫して、このジャンルにかかわる研究であった。「翻訳」を通して、ヨーロッパ文学の移入、摂取のあとを細かく跡づけるという仕事は、明らかに島田氏の独創であり、しかもほとんど独力で開拓された新分野であった。英文学から出発した氏の訓練、読書体験が、見事に生かされたばかりでなく、日本の近代文学史に新しい照明をもたらす、見のがせない業績であり、貢献であった。フランス的な方法の着実な摂取、応用であり、原語、日本語双方のテクストに密着した、執拗なばかりの読みは、島田流の語りを支える手がたい足場をなしている。

しかし、「翻訳文学」は、ついに局部的、補助的な作業にとどまるものではないか。文学批評、文学史研究のいわば影のワキ役にすぎぬのではないか。(中略)とすれば、日本文学の主体性、自己同一性を一体どこに求めるか。いかにして証し立てるのか。島田流比較文学では、この問いがやや曖昧にぼやかされてきたように思われる。ヨーロッパへの美的な憧れが、距離と異質性をふんわりと叙情の靄につつみこむのであった。

もっとも島田氏には、思いがけぬ一面があるのだ。氏は熱情的なナショナリストである。無類の海軍好きであり、広瀬武夫、秋山真之などに対して、ひたむきというに近い愛情を注いで、精細きわまる伝記研究を書き上げ、本書にも「日本ナショナリズムの一戦士」と題する一章が収められている。上田敏、またペーター風な唯美主義の嗜好と、こうしたナショナリズムへの共感、傾倒は、島田のなかで、一体どんな具合に結びついているのだろうか。ひたすらな美的鑑賞家と、熱っぽいナショナリストとを、いかにしてこだわりなく同居、また握手させているのか。(中略)

(中略)本書を読み終えて、念頭に残るいちばんの謎と疑問は、こうした島田的な「文武両道」の矛盾にかかわるものであり、文学作品の「連関」の解明にひたすら精魂つくされた氏自身、この点にさしたる懐疑、検討を加えられたとも見えぬことであった。しかし、そもそもこの種の幸福な無意識こそ、比較文学というフロンティア開拓に勇敢にふみこみ、これほどの大著を仕上げるに至らしめた原動力であったのかもしれない。見事に充実した、しあわせな学者的生涯という感慨を抑えがたいのである。

『比較文學研究』第三十号(昭和五十一年九月)に書評を寄せたのは大塚幸男氏である。

まず第一に読者の胸を打つのは著者の文体である。それは、澎湃として、次から次へ、後から後からと、盛り上がり押し寄せて来る波濤にも似た文体である。この文体には文学へ寄せる著者の熱い愛が燃えたぎっている。ということは、著者は常にその研究対象たる作家や作品に触れて、それらの作家や作品と一体化し、同時に自己を語るということである。《詩人はおのれを語る》とは誰の言葉であったか?　著者は学者であるとともに、まさしく詩人なのである。——文学を論じて無味乾燥、研究者自身の姿はどこにも見つからぬ、といった底の研究が横行している今日のこの国において、これはまことに珍重すべきことではあるまいか。島田博士の講義と仕事とが若き学徒の胸に火をともし、その門下に幾多の俊秀を輩出せしめているのもさこそとうなずかれる。（中略）

（中略）諸研究は、さきに述べた著者の信念の見事な実践であり具体化である。各部各章はそれぞれ独立しているようでいて、その間に緊密な聯関があり、全体として一つに結びつけられている。そして特筆すべきは、著者の研究は徹底した実証的研究でありながら、その鋭敏・纖細な直観に裏づけられて、常に美しい虹のような光芒を放っているということである。（中略）

（中略）著者は部分を点検する時も、その全体とのつながりを忘れない。部分を見ると同時に全体を想起し、全体の中で部分を照明する。たとえていえば、著者は木を見ると同時に森を見るすべを知っている人なのである。この大著が、全体として、鬱然たる大森林の、あるいは滔々たる大河の様相を呈しているゆえんであろう。（後略）

『比較文学年誌』第十二号（昭和五十一年三月）に「『日本における外国文学――比較文学研究』上下二巻を読む」を書いたのは佐藤輝夫氏である。

「序の章」（実際は「あとがき」――引用者注）を拝見すると、「学問的な本能の導くままにはいって、面白くて、楽しくて、気がついたら、いつの間にか比較文学の沃野をさまよっていたのが、わが生涯だとみるべきだろうか。対象があって、方法論が立てられ、規矩整然と学問的自覚を持して、歩武堂々と、この未開の国に進んでゆく人もあっていい。著者はそうではなかった」と書かれている。が、わたしらの目から見るとそれは実は反対で、島田氏こそは、正に歩武堂々とこの未開の「沃野」にわけ入って、その対象をしっかと見定め方法論を編んで、学問的自覚を持って歩み通した、わが国現下の唯一者ではなかろうか。もちろん四十年に余るその精進のあいだに、苦渋に満ちたその時その頃はあったであろう。学問研究に打ち続く坦々たる道のみありえる筈はない、然しそのつどその苦渋の瞬間を乗り切りのり切り、荊棘を截り拓いてそこに行くべき道を定める。この人にはそうした本能と勇気と、そして何よりも辛棒強い忍耐とが備っていたのだとわたしは思う。かくして一旦その得た自覚と規矩とを感得すると、敢然として茫洋たる行方に乗り出し、次々と新しい道をつけ塁を固め、固めてはまた前進、前進しては、終に一つの大きな広い展望台の上に出た、とそうわたしは理解する。本書上下二巻千三百ページに近いこの大著は、そういう島田氏の、日本比較文学というわが国にあって殆ど未墾といってよい研究分野での営みの、その全記録であると申してもよいかと思う。

氏は、この書の第一部から順に論考を繙いて、四十年以上も前から「上田敏研究」に注目し、その業績を認めてきた経緯等を語った。最後に「島田氏の比較文学」をまとめるとして、次のように書きおさめている。

そのうちこの人の頭の中には、世界文学という観念が徐々にその輪郭を取り始める。しかしその世界文学という概念も、ゲーテなどの言うような、スケールの世界大、この場合ヨーロッパ大的な文学、という意味では決してない。大戦後のコスモポリチックな傾向が拡大するに応じて、人々は世界の文学を考える場合、それは文学と言われるほどのものが地上に生じてこのかた、時間と場所を超えて、恰も大脳を蔽う蛛蜘(ママ)膜の血管のようにそれがつねに絡まり合っているのに注目した。島田氏はそれを世界文学と称(よ)ぶのである。そしてその絡まる現象を分解し、必要とあらば、ルーペを使ってその関係をしらべること、これが比較文学本来の姿であるというような理念に達した。しかしその絡まりの現象をしらべるとき、つねにこの探求者の頭にあって決して忘れてならないことは、操作をする自分がつねに日本人であるという自覚である。なぜならそれを忘れては、そこに創造的探求などはできないと考えるから。そこからこの人の日本学樹立という、既に言われていながらなおかつ樹立されていない、古くして新しいこの学の提唱が為されてくる。彼は自分の奇しくも生を禀(う)けたこの国の自然、その風土、その歩み、歴史、その伝統、一言にして言えば日本人の魂とその性情、それらをすべて知り尽し、味わいつくし、そして愛し続けねばならないと。これは偏狭な愛国心なぞというものではない。文芸探求者としての善意の発現であり、それに向っていま島田氏は輝かしい一歩も二歩も踏み出している。これがこの人の行きついた長い比較文学の研究から比較文化学へと趨(むか)う、その広い展望台に立つという所以であると共に、その開拓の栄誉をも担う所以でもあると、こうわたしは思うのだが。

この月、『アメリカにおける秋山真之』上・下巻（朝日選書、解説＝小堀桂一郎）が刊行された。「私の英文学」を『學鐙』に寄稿。

三月には、『ロシヤにおける広瀬武夫』上・下巻（朝日選書、解説＝芳賀徹）が刊行された。この月、「ある日の小林英夫博士」を『小林英夫著作集』第五巻（言語美学論考、みすず書房）「月報」三に、「佐藤春夫先生のプロフィル」を中川明徳編集・構成『文学の心――文豪は語る』五（会津八一・伊藤整・佐藤春夫・坂口安吾・サトウハチロー、ぎょうせい）に、「カザミヤンの英国研究（下）――「フランスにおける英文学研究」の一節」を『東洋大学大学院紀要』第十二集に寄稿した。

四月、東洋大学での講義「英米文学史」は、チョーサーとスペンサーの欠を補うため、ミルトンをまず説き、それから本題のロマンティック詩人たちに入った。ロバート・バーンズ、ウィリアム・ブレイクにふれてから、ワーズワース、コールリッヂ、バイロン、シェレー、キーツに取り組んだ。論述の方法は、受講者の学力や精神年齢を考えて、卒業論文の書き方への指導を込めて語るものであるとともに、イギリス文学という大有機体の中において、取り扱われる諸家と諸作品とが占めるであろう位置をできるだけ暗示するものであった。参考書としては、平田禿木の『英文學史講話』上下（全國書房、昭和二十三年十一月

—昭和二十四年六月）とカザミヤンの ***A History of English Literature*** を挙げた。英文学特論・英文学特論Ⅲは、「アレクサンドル・ベルジャムの英語文献学」という題目であるが、カザミヤン講義で現代小説のことを語り尽くせなかったので、まずはジエームズ・ジョイス、D・H・ローレンス、カサリン・マンスフィールド、チャールズ・モーガン等に関するカザミヤンの見解を伝えることから始めた。そして、ルグイ、カザミヤンの師であるベルジャムの学風、一六六〇年から一七四四年にわたるイギリスの社会と文学との交流をとりあつかいながら、文芸家の成立過程を精究する、近代詩をイギリス人同様な詩的よみ方によって修得する詩学的考察の基礎をきずく、この二点に力を注いで、フランス派英文学の創始者となったベルジャムの実体を明らかにし、その学位論文の説明で終わった。英文学演習は、「ルネッサンスの英詩」という題目で、エミール・ルグイの編んだ『イギリス文芸復興の小径のなかで』と題するイギリス・ルネッサンス詩の選集を用いて、フィリップ・シドニー、エドマンド・スペンサー、シェイクスピアなどからはじめて、ジョン・ダンおよび騎士詩人たちの詩をテクストに即して読み、味わい評釈し、異国の文芸をいかにして修得するかの具体策を体得させるのが主目的であった。

　四月十三日、慶應義塾大学の講義は『比較文学読本』を使って「比較文学とは何か」を、「能について」「砧」「能とイエーツ」「西鶴について」「好色一代男」「秋成とメリメ」「エスパニヤと木下杢太郎」に則して語った。この月、『海は甦るⅠ・Ⅱ』（江藤淳著）評——著者の精神史の一延長」を『日本読書新聞』（五日）に寄稿した。

　五月二十一日、春夫のふるさと新宮（しんぐう）に旅行。二十二日には、明治村を歩いた。二十五日、慶應義塾大学小泉信三記念講座（三田校舎五百十七番教室）で、安東伸介教授司会のもと「日本における外国文学の受け取り方」と題して講演した。二十九日、源氏の会の会場は、東大駒場から参宮橋の東洋信販ビルに移った。

　六月二十六日、午後五時三十分から「詩人日夏耿之介を偲ぶ会」が杉並公会堂で開かれ、由良君美（きみよし）の「日夏耿之介の文学的趣向」と題する講演と井村君江司会によるシンポジアム（講師は齋藤磯雄、窪田般彌）があった。講演を聴いて、「日夏文学とは何か、なぜ『咒文』をもって日夏氏は詩の筆を折ったのか」と講演者に訊ねた。

　七月三日、源氏の会の会場が新宿の中村屋に移った。二十八日夕、絵画館における無限アカデミー現代詩講座で「西條八十氏の砂金」と題して講演した。

　八月、「秋山真之の海軍兵学」を『歴史と人物』第六巻第八号に寄稿した。

　九月以降、源氏の会での漱石の『猫』講義はしばらく休んで、山本周五郎の文学を語る。九月十一日、二十五日は『虚空遍歴』上下（新潮文庫、一九六六年九月）の講義であった。この月、『島崎藤村辞典』改訂版（初版は明治書院、昭和四十七年十月。四十頁増補）が刊行され、「キーツ」「シェリー」「シェイクスピア」「テニソン」「バーンズ」「ラスキン」「ロセッティ」「ワイルド」「ワーズワース」の解説が収録された。

　十月、「日本における外国文学の受け取り方」（小泉信三記念講座での講演)が『三田評論』に、「『五月靄』評釈」が『現代詩手帖』第十九巻十一号に掲載された。

十一月五日、神戸女学院大学で行われた第十二回日本比較文学会関西支部大会で「フランスにおける英文学研究」と題して講演した。翌六日、支部大会の場所が同志社大学に移り、特別講演「森鷗外のアフォリズム」(小堀桂一郎)を聴いてから、司馬遼太郎、江藤淳両氏と共に「歴史小説の東と西」(座談会)というテーマで語った。司会者は同志社大学の大島正教授で、それぞれの講師は、このごろ考えていること、歴史小説の概念などについて話した。終了後、四条橋畔の「菊水」でパーティーがあり、閉会後、司馬氏の案内で、先斗(ポント)町の「ますだ」を訪ねて同道した十数人と共に銘酒を楽しみながら歓談した。この日、銀閣寺近くの宿「川京」に泊まる。島田は、この年からは年中行事のように、講演を頼まれ、後進の研究発表を聴くために、東大比較文学会の人たちや「源氏の会」の人たちと一緒に関西支部の大会に出向き、多くの人たちとの交流を楽しんだ。昭和二十七年の第三回日本比較文学会関西支部大会に出席して以来二十三年もの間、この学会から離れていたが、前年の第十一回大会への出席要請をうけて出向いたのを機に、学会への復帰を果たしたのである。

この月二十二日、午後二時、日本大学芸術学部で「日本における外国文学」と題して講演した。そして六時からは神田の学士会館において、木村毅(き)、高橋邦太郎、西田長寿(たけとし)三氏を讃える会が、日本古書通信社、明治文献、八木書店、雄松堂書店の四社が世話人となって開かれた。参会者百二十人、会は東大史料編纂所金井圓(まどか)氏が司会、大久保利謙氏の乾杯の音頭で進められ、長谷川峻(たかし)、鈴木平八郎、北根(きたね)豊、宝井馬琴、柴田孝子、稲垣達郎、杉村武、富田正文、富田仁の諸氏が祝辞を述べた。島田は、木村毅氏をたたえる祝辞を述べた。この祝辞は、『日本古書通信』第三百九十一号(十一月号)に「わが師――木村毅先生」と題して、予め執筆していたものが掲載された。かなり早くから木村氏の著書には接していたが、昭和十二年の終わりごろ勤務先の台北の大学で催された「上海観戦談」と題する講演を聴いたのが初めての出会いであること、内容も話し方もすばらしかったこと、それ以後も木村氏の著書や話し方に目標を置いて学び続けていること等について、講演を聴いたときの思い出をまじえ次のように語っている。

(前略)みづから歩いてきた戦場を中心にした実景である。実情である。実感である。教室内のすみずみに良く透る声であつた。それは野太い声ではなかつた。大きいが清らかに冴えた声だつたように思う。物語りゆくその話しぶりは、叙事、叙景、叙情、みんなを適宜におりまじえて、謹聴しているわれわれ大学の教職員および学生たちが、粛然として聞き入る重厚さをひそめながら、論旨は明瞭、要旨は簡潔、期せずして満堂を魅了し去つた。文字通り万雷の拍手のなかに終つたその印象は、実にあざやかで、えもいえず快よかつた。/(中略)

びっくりしたというのが実感である。これは両刀使いだ。まさに昭和の宮本武蔵だな。オレはまだろくなものを書いてはいないが、いずれは文筆の世界のお世話になるだろう。いや、今だつて大学の教師である。説くところは外国の文学だが、語るすべは、ふつうにみられるように知識に偏したり、理論になずんだり、およそあるべき話術を身につけていない。普通の大学教授のあり方はいただけない。どうしてもそれとは違う世界をひらきたい。それには、なんとかして雷音のような弁説を学びたい。それは、実見、実感、実情を正直に語ること。またちやんとした筋道をそなえた構成の中につり合いを立派に持つて、真情を吐露しながら語ること。そう悟つた時から、私は大きく生れかわつた。始めて、本物の説話術に開眼されたという意味で、木村雷音はまさしく私の先生である。／（中略）

（中略）木村毅氏の書いたものには、ヘンに抵抗する気持がわかぬ。一部の評家の中には、誰かに比べると論旨があらいとか、奇矯な説にすぎぬとか、呟く声も聞こえないわけではなかつたけれど、そんな評語は私にはどうでもよい。まるで砂金を洗つて貴重な粒を見出すような恩恵を毎回感ずる。その感じは年齢を重ねるにつけ、仕事がだんだんひろがるにつけ、学問の実体が自分免許流に解釈されるにつれて、いよいよ確実になつた。なにもかも純金のかたまりのような研究など、第一あろう筈がない。かりに実存していても、そんなものは実用にならぬ。溶かして、洗つて、加工するのは、精読する学徒の当然な才覚ともいうべく、そんな工夫をすべて著者の義務に帰すのはゆきすぎだろう。総じて、木村氏の著書は、そういう珍らしい視野を開いてくれ、そういう覚悟を改めて教えてくれた。

いわんや、幕末、明治、大正という木村氏の専攻とする時代的部門は、私も後進として少しづつ手がけている世界である。わずかばかり、わが仕事がモノになるにつれて、私は改めて木村氏に負うていることの大きいことを悟つた。時々珍しい書物も拝借して、わがとぼしい知識をひろめ、深めたことも一、二にとどまらない。何という有難い先達だろう。

かえりみれば、氏の著書をよみ始めてから、またその風貌をじかに存じあげてから、四十年に近い歳月が流れた。この先輩のひらいた道を、その教えに従つて、私もまた辿りたいと願つている。どう考えても、この世における氏との因縁は、わが師――木村毅先生と申し上げる外にはないように思う。

以前に触れたことであるが、遙か少年の日から木村毅の著書を読みふけって目標にしていたこともあり、京華中学時代、雑誌『海軍』に「帝國軍艦解說」等を連載したとき、筆名として「島田毅」を使うほどに私淑していたし、序でに言えば、『京華中學校校友會誌』に掲載された「愛蓮說（周濂溪）」（英訳）や「送中村實東遊序」の筆者名も「島田毅」であることを考えると、尋常ではない傾倒ぶりであったと思われる。木村毅の博覧強記への評価は終生変わることはなかった。

この月、「西條八十氏の砂金」を『無限ポエトリー』第一巻第一号に寄稿した。十二月八日、駒場比較文学研究室で「比較文学者の謡曲観」を語り、翌日には絵画館における「無限アカデミー講座」で「源氏物語について」語った。

第十三回島田謹二記念学藝賞について

第十三回島田謹二記念学藝賞銓衡会議は、平成二十五年十二月十四日(土)、南国酒家原宿本館で行われた。出席したのは、芳賀徹、亀井俊介、小堀桂一郎、川本皓嗣の各氏と私菅原であった。会議では、様々に議論を重ねた上で、加藤百合『明治期露西亜文学翻訳論攷』(東洋書店、二〇一二年十二月)を推すことで意見の一致を見た。

授賞式は、平成二十六年四月六日(日)午後一時より上野精養軒で開かれた「島田謹二先生を偲ぶ会」の席上執りおこなわれた。はじめに、小堀桂一郎氏より賞状の授与、島田先生ご息女斉藤信子さんより副賞二十万円の贈呈があり、菅原から銓衡の経過と受賞作の紹介があった。以下に講評を掲げる。

(菅原克也)

□第十三回島田謹二記念学藝賞
加藤百合
『明治期露西亜文学翻訳論攷』
(東洋書店、二〇一二年)

本作は、東京大学大学院総合文化研究科超域文化科学専攻に提出された博士学位請求論文をもとにする。博士論文としての審査結果と公開審査の模様については、本号(第百二号)に掲載される記事が参照できるので、ここには本としての読後感を記しておきたい。

本を手に取ると、はじめに「明治期露西亜文学翻訳論攷」という漢字ばかり並ぶ標題が目に飛び込む。ことに「論攷」という文字遣いは厳めしい感じである。これが「明治期」というこ

とばと並ぶと息苦しいような感じにもなる。ただし字体に工夫があるので、かえってお洒落な雰囲気になるのかもしれない。

頁を繰ると、すこし息の長い、修飾語の少ない文章が続く。淡々と事実を述べていて無駄がない。第一章は高須治助（たかすじすけ）という聞き慣れない人物を論じる。第二章以降は二葉亭四迷、森鷗外、内田魯庵、尾崎紅葉、昇曙夢（のぼりしょむ）と魅力的な人物が続くものの、滑り出しはごく地味な記述である。

しばらく読んでゆくと、だんだんと引き込まれる。折り目正しい行文の背後に、著者の熱い思いのようなものが感じとられてくる。二葉亭を論じた第二章を読むころには、堂々たる弁舌に聞き入る思いである。鷗外について論じた第三章のあたりでは、先を読むのが楽しみになってきている。

明治期におけるロシア文学の翻訳の歴史を辿る本である。したがって、事実を追う部分と、文学作品としての翻訳を読み味わう部分とが、一続きの叙述のなかに混在することになる。例えば、東京外国語学校露語科の歴史記述と、『露国奇聞 花心蝶思録（かしんちょうしろく）』（法木書屋、明治十六年六月）として翻訳されたプーシキンの『大尉の娘』の高須訳の訳文の検討が、同じ第一章のなかに切れ目なく続く。明治初期の日本語文に見られる句読点についての記述と、二葉亭の「あひゞき」「めぐりあひ」の旧訳、改訳の訳文の検討、そして『浮雲』三篇の文体との比較が、同じ叙述の文体で第二章には続く。訳文の検討においては、ロシア語原文と、二葉亭の二つの訳（旧訳と改訳）と、著者自身による訳文とが示され、ロシア語のテクストの息の切れ目（句読点による切れ目）やイントネーションが、二葉亭の訳文でどう再現されているかが、具体的に指摘される。先行の研究の蓄積もかなりあって、分析の結果をどう提示するか難しかったろうし、テクストの平板な並置にとどまりそうなところだが、読んでいて飽きることはない。一例を挙げると、感嘆詞「ダ、**ダー**！」に対応する「さう〳〵」は、弱強・短長アクセントで「そう**そーう**！」と読まなければならないという指摘のあたり（八五頁）では、思わず膝を打った。ロシア語テクストとの対照が、ロシア語を解さぬ読者にもある程度理解が及ぶかたちで示されるのは、著者の工夫である。

歴史的事実の指摘と具体的なテクストの解釈とを織り交ぜること。これはなかなか厄介な作業だったろうと想像される。厄介で、少し手に余ったためだろう、各章末にはかなりの分量の注がつく。注の記述を具体的に見てゆくと、本文の記述に何を盛り込み何を落とすか、迷っただろう跡も見える。逆に言うと相当に読み応えのある注である。注のみで指摘される重要な事実もある。

ただし、そのこともあって「論攷」を名のる本文は読み易いものとなった。明治期の翻訳、ことにはロシア文学の翻訳に関する本筋の議論がまずはあって、これに具体的な事実の裏づけが与えられている。要点が押さえられているという感覚があるので、やや些末に及ぶかと思われる書誌的な記述や、枝葉の例証の部分も、それほど気にはならない。

議論の本筋は、翻訳とは何か、ということである。これが明治期のロシア文学の翻訳という具体的な文脈を与えられて、きわめて興味深い議論になっている。英語からの重訳の問題、魯庵と二葉亭、紅葉と瀬沼夏葉（かよう）に見られる共同訳の問題、翻訳の文学性の問題、そして何より翻訳文自体をどのように作りあげるのかという問題。翻訳というものを考える上では、いずれも重要な手がかりを与えてくれる問題ばかりである。

何より重要なのは、重訳の問題である。ロシア文学はロシア語学習者の数の少なさから、英語やドイツ語等、他のヨーロッパ言語から重訳されることが多かった。レールモントフやアンドレーエフを独訳から訳した鷗外の例はその典型であろうし、翻訳史上に名高い内田魯庵の『罪と罰』も英語からの重訳である。鷗外は独語からの重訳である自分の翻訳の文学的価値を信じていたし、魯庵のドストエフスキーは多くの読者に好評を以て迎えられた。第五章で取りあげられる尾崎紅葉は、日本語文としての訳文の彫琢にこそ意を注いだことで有名である。テクストが原文で読めるということと、すぐれた日本語の訳文が作れる、日本語の文章として読むに足るものが書けるということとは、別の営みであると考えられていた。これは、日本の翻訳文学、いや日本の近代小説の歴史を考える上で重要な観点となる。

内田魯庵が二葉亭と行った共同訳の作業を、具体的に跡づけた第四章の記述は興味深い。まずは英訳の底本が何であったか、内田が二葉亭にどのような質問をして、その結果どのような訳文ができあがっていったのかが、露英日のテクスト三者を比較しつつ、まるでルポルタージュのような筆致で再現される。また、昇曙夢の仕事を論じた第六章は、本書の白眉と言ってよいところであろう。第五章までロシア文学の翻訳の歴史を辿ってきた読者には、昇曙夢の登場を以てロシア文学の翻訳の正統が（二葉亭の先蹤をはるかに望みつつ）誕生するのだということが、深く納得できる。昇曙夢の時代になって、後進の日本がヨーロッパの文学を学ぶという姿勢から脱し、日本の青年たちがヨーロッパの青年たちと同じ悩みを悩むようになった――「遂に二国の青年達が同時に同じ作品を読み出した」（二七六頁）という記述は、近代日本文学の流れを辿る上でも重要な指摘である。そのことを証する『露西亜現代代表的作家六人集』（易風社、明治四十三年六月）と『露国新作家集毒の園』（新潮社、明治四十五年六月）に収められた小説、ことにもアルツィバーシェフの作品が、いかに深く時代の精神と共鳴できたか、本書の記述を読むとよくわかってくる。

昇曙夢は、その確かな語学力と感性豊かな日本語の文体によって「直接訳の権威」を確立し、ロシア文学重訳の時代の幕を引いた。昇曙夢はまた、ロシアという地域の文化に広く多面的な関心を抱き、多方面の著作を残した民族史（誌）研究者であった。奄美諸島出身者として『大奄美史――奄美諸島民族誌』（奄美社、昭和二十四年十二月）という大きな仕事もある。本書には「曙夢の翻訳者としての特質は、鷗外などの、作家の翻訳でなく、いわば、民俗学者の翻訳であったというところと言えよう」（三〇二頁、傍点原文）という記述も見られる。博士論文公開審査の折にも出た話だが、西村伊作の見事な評伝（『大正の夢の設計家――西村伊作と文化学院』朝日選書、平成二年一月）を公にした著者加藤氏には、ぜひとも昇曙夢の（すこし大きな）評伝を書いて欲しいものだと思う。

　本書に何度も現われる表現がある。「文学的素養」ということばである。著者自身はどの程度自覚しているか分からないが、この言葉には著者のかなり強い主張が込められていることが感じとれる。つまり文学の翻訳は文学でなくてはならない。そのためには翻訳者に「文学的素養」がなくてはならない。語学の力のみでは文学作品の翻訳に携わる資格はない。翻訳者は何よりも日本語としてすぐれた文体を持つ文章が書ける人間でなくてはならない。そのためには「文学的素養」が何よりも大切である、という主張である。

　おそらく、そうした翻訳観と表裏の関係にあるのが、研究対象としての外国文学とその古典（カノン）および文学史的知識に対し、少し距離を置くかに思える著者の態度である。本書の終章は次の一段落で言い納められる。

　古典（カノン）を定めてきた正統な文学史観――これもまた一種の規範であった。そう考えると、そこから自由にロシアの文叢を渉猟し、人間的（ヒューマニスティック）な作品の数々を享受し得たのは、明治期ロシア文学の翻訳に携わった文学者達の揺るぎない功績と言ってよいだろう。（三六七頁）

　本書の「あとがき」のはじめに、岩波文庫の緑帯と赤帯の読書体験が記してある。ほんの数行のことだが、黄ばんだ紙に小さな活版の活字がぎっしりと詰まった文庫本の匂いが、あざやかに蘇ってくるような記述である。著者の読書体験の芯のところが見えるようにも思う。文学作品の翻訳は文学でなくてはならないという著者の確信は、おそらくそのような体験がもたらすゆるぎない感覚でもあるのだろう。

　本作の最大の弱点は、先行の研究への言及があまり懇切ではないことである。既にとなえられている説なのか、著者独自の説、発見であるのか、判然としないところが多々ある。これはロシア文学や明治文学の専門家が不満とするところとなるであろう。

　ただし、何某にしかじかの説がある。誰某はこのような説を立てるといった、いわゆる雑誌論文的な叙述であったなら、明治期のロシア文学の翻訳を大きな視野のもとに収めた本作の、一般読者にも接近の可能な叙述は実現しなかっただろう、とも思う。そのあたりの均衡をどう取るか、著者の今後の課題にしてもらえればと思う。

　最後に言う。これは比較文学研究という学問の畑があってはじめて可能となった研究なのだと思う。著者は島田先生に直接指導を受ける機会があったと聞く。これは、そのような著者による、島田先生への大きな恩返しともなるであろう。

（菅原克也）

展覧会カタログ評

「オットー・クンツリ」展

岡野　宏

本稿は二〇一五年十月十日から十二月二十七日にかけて東京都庭園美術館において開催された「オットー・クンツリ」展の展覧会・図録評である。(1) 評者は美術研究を専門とせず、またクンツリ作品の主要な部分をなすジュエリーについて詳しいわけでもない。(2) そのため、美術あるいはジュエリー研究の観点から批評を加える能力は評者にはない。ただ、「身に着けるもの」という意味でのジュエリーについて、何かしら美学的な観点から言葉を連ねていければと思っている。

オットー・クンツリ Otto Künzli は一九四八年にスイスのチューリヒに生まれた存命のジュエリー作家である。長くミュンヘン造形美術大学で教え、弟子のなかには日本人も含まれているという。庭園美術館のホームページの記載によれば「アートとしてのジュエリーを創造するコンテンポラリー・ジュエリー」の代表であり、また「コンセプチュアル・ジュエリー」の第一人者であるともいわれる。本展覧会の目的はそうしたクンツリ作品の大規模な展示を通じて、「「ジュエリーとは何か」という本質的な意味を問いかけ」ることにあるとされている。

クンツリ作品にふれたならば、こうした評価があながち誇張でないことはうなずける。鈍く輝く球体と肩掛け紐によって構成されたペンダント《軌道》や、赤く塗られた大振りのハート型の立体によって構成されたブローチ《ハート》などに見られる、徹底して装飾を排除し、造形のみによって勝負する制作姿勢は、通常イメージされるジュエリーのありようとは大きく様相を異にしている。一般的なジュエリーにおいては貴金属や宝石類という「素材」の価値が重きをなしており、それゆえ「造形」の自由度が制約される傾向にある。もちろんそうした「制約の中の表現」にも一定の魅力があるわけだが、「アート」としての側面をより強調したのがクンツリであるとはいえそうである。会場で上映されていた本人へのインタビューによれば、かれ自身その創作履歴において、装飾品では定番の「金」という素材から意識的に離れた時期もあったという。

また、クンツリの作品が「ジュエリーそのものを問い直す」といわれるのも容易に理解される。しばらく離れた後に、作家がふたたび「金」を用いたのが《金はあなたを盲目にする》という作品だった。この作品は、光沢のほとんどない黒いラバーのリングの一部に、金の小さな玉を――外からは見ることができないように――埋め込んだ腕輪である。この腕輪の持ち主は中に本当に金が埋まっているのか不安にさらされることになる。人間がおそらくは古代から――もちろん現代のジュエリーにおいても――とらわれている「金」という素材の魔力を、ジュエリーという枠組を用いることであぶりだすという姿勢は、アートによってアートを問いかけた「コンセプチュアル・アート（概念芸術）」の試みと一脈通じるだろう。

「これはなんとかつけられるかな」などという会話も聞こえてきた展示会場であったが、確かにクンツリの作品では造形的魅力や奇抜な発想と「じっさい身につけられるか」（装身可能性とでも呼んでおこう）という問いとが拮抗している。極端な話をすれば、身につけられないジュエリーはジュエリーではないわけだが、その意味で、あまりに造形的、コンセプチュアル（概念的）と映りかねないクンツリの作品は、そもそもジュエリーであるかどうかの境界線上にある。もっといえば、その作品はジュエリーとして承認されることを「待って」いるように思う。

いくつかのモチーフ

もうすこし具体的に見てみたい。展示はクンツリ作品の挑発性を強調するとともに、作家としての持続した関心を浮かびあがらせることに成功していたと思う。評者が見てとったモチーフを列挙するなら、以下の通りである。

一、衣服に何らかの変化をもたらすもの

ペンダント《スミ》（方形の墨のペンダントで、身につけると衣服に墨が付着する）、ペンダント《デルフト・ブルー》（小さなブリキの缶に顔料が納められており、身につけるとやはり衣服に顔料が付着する）など。ピンで衣服にゆがみをもたらす初期の《プラステ・アンド・エラステ》もこれに該当するか。

二、身体を拘束するもの

《手鏡》《二人のためのリング》《二人のためのブローチ》《手のための作品》《脇の下の玉》《二本指リング》など多数。いずれも掌、指、腕、あるいは全体としての身体の可動性を制約する。例えば、《脇の下の玉》は鈍い黄金色の球体を脇の下に納める、というジュエリー（?）であるが、これを身につけておくためには、常に腕を下ろした状態にしておく必要があるだろう。また《錘》というブローチは、そのものずばり錘をブローチとして身につけるもので、その加重が運動を制約する。

三、鏡＝穴＝目のモチーフ

このモチーフに関わると思われる作品は、今回の展覧会に多数見受けられた。鏡のように磨きあげられた金属のプレートによるペンダント《Π》、鏡の表面に開けられた無数の穴から星条旗が覗く《アメリカ》などで、クンツリは積極的に鏡を用いている。さらに、このモチーフは《突破口》において「穴」のモチーフとも繋がる。これは壁面に穿たれた穴を覗き込むと、奥にある鏡に反射した自らの目を見つめてしまうという趣向になっている。ここで出現する「穴＝目」のモチーフは、多くのブローチやペンダントに開けられた両目を思わせる穴によって様々な作品に拡散する（ブローチ《ともだち》、ペンダント《ブラープ》など）。さらに《ミー・マイセルフ・アンド・アイ Mi, Myself and Eye》ではミッキー・マウスを思わせる形状のブローチの目に当たる部分が鏡になっていることで、「目」のモチーフは「鏡」のモチーフとも直接繋がる。

四、アメリカと結びつくもの

とりわけ、ミッキー・マウス風形象の偏在。七〇年代のパンク・ムーブメント[3]とも繋がりを持っていたと見られるクンツリにとって、資本主義的世界の代表ともいえるアメリカは大きなテーマの一つであったと思われる。

五、日本と結びつくもの

かわいらしいイヤリング《ミキ・モット》やブローチ《コマイヌ》シリーズなど。クンツリは一九九〇年代半ばから東京の専門学校でも教鞭をとっており、日本とも関係が深い。

六、記憶と結びつくもの

《チェーン》、《朝食》シリーズなど。とりわけ様々な人々の結婚指輪を繋げて一本のネックレスに仕上げた《チェーン》は出色だろう。《朝食》シリーズは、旅先の印象を同型に形作られた木製プレートの色彩の変化によって表現しているブローチである。

七、「ジュエリー」という制度そのものを問うもの

上述の《金はあなたを盲目にする》など。

こうしたモチーフが時にひとつの作品のなかで同居しあいながら、ゆるやかなネットワークを形成しているのがクンツリの作品世界だと考えられる。クンツリ作品は豊かな意味の読みとり可能性をもっており、このほかにもモチーフを見出すことができるだろう。身につけることで衣服に汚れ（と捉えれば、であるが）がついてしまう諸作品、身体を拘束してくる諸作品の前で、ひとは「じっさいに身につけられるだろうか?」とたじろがざるをえない。

「異物」としてのジュエリー

「装身可能性」の不安はしかし、「ジュエリー」というものそのものの根っこにあるのかも知れない。図録に掲載された田中雅子学芸員（キュレーター）による論考「Kósmos: 身体と世界をつなぐもの」[4]では、いくつかの箇所で「異物」という語が使われている。例えば、上述の《脇の下の玉》における「異物」としての金属の玉。あるいは《ガイジン》というネックレスで示される日本における「異物」としての「ガイジン」と、貝の中に入った「異物」としての真珠の類比。これら異物としてのジュエリーは示唆的である。

今回評者が本稿執筆のための予備調査として、いくつかの文献にあたった際にすこし驚いたのは、「ジュエリー」は「美術史」でも「服飾史」あるいは「デザイン史」「工芸史」でも充分な場所を与えられていないという点であった。基本的にファイン・アート（美術・造形芸術）を中心とする美術史に入りにくいのは無理もないにしても、服飾史やデザイン史のなかでもあまり言及されないのは意外であった。[5]その理由を一考するに、それは服飾やデザイン・工芸の歴史における重要な運動、例えば「バウハウス」やコルセットの放棄に代表される機能性や活動性の追求などが、どうにもジュエリーには当てはまりにくいからではないか。服飾や工芸品において機能性や活動性が問題となるのは、そもそもそれらが生活必需品だからである。これに対し、ジュエリーは必ずしも生活に必要なものではない。[6]その意味では、機能性や活動性といった概念は、少なくとも、留め金具を除いた本体部分のジュエリーには存在せず、それら

を軸にした歴史叙述にもジュエリーは入りにくいのではないだろうか。

服飾史やデザイン史が主に対象とする服飾、工芸品の類とは異なり、ジュエリーは「使用可能性」(「装身可能性」を一段抽象化した表現)に規定されていながら、「生活」に根ざしていないという特性をもっている(もちろんこれは衣服や工芸品がそれらにのみ基づいているということではない)。浜本隆志(一九四四年生)によれば、かつて指輪には「魔除け」の力があると信じられていたが、これもジュエリーのもつ非日常的起原あるいは異物的性格を示唆しているといえるだろう。[7]

「生活」に根拠をもたないジュエリーは、身につけることの根拠がじつは希薄である。制度的なそれにあっては、階級や権力の誇示、性規範の強化などの社会的機能が付与されることで、たまさかその非日常性が覆われているにすぎない。クンツリの作品はそれを明らかにする。

予感としてのジュエリー

《私が作った、あなたが名付ける》という作品がある。これは図録の表題にもなっており、察するに本展の中心をなす作品と思われる。だが奇妙なことに、この作品はジュエリーではない。図録の記載によれば「潜在的ペンダント」とある。

図録に掲載された関昭郎(あきお)学芸員(チーフ・キュレーター)の論考「アートを身につけるということ／オットー・クンツリとジュエリー」[8]によれば、「I made it, you name it」は慣用表現で「やったぜ」というような意味であるが、これを文字通りに読むことで関は「鑑賞者に判断を委ねる」制作者の意図を読み取っている。つまり、この作品、白もしくは黒色の——いずれにも小さな二つの穴が開けられている——オブジェ群はその意味内容をいまだ決定されておらず、鑑賞者の自由に、「オープン」な解釈が委ねられている。それが「作った」という過去形と「名付ける」という現在形によって示されているというのである。たしかにこの作品において、その意味内容は決定されていない。しかし評者が思うに、かといってそれは鑑賞者の自由に委ねられているわけでもない。

思考実験をしてみよう。土中から何らかのオブジェが発見されたとする。そこに二つの同程度の大きさの穴があいていた場合、ひとはどう見るだろうか。一つの見方はその二つの穴を「目」とみなす場合である。このとき即座にそのオブジェは擬人化され、場合によっては神聖なものとして祀られるだろう。別な見方もある。二つの穴をペンダントの紐を通す場所として見る場合である。このとき、このオブジェの正しい使用法は安置することではなく装身することになる。つまり、当初このオブジェはどのように「見られる」か、どのように「使用される」か、未決定の状態に置かれている。「潜在的ペンダント」とはこの謂いであろう。

そのうえで述べたいのは、未決定とはいいながら、本作はあくまで「何か」として見られることを「待望」しているということである。二つの穴があいていること、このことはひとに「いかに使用すべきか」についてのアイデアを与えてくれる。[9]評者はそれを「待望」という言葉で表現している。「作った」と

「名付ける」のあいだの時差は、この待望の時間に他ならない。しかし、それは同時に「不安」の時間でもある。というのは、座られることを待望する「椅子」に比して、本作が呼びかける声はいかにもかぼそいのである。それは自らをジュエリーとして見るよう強いることができない。とすれば、ここでの鑑賞者は自由な解釈主体というよりは、小さな呼びかけの声に対し、応答ないし拒否するような存在としてあるだろう。

ジュエリーはいかに「展示」されるか

ひとつ指摘しておきたいのは、展示会場には作品を身につけてみた際の写真が思いのほか少なかった点である。図録では確認できる場合が多かったが、会場ではややもどかしく感じた部分もあった。一般的なジュエリーの展示方法について評者は予備知識をもたないことをお断りしたうえで、これも上記の観点で見るならば、あるいは積極的な解釈が可能かもしれない。かりにクンツリの作品を「いま身につけられている」ジュエリーとしてではなく、「身につけられるかもしれない」という予感のうちにあるものとして理解するならば、その展示方法として適切なのは、あえて置かれたままの状態にすることだろう。

庭園美術館は旧朝香宮邸を改装した施設である。より精確には朝香宮邸部分を第一会場とし、第二会場として新館が使用されている。前者の和洋折衷様式による室内空間と、いわゆるホワイト・キューブ(10)に該当するような後者との対照が印象的である。非常に大雑把なわけ方をするなら、第一会場では、もともと居住用に作られた大小さまざまな室内空間の中で独特な効果を生みだすように作品が配置され、第二会場では広々とした空間の中で、それぞれのモチーフが見えやすいように作品が配置されていた。

作品をニュートラルに見るという意味では第二会場のほうに利があったといえるが、第一会場の展示には、それにもまさる独特の魅力があったこともいいそえておきたい。思うにそれは、旧朝香宮邸のもつ「過去に住居として使用された」という記憶と、クンツリ作品のもつ「これから身につけられるかもしれない」という予感とが、ひとつの空間のなかで交錯していたからなのではないか。とりわけ二階「書庫」の木製の棚に置かれた諸作品の放つ存在感は、一種凄みのあるものであった。

図録について

最後に図録について述べたい。A5判ソフトカバーのハンディな造本によるもので、展示作品の全てではないが、大部分の図版をカラーで掲載している(一部白黒写真だが、これは作品自体に由来するものと思われる)。上述のように、会場ではわからなかった「どう身につけるか」がわかる写真が掲載されており、この点有用である。すでに一部言及したが、三編の論考およびクンツリによる短いエッセイが収められている。論考はいずれも研究成果の報告というよりは、クンツリ作品の見方の案内や、ジュエリーの街としてのミュンヘンを紹介する内容(11)となっている。巻末には作品リスト、所蔵リスト、略歴、展覧会歴(個展およびグループ展）、パブリック・コレクション、参考文献が掲載されているが、クンツリ自身が執筆した文章の書誌が充実していれば、より完備したものになっただろう。すべての文章に英訳が施されている。定価は二千三百円（税抜き）。一般書店やアマゾン等ネット通販でも購入可能である（ISBNは978-4-87586-479-0）。

［注］

（1）訪問日は二〇一五年十二月二十日。

（2）評者の調べたかぎり、クンツリのまとまった日本への紹介は本展覧会が初である。ただしすでに「'79国際ジュウリー・アート展」（銀座ミキモト・ホール、一九七九年十一—十二月）で作品が紹介されている。またコンテンポラリー・ジュエリーの展覧会としては、必ずしも網羅的なものではないが、過去に以下のようなものがあった。

・「日本の作家三十人によるコンテンポラリー・ジュエリー」東京国立近代美術館工芸館、一九九五年五—七月。
・「トーネ・ヴィーゲラン——ノルウェーの現代アート・ジュエリー」東京国立近代美術館工芸館、一九九七年十一月—九八年三月。
・「二十世紀のジュエリー・デザイン——宝物からオブジェへ」宇都宮美術館、二〇〇〇年五—八月。
・「ジュエリーの今——変貌のオブジェ」東京国立近代美術館工芸館、二〇〇六年十—十二月。
・「かたちのエッセンス——平松保城のジュエリー」東京国立近代美術館工芸館、二〇〇八年十—十二月。
・「中村ミナトのジュエリー——四角・球・線・面」東京国立近代美術館工芸館、二〇一五年二—四月。

（3）一九七〇年代後半、イギリスを中心に、既成の価値観や体制への反抗をロックやファッションで示した若者文化の傾向。

（4）本展覧会図録、二六四—六七頁。英語版＝Masako Tanaka, "Kósmos: Connecting the Body and the Universe," 二六八—七二頁。

（5）評者が参照した文献の一部をあげれば、以下の通り。

①美術史については、
・末永照和監修『カラー版　20世紀の美術』美術出版社、二〇〇〇年六月。
・高階秀爾監修『カラー版　西洋美術史』増補新装、美術出版社、二〇〇二年十二月。

②服飾史については、
・佐々井啓編著『ファッションの歴史——西洋服飾史』朝倉書店、二〇〇三年四月。
・深井晃子監修『カラー版　世界服飾史』増補新装、美術出版社、二〇一〇年四月。
・ゲルトルート・レーネルト／伊豆原月絵日本語版監修、黒川祐子訳『絵とたどるモードの歴史』中央公論美術出版、二〇一一年十二月。
・マーニー・フォッグ責任編集／佐藤絵理訳『FASHION　世界服装全史』東京堂出版、二〇一六年二月。

③デザイン史については、
・シャーロット&ピーター・フィール／大野千鶴訳『20世紀のデザイン』タッシェン・ジャパン、二〇〇一年十二月。
・海野弘『モダン・デザイン全史』美術出版社、二〇〇二年十月。
・長田謙一・樋田豊次郎・森仁史編『近代日本デザイン史』美学出版、二〇〇六年十一月。
・阿部公正監修『カラー版　世界デザイン史』増補新装、美術出版社、二〇一二年三月。

④樋田豊次郎『工芸の領分——工芸には生活感情が封印されている』（中央公論美術出版、二〇〇三年十月。美学出版、二〇〇六年二月）ではジュエリーについても言及があるものの、歴史叙述としては限定的なものに止まっている。

（6）クンツリ自身、図録に掲載されたエッセイ「Komainu & Co.」の中で「明らかな用途のないジュエリー」（二八頁）という表現をとっている。これは装身具をある「過剰なもの」として把握したジンメルGeorg Simmel（一八五八—一九一八年）にも通じるだろう。ゲオルク・ジンメル／居安正訳『社会学——社会化の諸形式についての研究』上巻、白水社、一九九四年三月、三七九頁以下。

（7）浜本隆志『指輪の文化史』白水社、二〇〇四年四月（初刊一九九九年十月）、一五七頁以下。

（8）本展覧会図録、六—一一頁。英語版＝Akio Seki, "About Wearing Art — Otto Künzli and Jewellery," 一二—一八頁。

（9）これはJ・J・ギブソンJames Jerome Gibson（一九〇四—七九年）が「アフォーダンス」と呼んだものに近いのかもしれない。ギブソンは『生態学的視覚論――ヒトの知覚世界を探る』（古崎敬・古崎愛子・辻敬一郎・村瀬旻訳、サイエンス社、一九八五年四月）において、アフォーダンスを「環境が動物に提供するもの、（中略）用意したり備えたりするものである」（一三七頁。引用に際し、訳文は適宜変更）と定義している。これは事物ないし環境がもつ物理的特性が、人間もふくむ動物との関係に応じて、その動物になんらかの行為をうながすという考え方に基づいている。例えば硬い平らな道は歩くことをアフォードする、というように。このとき環境と動物は能動性と受動性両方を兼ね備えているとされる。これを援用していえば、クンツリ作品のアフォーダンスは「弱い」のである。

（10）ホワイト・キューブとは、白い立方体の内側のような、白い壁と均質な光に満たされた展示空間。ニューヨーク近代美術館が一九二九年に初めて導入した。

（11）ペトラ・ホルシャー「ミュンヘン――スタジオ・ジュエリーの都」、本展覧会図録、一八―二二頁。英語版＝Petra Hölscher, "Munich—A Center for Studio Jewelry," 二三―二七頁。

［展覧会および図録情報］

「オットー・クンツリ」展（OTTO KÜNZLI. The Exhibition）

東京都庭園美術館（二〇一五年十月十日～十二月二十七日）。ディ・ノイエ・ザムルング―国際デザイン美術館（ミュンヘン、二〇一三年三月九日～四月七日）、MUDAC現代デザイン応用芸術美術館（ローザンヌ、二〇一四年七月二日～十月五日）に巡回。図録は、オットー・クンツリ著／東京都庭園美術館編『I Made It ― You Name It: Exhibition Catalogue of Otto Künzli』東京：芸術新聞社、二〇一五年十月。総頁数二百八十八。

珍妙な訓読

古田島 洋介

本誌の前号すなわち第百一号・五六頁上段に見える漢詩一首の訓読について、編輯委員に名を連ねる者として一言しておく。

不難三歳識之無
　三歳　之と無を識ること難からず
学語牙牙便学書
　語を学び牙牙　便ち書を学ぶ
春蚓秋蛇紛満紙
　春蚓秋蛇　紛として紙に満ち
問娘眠食近何如
　娘に問う　眠食近ごろ何如と

右は、黄遵憲が光緒五（明治十二〔一八七九〕）年に発表した七言絶句（平起式・初句押韻）で、上平七〈虞〉韻「無・書・如」を韻字とする。

焦点は、もっぱら起句の訓読「三歳之と無を識ること難からず」に係る。この訓読は、論者の張偉雄氏が注（8）に記したように、実藤恵秀・豊田穣［訳］『日本雑事詩』（平凡社《東洋文庫》111、昭和四十三〔一九六八〕年三月／以下、実藤・豊田［訳］と略す）一〇六頁に見え、同句に関するかぎり、島田久美子［注］『黄遵憲』（《中国詩人選集》二集15、岩波書店、昭和三十八〔一九六三〕年二月／以下、島田［注］と略す）一六三頁の訓読と同一であるが、二つの点で疑問を抱かざるを得ない。

第一は、少し軽めの問題とはいえ、訓読の慣習に鑑み、看過するわけにゆかぬ。それは、並列語句「之＋無」を含む下三字「識之無」の訓読「之と無を識る」だ。漢文訓読では並列される体言それぞれに「と」を付けて「AとBと」のごとく読む習慣で、これが格助詞「と」による並列表現として本来の用法でもある。基本形は「Aト与レBト」（AとBと）であるが、たとえ接続詞「与」（＝and）がなくとも、「Aト Bト」（AとBと）のように「と」を反復するのが一般だ。やはり「之と無とを識る」と訓読しておくのが妥当だろう。

そもそも日本語の表現として、並列を表す「AとBと」の下方の「と」を省き、現代日本語における通例のごとく「AとB」とするのが公的に認められたのは、明治三十八（一九〇五）年十二月二日《官報》第六千七百二十八号・文部省告示（文部大臣＝久保田譲）第百五十八号「文法上許容スベキ事項」の第十三項「語句ヲ列挙スル場合ニ用ヰルてにをはノ「ト」ハ誤解ヲ生ゼザルトキニ限リ最終ノ語句ノ下ニ之ヲ省クモ妨ナシ」（五七頁）においてである。同項は、誤解のおそれがない例として「月ト花」「宗教ト道徳ノ関係」「京都ト神戸ト長崎へ行ク」を挙げる一方、「最終ノ「ト」ヲ省クトキハ誤解ヲ生ズベキ例」として「史記ト漢書㋣ノ列伝ヲ読ムベシ」と「史記ト漢書ノ列伝㋣ヲ読ムベシ」を示す。たしかに、二つめの「と」を略して単に「史記ト漢書ノ列伝ヲ読ムベシ」と記せば、両様の解釈が生じて、文意が曖昧に陥ってしまうだろう。漢文訓読は、今なお旧来にして本来の並列表現「AとBと」を保持しているわけだ。

張氏も五九頁上段および注（17）で説明しているように、当該「識之無」は〔唐〕白居易が自ら《与元九書》（元九に与ふるの書）に記した幼時の話、つまり幼くして

「之」と「無」を見分けたとの逸事を踏まえる（「無」は、古字「无」に近く崩された結果、字形が「之」に似ていたのだろう）。「之」が「し」の字母、「無」も「む」の変体仮名の字母であるため、日本の平仮名を論じるにはおあつらえ向きの話だ。島田［注］一六四頁や実藤・豊田［訳］一〇六頁に見えるとおり、黄遵憲も平仮名「む」の字母が「武」であることは承知のうえだが、仄字（上声）「武」では韻を踏まないため、「む」の変体仮名の一字母たる「無」を白居易の逸話そのままに持ち出せばよいと考えたのだろう。なかなか巧みな字遣いである。平仮名の字体について統一が図られたのは、明治三十三（一九〇〇）年八月二十一日《官報》第五千百四十一号・文部省令（文部大臣＝樺山資紀）第十四号「小学校令施行規則」の第一章「教科及編制」第一節「教則」第十六条に「仮名及其ノ字体ハ第一号表ニ（中略）依リ」（三一五頁）とあるごとく、その「第一号表」によってのことだった。

ちなみに、白居易《与元九書》の一節は「指〈無〉字〈之〉字示僕」（〈無〉の字と〈之〉の字とを指(ゆび)さして僕に示す）に作るが、なぜ島田［注］一六五頁が二字の順序を逆転させて「之の字、無の字を指して僕に示す」と書き下すのか、よくわからない。張氏は、注(17)で、島田氏の書き下し文を引用しつつ、暗黙の裡に両字の順序を改めている。もしかすると、島田［注］の字句は、《旧唐書》白居易伝「指〈之〉字〈無〉字示僕」あるいは《新唐書》白居易伝「指〈之〉〈無〉両字」に引きずられた結果なのだろうか。

また、同じく白居易《与元九書》に「僕始生六七月時」（僕始めて生まれて六、七月の時）とあるのに、なぜ実藤・豊田［訳］一〇七頁（注）一が「生まれて七、八ヵ月のころ」と記しているのかも、よくわからない。「（数えで）六、七月」を「（満で）五、六ヵ月」に改めるのならば、すんなり理解できるのだが。《旧唐書》白居易伝は《与元九書》と同一の字句に作り、《新唐書》白居易伝も「其始生七月」とする。

第二は、訓読の核心とも称すべき語順に関わる問題である。些少とも漢詩の訓読に親しんでいれば、焦点の一句の原文「不難三歳識之無」を見つつ、訓読「三歳　之と無を識ること難からず」を聞くと、誰しも奇異な印象を抱くのではないか。何やら脳味噌を上下に揺さぶられているような気持ちの悪さを免れないのである。たとえ「之と無を識る」を正しく「之と無とを識る」と読んでも、不快感が大きく減ずることはない。

たしかに「三歳　之と無を識ること難からず」と訓読しても、「不レ難カラ三三歳識ルコト二之ト無ヲ一」のごとく返り点・送り仮名は付けられる。おおよその意味も見当がつく。けれども、返り点・送り仮名を付けて大意が取れたからといって、それがそのまま訓読として通用するわけではない。殊に漢詩の訓読には、漢詩の訓読ならではの約束事があるからだ。

問題の「不難三歳識之無」が七言句である以上、まずは〈四－三〉に分かち、さらに上四字を〈二－二〉に切って、取り敢えず「不難／三歳／識之無」とし、能うかぎり上から下へと読んでゆくのが漢詩訓読の常套手段である。要するに、なるべく返り読みをしないですむよう返り点を最少限にとどめ、送り仮名も簡潔を旨とし、原詩が持つ〈二－二－三〉の律動感(リズム)を訓読にも反映させようと配慮するわけだ。

ところが、問題の訓読は、中途の「三歳」から下に読み進め、最後に句頭の「不難」へともどる語順になっている。すなわち、第一感、「不レ難カラ三三歳識ルコト二之ト無ヲ一」は返り点が多すぎるために、甚だ奇異な印象を受けるのである。島田［注］一六三頁も実藤・豊田［訳］一〇六頁も、ともに返り点を省いているからこそ不自然さが目立たないものの、もし返り点が付けてあれば、何やら異様な景色に見えるだろう。

むろん、これは、詩句の訓読に〈三〉点まで使うことはあり得ないという類の話ではない。〔唐〕王昌齢の名高い七絶《閨怨》の結句は「悔ユラクハ教メシヲ三夫壻ヲシテ覓メ二封侯ヲ一」（悔ゆらくは夫壻をして封侯を覓めしめしを）と〈三〉点まで用いて訓読するのが通り相場であり、どのみち使役構文ゆえに句頭の二字がばらついてしまうのだからと腹を据え、〈レ〉点をも加えて「悔ユレ教メシヲ三夫壻ヲシテ覓メ二封侯ヲ一」（夫壻をして封侯を覓めしめしを悔ゆ）と訓じても、詩句の訓読としては少しく嫌われる可能性こそあれ、ただちに誤りと断ぜられることはない。それどころか、〔宋〕蘇軾の傑作として知られる七絶《飲湖上初晴後雨》の転句「欲スレバ下把ツテ二西湖ヲ一比セント中西子ニ上」（西湖を把つて西子に比せんと欲すれば）のように、一句のなかで〈上中下〉点まで打つ場面さえ生じるし、〔唐〕李商隠の有名な七絶《夜雨寄北》の転句・結句「何カ当ニキ下共ニ剪リテ二西窓ノ燭ヲ一、却ツテ話ス中巴山夜雨ノ時ヲ上」（何か当に共に西窓の燭を剪りて、却つて巴山夜雨の時を話すべき）のごとく、二句にまたがって〈上中下〉点を使う場合すらあるわけだ。

しかし、件の「不難三歳識之無」には、繁多な返り点を用いて訓読する必然性がない。使役構文ではなく、準助動詞「欲」が現れるわけでもなく、再読文字が用いられているわけでもない。並列語句「之」と「無」のあいだに接続詞「与」さえないのである。一瞥、返り点が必要だと映るのは、「不難」と「識之無」の二箇所だけだろう。

となれば、七言句の律動感〈二―二―三〉そのままに、「不レ難カラ三歳ニシテ識ルハ二之ト無トヲ一」（難からず　三歳にして之と無とを識るは）くらいに訓読しておくのが穏当ではないか。「くらい」とぼかすのは、句頭の「不難」を「不レ難シトセ」（難しとせず）または「不レ難ンゼ」（難んぜず）と訓ずる余地もあるからだ。好みとあらば、前述の白居易の故事に基づき、「之無」を熟語として扱うことも可能なので、当該二字をばらすことなく「之無を識るは」と訓読することもできる。簡潔さを徹底するなら、「三歳ニシテ」の送り仮名「ニシテ」を省き、単に「三歳」と音読みしておくだけでもよいだろう。いずれにせよ、〈二―二―三〉の基本律動を乱すことなく訓読できるのだ。

早い話が、問題の「三歳　之と無を識ること難からず」から原詩の字句を復元すれば、どうなるか。ともあれ「三歳」と読み始めているのだから、そのまま「三歳」を句頭に置く。「之と無を識ること」のように、わざわざ「こと」を付けて体言化している以上、動詞＋目的語「識之無」三字を名詞句として扱い、主語と捉えるのが通常の感覚だ。「難からず」は、むろん副詞＋形容詞「不難」と復元し、主語「識之無」の述語とする。句頭の「三歳」は、名詞が副詞に転用されたものと考えれば、一句全体の文法的な整合性は保たれよう。こうした要素を合成すれば、原詩は「三歳識之無不難」と復元される。

ところが、右のごとき復文作業を通じて得られた「三歳識之無不難」は、実際の原詩「不難三歳識之無」と語順が食い違っているうえ、七言句として気持ちの悪いこと甚だしいだろう。平仄の原則「二四不同二六対」こそ守られているが、第二字が仄字(去声)「歳」では仄起式の七絶となってしまい、末字が上平十四〈寒〉韻「難」では韻を踏まない。加えて、七言句の定石に則れば「三歳/識之/無不難」と切るはずだが、これでは「之」と「無」が分断されることとなり、敢えて訓読すれば、「三歳ニシテ識ルコトㇾ之ヲ無シㇾ不ルㇾ難カラ」(三歳にして之を識ること難からざる無し)、すなわち「三歳で〈之〉の字を見分けることは、誰にとっても難しい」意味になる。これでは、どのように承句以下へとつながってゆくのか、詩意がこんぐらかってしまうだろう。

要するに、起句「不難三歳識之無」を「三歳　之と無を識ること難からず」と書き下すのは、格助詞「と」は抜け落ちるは、〈二-二-三〉の律動感を無視して語順は扱き混ぜるは、何とも珍妙な訓読なのである。この一句に関するかぎり、島田[注]も、それを踏襲する実藤・豊田[訳]も、ふと気が緩んだとしか思えない。

外国人の研究者にとって、日本人の学者による訓読に訂正の筆を入れるのは、一大難事であろう。論議の対象とする漢詩文に日本人の手に成る訓読があれば、それをそのまま引用するのも無理からぬ話だ。論者の張氏に落ち度はない。僻事とすべきは、一に日本人研究者たちが提供した粗忽な訓読なのである。

以上、日ごろ痴れ臭い訓読を撒き散らしている自らをば棚に上げての言である。願わくは、各位の吾が賢しらを諒とせられんことを。

＊本稿の漢字の字体は、便宜上、すべて常用字体を原則とした。

[附記]訂正

同じく本誌第百一号の拙文「森鷗外「鈴木孫司墓誌銘」注釈――《鷗外全集》未収作品」六六頁上段で、鈴木家の墓地を管理している鈴木洋松氏の現職を「千葉県立勝浦若潮高等学校教諭」と紹介したが、成稿から校了に至る過程において、同氏はすでに御栄転なさっていた。正しい現職は「千葉県教育庁教育振興部教職員課任用室管理主事」である。茲に謹んでお詫び申し上げたい。

岡本さえ先生を偲ぶ

西原　大輔

時の流れは速い。本郷の東洋文化研究所に行けば、今でも岡本さえ先生にお会いできるような気がする。玄関両脇を守る石造の獅子に睨まれ、暗く急な階段を登り、狭い廊下を抜けると、先生の研究室にたどりつく。窓の外には樹木が繁り、あまり見通しは効かない。何度かお邪魔したその一室に、今は別な教授の名前が掲げられ、何事もなかったかのように、日々の業務が進行していることだろう。

人の寿命には限りがある。しかし、優れた学問的著作には、長い生命が宿る。本を書いた学者よりもはるかに長い命である。広島大学の僕の部屋には、岡本さえ先生の書籍が四冊並んでいる。明清時代について世界的な視野で考えようとする時、先生の労作がまず脳裏に思い浮かぶ。

岡本先生の著書は、飾り気がない。東京大学出版会から出た『清代禁書の研究』(一九九六年十二月)と『近世中国の比較思想——異文化との邂逅』（二〇〇〇年九月）は、書物を美しく飾ること自体が罪悪だと言わんばかりに、簡素なたたずまいを貫いている。厚みがあるので存在感はあるが、書架の上下左右を、華やかに装幀された本に取り囲まれて、そこだけが禅寺のように静まり返っている。

文は人なり。これほど著者と著作がぴたりと合致した例も少ないだろう。先生は、頭髪を至って実務的に切っておられた。化粧もあまりされなかった。服装も、着飾るという言葉とはほぼ無縁の装い。見栄えや外見に気をそらすことなく、ひたすら明朝・清朝とヨーロッパをつなぐ古い文献と格闘された。東洋文化研究所は岡本先生にとって、学問修行の尼寺であったかも知れない。

平成初期の比較文学比較文化研究室の授業時間割には、大学内外で大活躍中のスター教授の講義がひしめいていた。その中にあって、岡本さえ先生の演習は、実に落着いた雰囲気を醸していた。才気煥発な名物教授の授業が終わり、岡本先生の時限に切り替わると、同じ教室とは思えないほど、ゆるやかに時間が流れた。膨大な漢籍の森に分け入り、一語一語と取り組んでいると、時として自分が森の中のどこにいるのかわからなくなる。しかし先生は、たびたび方向感覚を狂わされながらも、西洋と東洋の壮大な交流の痕跡をたどるという、知の旅の目的を見失わなかった。低い目線で見れば、あまりにも混沌とした樹林だが、上空から見下ろせば、着実に一つの方向に進んでいた。

最も思い出深いのは、故小宮彰先生とともに、岡本さえ編著『アジアの比較文化——名著解題』（科学書院、二〇〇三年三月）の編集のお手伝いをしたことだろう。この本の奥付には、十名もの編集委員会委員の名前が並んでいるのだが、実質的には三人でまとめた企画である。打合せは、いつも本郷の学士会館分館で行われた。会合は平日の夕方。僕は秩父山麓飯能の駿河台大学で仕事を終えてから、西武線特急で駆け付けた。あの時代がかった小さな建物の中にいると、東京帝国大学の歴史と権威が実感された。たいした見識もない三十そこそこの僕も、何だか立派な仕事をしているような気分を味わった。

売れないと思い込んでいた『アジアの比較文化』は、思いがけないことに、増刷になった。大学の教科書として使われたのかも知れない。主として近代以前に、遠い異国に関心を持ち、はるかな異郷を旅した古今東西の人物の書物を多数取り上げた。一項目がそれぞれ三、四頁で、計八十四項目。日本人としては、渡唐した空海や円仁、鎖国下で海外情報を記録した西川如見や新井白石や桂川甫周らを扱った。大陸の人物としては、インドを訪れた玄奘やカンボジア見聞録を残した周達観らを、朝鮮半島からは、中華世界や日本を旅した洪大容や申維翰を取り上げた。『アジアの比較文化』は、東洋の土を踏んだ西洋人の著作も論じている。ルイス・フロイスやマテオ・リッチ、ケンペルやシーボルト。そして、僕にはあまり馴染みのなかったイスラム世界のイブン・バットゥータやイブン・ハルドゥーンも。

二〇〇三年五月二十三日金曜日、執筆者らが集まって、本郷の学士会館分館でささやかな出版記念会が開催された。思えばあの日は、岡本さえ先生の一世一代の晴れ舞台だった。五十五名の執筆者がかかわったプロジェクトの親分として、先生はもう少し堂々と振る舞われてもよかったかも知れない。ところが先生は、遠来の客に気を配り、旧知の仲間に久闊を詫び、まるで下僕のように恐縮しておられた。自分が場の中心にいることが、いかにも申し訳ないといった様子であった。三十代半ばの僕は、「もうちょっと威張ったら良いのに」と、少し不満だった。無常迅速。列席していた岡本さえ先生、小宮彰先生は、もうこの世にいない。

岡本先生には、『清代禁書の研究』『近世中国の比較思想』『アジアの比較文化』のほかにもう一冊、九十頁の小冊子『イエズス会と中国知識人』(世界史リブレット109、山川出版社、二〇〇八年十月)がある。先生の学問を知るには、まずこちらを読むのが簡便だ。十六世紀末、イエズス会の宣教師が明朝にやって来ると、双方向の影響が生じた。マテオ・リッチらがキリスト教を布教しようとする一方、徐光啓らが西洋の数理科学の知識に関心を示した。清の時代に入ると、イエズス会士は、東洋の文化をヨーロッパに積極的に伝えるようになり、欧州人の歴史観にも大きな衝撃を与えた。西の文化は東へ、東の文物は西へと伝えられた。岡本先生は、この大きな歴史の流れに関係した東西の人物や書物を次々に挙げながら、その全体像を簡潔かつ的確に紹介してゆく。すらすら読めるわかりやすい文章は、長年にわたる文献渉猟の努力に裏打ちされ、無駄がなく、安定感に満ちている。

二〇一三(平成十五)年に帰泉された先生は、一九四一(昭和十六)年のお生まれ。東京大学に入学された昭和三十年代は、まだ女子学生が少なかったはずである。美しく着飾った明るいお嬢さんたちが行き交う現在の駒場キャンパスとは、雰囲気が随分異なっていたことだろう。女性が圧倒的少数派だった時代にあって、若き日の岡本さえ先生は、ひたすら学問のことばかりを考えておられたに違いない。戦後の貧しさを引きずったままの日本。町には、手や足を失った傷痍軍人の姿も多かった。そのような何かと不十分な社会の中で、洋の東西の交流という、壮大な地球大の研究を目指した大きな志に、僕は深く心を打たれるのである。

『清代禁書の研究』『近世中国の比較思想』『アジアの比較文化——名著解題』『イエズス会と中国知識人』の四冊が、先生の人生の結晶として、僕たちの前に残された。生涯の刻苦勉励を経て、「わずか四冊」と見るべきか、「四冊も」と考えるべきか。いずれにせよ、二十世紀の日本の学問遺産であるこれらの書物を、僕は研究室の書棚に祀ってある。岡本先生は、今この瞬間も、これらの書籍の中で生き続けている。慌ただしく会議へ向かおうとする直前、なぜかふと先生の本に目がとまることがある。

この追悼文を締めくくるにあたり、腰折れの七五小曲一篇を掲げて、学恩深き岡本さえ先生に捧げる誄としたい。

恩師の訃報

いつか来ると知ってはいたが
予告なきこの訃報
ご尊著に喪章をつけたら
とめどなく泣けてきたんだ

小宮さんと私

大久保 喬樹

小宮彰（一九四七—二〇一五年）さんと初めて会ったのはいつだろうか。記憶力薄弱の私と違って抜群に物覚えの良い小宮さんによれば、教養学科フランス科で私の二学年後に小宮さんが入ってきて一緒になったそうだが記憶がない。

それと違って鮮明に覚えているのは、それから十年ほど経て、ふたりそれぞれフランス留学からもどり、教師見習いの修業を経て、ようやく一人前の就職口にありついた時のことである。

最初の正式な出校日、勤務先となった東京女子大学の学長室に辞令交付をうけるべく出向いていくと、同僚となる数人の新任者のうちに小宮さんがいたのである。彼独特の満面の笑みを浮かべて「奇遇ですね」と近づいてきた小宮さんと握手までしたかどうかは忘れたが、たしかに奇遇と私もうなずいて、それ以来、四十年近くにおよぶ同僚としての仲が始まったのである。

奇遇というのは、同じ学科で学んだというばかりでなく、その同窓同士が、私は日本文学科、彼は哲学科と、それぞれ古巣のフランス科とはおかど違いの専門に分かれて同じ大学に奉職することになったからである。

なぜそんなことになったかというと、私も彼もフランス科を出た後、比較の大学院に進んで、それぞれフランスに留学するというように同じコースを進みながら、私は比較文学からしだいに日本文学、文化に関心が移っていき、小宮さんはフランス思想、とくにルソーやディドロといった啓蒙思想を専門とするようになって、その成り行きの結果、この小さな大学で日本文学と哲学に分かれて再会することになったからである。「君の名は」ほどドラマチックでもロマンチックでもないが、この再会はいかにも教養学科、比較大学院出身者らしい奇遇ではなかろうか。

ともあれ、こうしてふたりはそれぞれの新米教師生活を始めた訳だが、以上のような事情もあり、小さな大学でもあるので、学科は別でも、よく顔をあわせ、話をかわし、一緒にあれこれの計画をたてて楽しんだ。

知る人ぞ知るように、小宮さんは大変な話し好き、知識豊富、種々のゴシップまでふくめた地獄耳で、世間にうとい私など面食らうばかりの情報を吹き込んでくれて私はうなずくばかりだったが、おかげで世間並みの教養を身につけることができたのである。そして、こうした会話の中からいろいろな活動のアイデアもでてきたのである。

たとえば、哲学科、日本文学科合同演習などというのをやってみた。これは正規の科目としては認められないのでふたりでこっそり示し合せ、同じ時間に別々の授業を組んだうえで実際には一緒にやるのである。カリキュラムなども適当にしておいて、毎回、面白そうなテーマを哲学、文学双方の立場から論じるというもので、やってみると、だんだん、学生たちはそっちのけ、ふたりの興味のおもむくままに脱線、時には学芸漫才のような具合になって、学生たちはどう受け取ったかわからないが、少なくとも、われわれふたりは大いに楽しんだのである。

また、若手勉強会というものを立ち上げて、学内の若手教員、助手などを集め、毎回、各人の専門分野について話してもらい、質疑応答、それから席を学外に移して一杯やりながら雑談という会を月一ぐらいでやった。これは、まだ最近のように組織でしめつけられず、牧歌的な雰囲気が残っていた小規模の大学で、好奇心いっぱいの若い面々が自由に交流する良い機会となった。

こんな具合に楽しくわれわれの教員生活は始まったわけだが、やがて小宮さんには大変な災いが降りかかった。所属する哲学科教員の間で学科運営方針をめぐって対立がおこり、学生たちまでまきこんで深刻な内部抗争にまでなったのである。その内実については私はよく知らず、ただ傍観するだけにとどまっていたが、泥沼化した抗争は解決のめどが立たないまま長期化した結果、とうとう最後には大学側の苦渋の決断として哲学科所属教員全員を専任から外し、新たな教員を外部から招いて再編成するという事態になった。

この処置の結果、小宮さんも哲学科を離れ、一般教育担当となった。狭い専門にとらわれず広く文化全般に知識と関心があった小宮さんはうってつけの人材に違いなかっただろうが、自身としては専攻の教え子を指導できないなど思い屈することも多々あったはずである。だが、そんな様子を外に見せることもなく、淡々と責任を果たしていく小宮さんの姿に同輩として私は心痛む思いを禁じ得なかった。だから、それからだいぶたって大学全体の改組の結果、小宮さんが日本文学科の所属となり、私と組んで比較文学系統の卒論学生の指導にあたるなどしてくれるようになったことは小春がめぐってきたような喜びだった。小宮さんは持ち前の博識、早口で学生を圧倒し、私の方で少々フォローするようなこともあったが、以前の合同ゼミの活気がよみがえってきたような気分だった。

小宮さんの学識、人柄については他の近しかった方々が紹介してくれるだろうが、一方で電算機のあれこれについて蘊蓄を披露してくれる――と言っても、理系白痴の私にはチンプンカンプンだったが――一方で、連句などの風流味をうれしそうに語るというように文理双方にわたる知性のありかたが私には印象的だった。それで、晩年、小宮さんが寺田寅彦のエッセイの研究を本格的に開始した時には、なるほどうってつけのテーマだなと楽しみにしていたのだが、それが道半ばで遺業となってしまったことは淋しいかぎりだった。

これまで述べてきたような事情で小宮さんは大学内では長く日蔭に隠棲するような処世を余儀なくされたが、その反動というか、持ち前の活気を学外で存分に発揮し、様々な局面で活躍したことは諸氏のよく知るところだろう。日本比較文学会、とりわけ東京支部においては中心的な存在であり、労を惜しまず活躍した。だが、小宮さんにとって、どこより気の置けない故郷は東大比較のつながりだったと思われる。故大澤吉博さんを始めとして同級前後の学友たちとのがっちりとしたネットワークが学問面でも、私生活面でも小宮さんを支える土台だったはずである。大澤さんが急逝した時には兄弟を失ったような嘆きに身をよじっていた小宮さんの姿が忘れられない。今頃はふたりで天上から下界の駒場キャンパスの様子をうかがいながら、あれこれ噂話をしたり連俳でも楽しんでいるだろうか。合掌。

小宮彰さんを偲ぶ

上垣外憲一

この追悼文は、当然、故大澤吉博さん（一九四八—二〇〇五年）が執筆すべきものだった。若かった大澤さんが先にあまりにも早く亡くなってしまったので、小宮さんが大澤さんの追悼文を書くことになってしまったのだ。結果、私のところに小宮さんの追悼文がまわってきたと私は思っている。が、私が書かないと小宮さんの思い出が東大『比較文学研究』誌上に現れないのは、それは良くない、小宮彰というユニークな人柄が、東大比較の同窓生に存在したのだということ、それは忘れられるべきではないと思い、筆を執った次第である。

大学院では、私は大澤さんと同期で、小宮さんはその一学年上だった。大澤さんはあのような抱擁的な人柄であったので、誰とでも親しく交際できる人だったが、私はどちらかというと性狷介の方なので、大澤吉博という存在がなければ、私も小宮さんと親しくおつきあいということは、あり得なかったと思っている。

大澤さんが音頭取りでやっていた国立劇場の歌舞伎鑑賞に小宮さんも来ていたと思うけれど、そこでの思い出は私にはあまりない。ともあれ、大澤さんの人脈の中に二人ともいたということだ。

私の覚えている小宮さんの第一印象は、小宮さんが修論の内容である「安藤昌益とルソー」について、芳賀徹先生の授業で発表したときのことである。話の内容はもう全く思い出せないのだが、芳賀先生がなにか鋭い指摘をして、小宮さんがそれには大いに焦った表情をしていた、その時の小宮さんの顔に多少赤みのさした、大げさに言えば、顔がくしゃくしゃになった、いかにも狼狽したというその表情は、今でも私は鮮明に思い出すことができる。

これはある意味で仕方のないことである。というのは、安藤昌益（一七六二年歿）とルソー Jean-Jacques Rousseau（一七一二—七八年）は、時代が同じではあるが、思想そのものには、全く相互に直接の関連はない。確かに思想に興味深い類似点があるし、安藤昌益の「自然」とルソーの“Nature”には、比較に値する共通性は十分にあると私も思うけれど、研究としてそれをきちんと説明するのは至難のことである。芳賀先生の比較文学比較文化の研究上のお仕事は、基本的に影響関係のはっきりしたものの研究であって、小宮さんのような、構造主義を用いれば可能となる、直接関係なくても、類型すなわち構造の共通性が言えれば比較していいじゃないか、という仕事の仕方ではない。だから、指導教授として、この危ない研究テーマを芳賀先生が良く受け入れたとさえ今にして思う。

だから、私に言わせれば、小宮さんの論文が学位を認められた、そのこと自体が業績であったので、だからこそ、東京女子大への専任就職も可能になったのだと言いたい。

私は小宮さんと一緒に出たことはないけれども、本郷の仏文の小林善彦先生の授業、当然、ルソーを中心としたフランス十八世紀思想の授業には聴講に行っていた。善彦先生が、「日本人が十八世紀思想をやると皆ルソイストですよ。フランスではヴォルテリアンがずっと多いんですがねえ」と言っていたことを思い出す。多分、日本人の思想、性向にはルソーにあい通ずるものがあるので、安藤昌益はその日本人の「ルソー性」が八戸という田舎で極端に表出されたものであったか、と思う。(専門家じゃないとこういうことが気軽に言える、それが東大比較のいいところだと思うが、果たして今の東大比較文学比較文化研究室はどうか?)比較思想の問題として、小宮さんはその後ルソー、安藤昌益から離れてしまったけれど、今なお問題とするに足る大テーマだと思う。

小宮さんの学問上の仕事としては、その後ダランベール Jean-Baptiste-le-Rond d'Alembert(一七一七—八三年)に移ったが、ここでは日本との比較という危ないテーマは、もう取り上げなかった。でも、ディドロ Denis Diderot(一七一三—八四年)の『ダランベールの夢』*Le Rêve de d'Alembert*(一七六九年)を対象に選んだということは、理性を重んずる啓蒙思想の中で、感情を重んじたルソー、科学的理性から文学的・哲学的想像力へと関心を移したダランベールと、啓蒙主義の異端と言える現象に興味を持ったのは、小宮さんの関心の方向を示していると考えていいのではないか。

小宮さんの関心方向は、日本回帰をその後なして、寺田寅彦(一八七八—一九三五年)に移った。物理学者としても顕著な業績を挙げた寺田寅彦、従って人間理性の極致とも言える学問の優れた専門家だった寺田が同時に夏目漱石(一八六七—一九一六年)の弟子でもあり、文学においても優れた業績を残しえた、そのことに、小宮さんは惹かれたのだろう。

理性と理性以外のものの共存、対立あるいは調和が小宮さんの終生の関心事だったと言えるかと思う。

小宮彰さんの学問上の軌跡は、その業績表の題名を見て、あとは小宮さんの論文そのものを読むことで理解していただくとして、ここから彼の個人的な思い出を少し記させていただきたい。故人に対して不敬にあたるかも知れないが、私は小宮さんという人間全体を理解したいと思うし、学者としての小宮さんはその一部分に過ぎない。

小宮さんと私が一番良く話をしたのは、非公式の「神田孝夫先生と飲む会」の時だったかと思う。神田孝夫先生(一九二三—九六年)は東洋大学の英文の教授であった。島田謹二先生(一九〇一—九三年)が東大退官後東洋大学英文科の教授に迎えられた縁で、東洋のドイツ科には、比較出身のドイツ専門の人、三浦安子(一九三八年生)、江村洋(一九四一—二〇〇五年)といった人々がおり、性狷介の私が東洋大に就職できたのも、こうした人脈のおかげなのだが、神田孝夫先生は東洋大における私の先輩にして同僚であったので、大澤さん、小宮さんを語らって、「飲む会」を催していたのである。これは、私が京都の国際日本文化研究センターに移った後、東京で誰かと飲む機会を作りたいということで、私が頼んでやってもらったようなものだった。神田孝夫先生は生涯独身、小宮さんとはこの点が共通、晩婚の私はまだ独身時代で、でも妻帯者で子持ちの大澤がいないとまとまりにくいというそういう四人の飲み会だった。神田先生は、ともあれたいした学者で、ほとんど「偉大なる暗闇」に近いところがあったけれど、だから芳賀先生でも平川先生でも、こきおろすときは思い切りこきおろしてしかも毒舌にならない、そういう人であったから、私も小宮さんも安心して本音でしゃべれる、そんな雰囲気があった。小宮さんも相手が大先輩であるから、神田先生から小宮は、小宮は、とこきおろされるのがむしろ楽しそうに飲んでいた。そのちょっとだけ困ったような笑い顔もいまとなっては懐かしい。

その前、私が東洋大でまだ東京在住だった頃、大澤、小宮とは、渋谷の「ブリック」というところでよく飲んでいた。井上健、前川裕も常連かどうか、よく来ていたと思う。ここでの最年少は、いまや大家になった韓国へ行く前の四方田犬彦だった。

長いつきあいなので、正確にいつ聞いたかは思い出せないが、小宮さんがフランスに行って、帰ってきたときのこと。アラブ人にさんざんの目に遭わされた体験を語って、「いやもうああいう人たちは地球上からいなくなってしまえばいいんですよー」と言っていた。これはアメリカの大統領とかが公式で言えば、もちろん袋だたきだろうけれど、飲み会で彼があの独特な笑い顔で、あの少し上目遣いの目つきで、いやもうどーしょーもないんだよなーという調子で言うと、自然に聞こえるのであった。ただ、この半分冗談めかした本音の発言が、あまり親しくない人との間で言われてしまうと、誤解を招くこともあるし、小宮さんが、少し離れた人と打ち解けて話しにくい原因を作っていたふしがあって、それが「いつもの仲間」との飲み会を愛していた理由でもあったかと思う。

彼はもともとフランスが専攻なのに、グルメの国フランスに行って、食べ物が全然合わないということで、すっかり痩せて帰ってきた。私や大澤は、「小宮さんはフランスに行って尾羽打ち枯らして帰ってきた」とか言っていたが、面と向かってそう言うのが気の毒なぐらい、やつれて帰ってきた。小宮さんは、なかなか繊細で神経質なところがあって、したがって、食べ物も選べば人も選ぶ人だった。

小宮さんが生涯独身であったのも、このこととかかわると思う。小宮さんが結婚を決めたという話を、少なくとも二回、私は聞いたと思うが、遂に話は実を結ばずに終わった。彼は独身主義者では全然なかったので、子供を持つことにならなかったのは、いささか同情に堪えないものがある。いつだったか、小宮さんは日本比較文学会の仕事の中で、コンピューターに関わっていて、それに夢中になっていた。飲み会で、「いやコンピューターは口答えしませんからねえ」と彼がコンピューターについて言っているのを、さすがの私も冷やかしもせずに聞いていたが、内心、「こりゃ生涯独身だ」と思った。大澤の方を見たら彼も苦笑の表情で何も言わなかったが、同じ事を感じていたと思う。

小宮さんの告別式の時、池袋の葬儀会館で、日蓮宗のお寺のお坊さんが故人の思い出を語った。お寺に来てはあれこれとずいぶん話をしていたそうだ。私は世田谷という山の手で育って、今でも長野の田舎から来たよそ者という感じがしているのだが、小宮さんの豊島区は本来の「下町」とは違うけれど、山の手の人間から見ると、下町的なところがあって、彼の話しぶり、人とのつきあい方には、下町っ子的な人なつっこさがあった。ともあれ、私にとっては懐かしい人、懐かしい交友でありました。

謹んでご冥福をお祈りいたします。

林連祥さまの思い出

平川　祐弘

台湾の林連祥（りんれんしょう）Lin Lien-hsiang（一九三二—二〇一五年）さんは、カナダのキンヤ・ツルタ教授と並んで、東大比較文学会にとって、一九五三年の大学院創設以来の半世紀余、外国人研究者として最も深いインパクトを遺した人であった。私個人にとっても忘れがたい人だが、世話好きの林さんのお世話になった比較研究室の関係者は数おおい。戦前台北帝大で教えた島田謹二教授が戦後台湾を再訪するきっかけを作り、その旅に同行したのも林教授である。そんな林さんは日本と台湾やシンガポールを比較文学を通して結びつけることに多大の功績があった。

ツルタさんは晩年にカナダの市民権をとったが、元は鶴田欣也として昭和七年、日本の市川に生まれた。上智大学の出身で一九五六年に渡米、ブリティッシュ・コロンビア大学ほかで教え、晩年の十年ほどは隔年にカナダ、日本、シンガポールで国際会議を次々と開くことに成功した。私はその際、日本側のカウンターパートの役を引き受けた。

林さんは台湾人だが、まだ日本の統治下の日本暦のやはり昭和七年、台湾の高雄の近くで生れた。戦後は紆余屈折を経て、英国に留学後、台湾淡水にある淡江大学で英語を教えた。一九七〇年代、四十代半ばで日本に私費留学し、東大駒場の研究員となった。それが林連祥さんと私たちが知り合った最初だった。東京でよほど切り詰めた生活を送ったらしく、見る見る痩せていった。

その林さんと私が親しくなったのは、一つには私が以前に諸外国に留学して外国慣れしており留学生を比較研究室に招じ入れる窓口の一つになっていたからに相違ないが、いま一つには同じ幼時の読書体験を共有していたからだろう。共に講談社の絵本を読んでいた。『真田幸村』『リンカーン』などというと話がさっと通じる仲であった。私は大塚の、林さんは高雄の本屋まで二人とも一冊五十銭の本を買いに行った。ただ私と違って、林さんはバイリンガルな少年として育った。

林家は複雑な構成の大家族で、学校から戻るとそこでは閩南語を話していた。北京語は一九四五年以後一生懸命習得したとのことである。国民党軍とともに台湾に逃げのびてきた大陸の人にはインテリもいて、その先生のことを、自分の小学校のときの九州出身の先生などとともに褒めていた。来日した際は九州の旧師の家までわざわざ訪ねに行った由だが、家族ぐるみの付き合いをされたと仄聞する。そんな林さんは日本文化の魅力を強く感じつつも、あくまで文化上のマージナル・マンとして育ち、かつ生きることになる。

林さんの日本語人としての能力はたいしたもので、日本の歌は小学唱歌から美空ひばりまで歌って尽きない。大衆作家にも通じている。一度、阿里山から下るバスの中で吉屋信子の長編小説のあらましをずっと語ってくれたことがあったが、その日本語の語り口のうまさに聞き惚れた。第一外国語の日本語だけでなく第二外国語の英語もすこぶる上手である。ミスター・リンは台北で開かれた国際学会で、即座に東大比較文学研究室の学風を英語で説明し、その大学院ではエクスプリカシオン・ド・テクストが学生の訓練の中心にすえられていると語って、講演者の私の紹介に代えたが、その要領の良さに舌をまいた。あんなプレゼンテーションは課程主任の私にだって出来やしない。しかしその紹介を聴きながら、林さんが駒場学派のなにに注目し、なにに感心したかがよくわかった。

私は母語でも講演は準備抜きだときちんと話せない。その代わり準備した講演はそのまま活字になる。だとすると林さんがなかなか論文が書けなかったのは、ひょっとして興にのって次々と湧くがごとく出て来る話があまりにうますぎたからかもしれない。『比較文学研究』第四十二号に第四十四回日本比較文学全国大会が一九八二年五月に東大駒場で開かれた模様が出ているが、林教授は「中国では科挙試験の落第者が白話体の小説を書いたのだ」という話をした。が、あっという間に二十五分の持ち時間が過ぎてしまい、肝心の研究発表は龍頭蛇尾に終わった。だがその日は失敗した林さんだったが、翌日、韓国の金泰俊教授が洪大容について発表した際には、林さんが「中国の士と韓国のソンビはどこが似ており、どこが違っているのだろうか」「洪大容は〈北京には語るに足る学者がいない〉と言ったそうだが、本当にその頃の清の学術界はそんなに情ない状態にあったのだろうか」、また「中国と同じ科挙制度をもつ韓国には、中国に見られるような〈科挙症候群〉を示す文学作品はあるだろうか」などの質問を矢継ぎ早に発した。すると自国についての外国人の観察が、それまで自分が気づかなかったところに目を開かせてくれるという比較研究のメリットが会場に感じられて話が盛り上がり、まことに面白かった。研究会にまめに出席した林さんだったからこそ、その質問やコメントで日本人大学院生の注目をひき、私たちの親しい学問的仲間となったのである。

一九八三年八月十八日、駒場の人が台湾で開かれた中華民国第四回国際比較文学会議へ多数参加したのはひとえに林教授が按配してくれたからである。一行のうちの八人は台南まで行ったが、当時は大陸との関係が両者睨み合いで、特急は「自強号」で車中の壁面に「検挙匪諜」などと出ていた。上垣外憲一が「出租汽車」というタクシー運転手と中国語で談判して運賃を値切っている。女子学生四人の前でなかなか恰好がいい。「これは私も中国語を習わずばなるまい」という気になったほどである。二十二日から淡水の淡江大学で開かれた学会では私は五十分、“Chinese Culture and Japanese Identity: Traces of Po Chü-I in a Peripheral Country”の発表をした。謡曲『白楽天』では日本の漁師が和歌の功徳で白楽天を漢土に追い返すという結末になっている。国民の文化上のプライドにまつわる問題を私が分析したので、前にアメリカで話したことを漢民族の聴衆の前で聞かせたかったのである。帰りのタクシーの中で林さんが「touchyな問題をとりあげたな」と批評した。人間、自己の文化的自己同一性を傷つけられると敏感に反応する。林さんには、私が提起した言語文化を異にする二者の間の愛憎関係の問題がよくわかったのである。

その学会が終りに近づいたころ、金山路にある淡江大学本部の大講堂で私は英語講演を聴いていた。すると「日本から平川先生に電話がかかっているから英語系研究室まで来てください」という。何事かと思ったら、それは『新潮』に載せる予定のフランクリンと福沢諭吉の比較論の中で、「この箇所はこのままでいいのですか」という坂本忠雄編集長の確認であった。その国際電話の応答を傍で聞いていた林さんは、日本の大手の出版社はそこまで良心的にチェックするのか、とすっかり感心していた。

そんな林さんは私を淡江大学の大学院で日本語日本文学を教えるように強引に招いた。一九八六年の三月だったかと思う。そこで集中講義をしていたある週末、林さんは私に「台北のロータリー・クラブで英語講演をしてくれ、フランクリンと福沢諭吉の自伝の比較がいい」ともう勝手に題まで決めてしまっている。私は感冒に罹って辛くてたまらない。しかし林さんとしては東大教授を連れて来て話をさせる、と皆に吹聴した手前、私に休まれては面目が潰れる。当日講演会場となったさる賓館へ私が無理をして出向くと、林さんが心配そうに外で待っていた。

あのころの台湾はまだ貧しくて百貨店や大学の便所にトイレット・ペーパーが備え付けてなかった。台北はともかく淡水で食事はよくない。学生食堂がまだしもという程度だった。ところがその同じ学生食堂でも学部長に招かれて一緒のテーブルにつくと、そこだけたいへんうまい料理が出て、料理長が挨拶に来たりした。沛然と雨が降る。すると沛然と雨漏りをしたのが私の家で、壁紙は剝がれ落ち、その裏を蝙蝠がカサカサ音を立ててかけまわった。これは英語系の林教授が日語系の主任にきちんと根回しせずに、外人専家として私を強引に招いたことの悲惨な結果であるかに思われた。ついにダウンした私は瞼が黒くなり、その写真を東京の皮膚科の友人に送ったところ「引き揚げた方がいい」と折り返し返事が来た。それで主任と相談して冬休みとし、私は一旦帰国した。しかし日本の春休みにまた来台して集中講義することとし、私は一旦帰国した。しかし日本の大学を休学して台湾に来た大学一年生の長女は居残ると言い張り、最初のうちは林さんの羅斯福路の家に下宿させてもらったが、後には淡江大の学生と同じ部屋で暮らし国語中心に通った。節子が途中で越した理由は林さんが食卓で日本語ばかり使う。これでは中国語の学習にならない、と思ったからであろう。

　林さんは夢が多い。いろいろ計画する。シンガポール大学へ赴任して強権的な大学幹部と喧嘩もした。台北で英語学校の経営に乗り出し、バスの中で広告に出ている写真をさしてあれが自分の学校だ、といった。なにしろ勉強熱心の台湾である。有名予備校には制服まであった。しかし林さんは英語塾の事業には失敗したらしい。それでも明るい。東京の拙宅に布袋（ほてい）様のような「笑う仏様」の木彫も届けてくれたが、年が経つとともに色つやがよくなり福々しい。その辺は林さんとそっくりである。日本の事情には学問的にも詳しく、誰々が島田門下の四天王だ、などと差し障りのあることも平気で大声で話した。学問的事情ばかりでなく人間的な事情にも通じ、私の同僚が離婚したことも再婚したことも私よりも先に承知したりしていた。来日して誰さんは肥ったと思ったら、次に来た時はまたすらっと細くなっていた、などと観察していた。

　前世紀の末の二十年ほど私はＩＢＭの広報誌『∞無限大』にしばしば執筆し、時には特集号の立案や執筆者の人選までしたことがある。すると一九九〇年、第八十六号の誌上で林連祥シンガポール国立大学教授と鶴田欣也ブリティッシュ・コロンビア大学教授と私とが「教えながら学び、学びながら教える」という座談会を開いたのが機縁で、翌年にはシンガポールで漱石の『こゝろ』について英訳者のエドウィン・マックレランをはじめ十数名の学者を招いてシンポジウムを開いた。一九九一年の『無限大』第八十九号は一冊まるごとそのために用いて評判となった。新曜社はそれをさらに平川・鶴田編『漱石の『こゝろ』――どう読むか、どう読まれてきたか』（一九九二年十一月）という単行本として出版したが、これも版を重ねた。シンガポールでの漱石シンポジウムは英語で行なったが、その英語版は *A Symposium on Natsume Sôseki's Kokoro: A Selection from the Proceedings*, Edited by Lin Lien-hsiang, Department of Japanese Studies, National University of Singapore, Kent Ridge Crescent, Singapore 0511, 1994 としてまとめられている。シンガポールは学問の自由、言論の自由がよほど制限されている国と見えて、ヨーロッパからきた教授も我慢がならずしばしば大学を飛び出した。強権的な大学幹部と林さんもうまくいかない。それを見かねたイスラエルの学者が私に手紙をよこして「林教授のためにも漱石シンポジウムの英語論集のとりまとめに是非協力してくれ」といってきた。大学側のチェックがどのようなものであるか、私の「閉会の辞」がどのようになったか、ここに掲げておきたい。当日は英語でClosing remarksを私が述べたが、それは『無限大』にも新曜社版にも載っている。後者からその半分ほどを引用する。

　夏目漱石は明治三十三年九月二十五日の一日をこのシンガポールで過ごしました。漱石の日記にはこんなことが書いてあります。

（前略）土人丸木ヲクリタル舟ニ乗リテ船側ヲ徘徊ス。船客銭ヲ海中ニ投ズレバ海中ニ躍入ツテ之ヲ拾フ。／（中略）馬車ニ臺ヲ（中略）雇ハシメ植

物園ニ至ル。熱帯地方ノ植物青々トシテ頗ル美事ナリ。又虎蛇鰐魚ヲ看ル。(後略)

漱石は(中略)七つ年下のサマセット・モームなどと違って、南洋に取材した作品は書きませんでした。それは漱石が生きた時代の日本人は、その当時のイギリス国民と違って、海外旅行の体験がよほど少なく、読者層にも南洋を文学の舞台として受けつけるだけの想像力がまだ働かなかったからでしょう。(中略)漱石が夢にも思わなかったことは、自分の著作がいつの日か英語に訳され、ここシンガポールで世界各地から集った学者たちによって英語で討議される日が来ようということでした。

一般的に申しますと、いまから百年ほど前の日本の旅行者がシンガポールの状態に対して抱いた気持はアンビヴアレントなものでした。日本人は一面では大英帝国の偉業に感嘆しましたが、同時に反面ではイギリスのアジア進出に対し鬱屈した感情も抱いておりました。それは英植民地における東洋人たちの地位がいかにも低く抑えられていたからであります。森鷗外はシンガポールに一八八四年九月十一日に寄港しましたが、やはり『航西日記』に漱石が(中略)見たと同じ情景を録しております。西洋人船客が舷側からコインを海中に投じる、するとアジア人の子供が水にもぐってそれを拾う、(中略)

有児童乗舟來。請投銀銭於水中。沒而拾之。百不失一。

(三六九―七〇頁)

「閉会の辞」ではこれに続いて参加各位のシンガポールにまつわる思い出を紹介した。前の晩、私や林教授からかつて淡江大学で習って今はシンガポールで成功した若い実業家がいて、会議参加者全員をパーティーに招いてくれた。その席で、戦争の勃発後、神戸から赤十字の印をつけた交換船で帰英の途中マックレラン少年はシンガポールに寄港したが、日本軍占領下でもちろん上陸はできず、恐怖の旅であったと語った。それがきっかけで、私は当時十歳、難攻不落といわれたシンガポールが陥落したとき、日本の少国民を代表して日本放送協会のラジオを通じて、山下奉文中将ひきいる日本陸軍に感謝の放送をした、と述べた。林さんは台湾の少年としてシンガポール陥落に歓喜の声をあげた、と言った。私は「閉会の辞」でそれらの思い出を紹介し、自分は「兵(つはもの)どもが夢の跡」をめぐるバス・ツアーに参加するつもりはない、といって「だが私ども全員にとってたいへん仕合わせなことに、西洋植民地主義の時代も終わりました。日本帝国主義の時代も去りました。私どもがいま目撃しつつあるのは繁栄するシンガポール国家です」云々と英語で述べた。

英文はシンガポール大学の英語の教授が語学的にチェックするという。チェックされたものを見せてもらったら、そこには林さんがシンガポール陥落の報に歓喜の声をあげたという部分がない。「私の英語はそんなに間違っていましたか」と私が笑いながらたずねたら、チェックした英語の教授はインド系の婦人で、微笑して「ポリティカル・チェックです」と答えた。彼女も漢民族系シンガポール人の強権支配には内心不満だったのであろう。なお後に出来上った英語版にはシンガポールにまつわる参加者の思い出は林発言だけでなくすべて消されていた。林連祥さんはそうしたとき、周囲がどう思おうが正直に少年時代に自分が感じたことを口にしてしまう人だった。シンガポール大学のプールで一緒に泳いだが、実にゆったりとした泳ぎ振りであった。

私が二〇〇〇年秋、士林の東呉大学で一学期大学院生を教えたのも、二〇〇五年春、台湾大学の日語系碩士課程完成に際して集中講義に招かれたのも、陰に陽に林さんが働きかけてくれたからである。私は東大を一九九二年に定年で去ったが、第二の就職の際「自分は外国から招かれることが多い学者なので一年のうち半年は日本で半年は外国で教えることになるが、それでも宜しいか」という条件を出して、それを承知してくれたので福岡女学院大学に移ったのだが、その契約のおかげで七十代の前半まではしきりと外国出張も繰返した。台湾大学は私のために、戦前島田先生が講義した教室で講義できるよう取り計らってくれた。林さんの住居は大学の近くにあったから、台湾大学大学院で教えた一ヵ月間、私たちは林家の五階に住まわせてもらった。台湾は日本の生活文化の感化を受けやすい土地柄で、五階に二つのウォッシュレットが備わっていた。

二十年前、長女の節子が一人居残って中国語に打ち込んでいたころは寝台だったが、今は畳敷きとなり、四方の壁には、いかにも林さんの教養の背景を象徴するが、日・中・英語の書物がほぼ同じほど、雑然と堆高く数千冊ずつ積んである。地震で崩れたら私も家内も学問の重みで殉職間違いなしだ。私はそこで、田辺聖子の『源氏物語』や『デカメロン』の批評などを文庫本で読んで面白いと思った。こうした種類の本は旧帝大の国文科やイタリア文学科の研究室には普通置いてなかったからである。「平川先生の本は何語でも全部欲しい」という林さんには台北の林連祥さんと山梨県の林和人さんと二人いる。私は七十代の後半からは渋谷西原の家にいることが多くなり、従来の仕事を次々と著書の形にまとめた。林さんはそんな私と比べて「本が書けなかった」といった。「マージナル・マンの自伝を書けばいい」と私は勧めたが、人間活字になる機会を提供してくれる媒体がないとなかなか執筆する気になれないものらしい。著者としても感想を寄こさない人には本を贈る気も薄れる。話に繰返しが多くなりだした晩年の林さんはついに年賀状を書くのも大儀になったらしかったが、ある日、突然、

「いま台湾のテレビに李登輝の日本旅行が出た。そしたら平川先生も映っていたよ」

と弾んだ声で電話を掛けて来た。帝国ホテルの歓迎会で中嶋嶺雄氏に指名されて私が、「私は李登輝さまと同じ島田謹二先生から戦後英語をお習いしたもので」と挨拶したら李前総統は「シマキンさんか。池田大使の奥さまも比較文学だったよ」といった。台北高校で李生徒はカーライルを習ったのかと思う。李登輝『「武士道」解題――ノーブレス・オブリージュとは』(小学館、二〇〇三年四月) 批判をも含めて私が「西洋にさらされた日本人の自己主張――新渡戸稲造の『武士道』」(『大手前大学人文科学部論集』第四号、二〇〇四年三月) をかつて書いたとき、林連祥

さんは私が***Sartor Resartus***をきちんと読み通していないと指摘した。それはお恥ずかしいが図星だった。

林さんは子孫の安全を考えて四人の子供のうち三人を外国に留学させ、そのご子孫は方々に根をおろしている。ご一家は機会があればなにかと集まり、会食して家族のきずなを確認する。私どももたびたびその食事会のお相伴にあずかった。優しい奥さまのことが思い出される。林さんから教わった台湾の風俗の一つに、人間長寿で大往生した時はもはや黒枠の通知は出さず、目出度い模様の挨拶状にする由である。この林連祥さまの思い出も、悲しい哀悼の思いを述べるというより明るい華麗島の思い出となってしまった。謹みてご冥福をお祈りする次第である。

林連祥先生追悼文

古田島 洋介

平成二十七（二〇一五）年十月十二日、林連祥（リンリエンシアン）先生の訃報に接した。前年の九月十四日に父が他界してから約一年後、いずれ遠からずとの覚悟はあったものの、これまた私にとって大きな衝撃（ショック）だった。茲に謹んで御冥福をお祈り申し上げる。

昭和五十九～六十二（一九八四～八七）年、台湾大学で満三年にわたって勉学に励むことができたのは、もっぱら林先生のお蔭である。台大中文研究所の葉慶炳（イエチンピン）主任に過分のお言葉を以て紹介してくださったのも、御友人の企業経営者たる張（チャン）碩藩（シュオファン）氏に掛け合って個人的に奨学金を支出してもらえるよう取り計らってくださったのも、そして、ちょうど御自身の教え子呉全誠（ウーチュエンチャン）氏がアメリカへ留学するとて、その留守宅を私の寓居として提供してくださったのも、すべて林先生の御好意によるものだった。今なお感謝してもしきれない。林先生微（なか）りせば、とても妻子を連れての留学はこなせなかっただろう。

とにかく、世話好きのお人柄だった。知り合いの日本人が台湾に来るとなると、いつでも「これでまた賑やかになるなあ」と楽しみにしていらっしゃった。御自身が周囲の人を大切にしたし、周囲の人も林先生を慕っていた。二重の意味で「人好き」の方だったのである。近く接していて、あまりに人付き合いが多いので、御研究の時間が確保できるのか、いささか案じられるほどだった。一度その種の話をしてみると、「金（かね）は離れてもまたもどってくるが、人はいったん離れたら二度ともどってこない」とのお答であった。これは、現在でも私が肝に銘じている実践しがたき金言である。そのようなお人柄だからであろう、英語学校をお始めになったとき、開校資金について伺うと、「昔の教え子二人から借りた」とのこと。「借用証なんてないよ」と笑っていらっしゃった。

もっとも、かつての台湾人気質（かたぎ）を残していたのか、人付き合いのさいも時間を厳守なさるには程遠かった。日本の国文学研究資料館の面々が来台したときは、円山大飯店(ホテル)での会食に一時間近くも遅れてお越しになった。資料館の方々の矛先が仲介者の私に向けられたことは言うまでもない。また、韓国から崔博光(チエバツクワン)先生が台湾の政治大学へ教えに来たときも、崔先生から「ぜひ昼食を御一緒に」とのお申し出があったので、当日、頃合いを見計らって迎えに伺うと、林先生は眠そうに「まだ起きたばかりでなあ」と一向に支度をなさる気配がなく、結局は崔先生を四十分も待たせた。大雨の中、政治大学の正門の前で傘を差して待っている崔先生の姿をタクシーの中から目にしたときは、本当に申し訳ない思いだった。崔先生が不満を口にするような為人(ひととなり)ではないので、何とか助かったけれども。ちなみに、その昼食の席上、崔先生「台湾に来てから便秘しましてね」、林先生「便秘はねぇ、バナナに蜂蜜をつけて食うといいんだ」のごとき会話が交わされた。食事をしながら便秘の話をしたのは、後にも先にもこの時だけだろう。

　少年時代に日本語教育を受けた林先生は、文字どおり日本語が堪能でいらっしゃった。お嬢様について話をなさるときは、決まって「うちの娘っ子(むすめこ)がねぇ」と切り出す。「娘っ子」は、なかなか出てこない呼び方だろう。たまたま某女史から冷淡な態度を示されたときには、不愉快そうに「まったく、けんもほろろにねぇ」とおっしゃっていた。「けんもほろろ」——この言い回しは、未だ目の前で日本人の口からは聞いた記憶がない。

　ただし、林先生から日本語について意外な質問を受けたこともある。在台時、夜遅く電話が鳴ったため、「こんな時間に誰だろう?」と時計を見上げたので、ちょうど十時であったことをはっきり覚えている。林先生から「〈ウ×チ〉って何?」と聞かれたのだ。日本語の翻訳を依頼されたが、「ウ×チ」がわからずお困りになっているとの由。「〈ウ×コ〉と同じです」と答えると、林先生「〈ウ×コ〉は知っている。〈ウ×コ〉と〈ウ×チ〉で何か違いがあるの?」、私「どちらも幼児語ですが、日本人の音感からしますと、カ行の〈コ〉よりも、タ行の〈チ〉のほうが、水分が(後略)」。どれほどの達者でも、やはり外国語は外国語なのだ。後年、成長した吾が娘と再会したときには、娘が口にした「デート」がおわかりにならず、私が「好き合った男女が」云々と説明すると、林先生は即座に「ああ、〈逢い引き〉のことか」とおっしゃった。これはこれで興味深い場面である。

　もちろん、数から言えば、私が林先生から賜った中国語に関する恩恵のほうが遙かに多い。一つだけ紹介してみれば——台湾大学へ提出する論文を書いていたときのこと。膠着語で〔SOV〕型の日本語と違い、孤立語で〔SVO〕型の中国語は、文末が同じ言葉の繰り返しに終始する危うさはない。けれども、それだけに、あれこれ長い文章を中国語で綴っていると、どこで句点(まる)を打てばよいのか、よくわからなくなってくる。林先生に伺ってみると、お答が面白かった。「適当に読点(てん)で切りながら書いていって、何だか長くなりすぎるかなと思ったら、そこで句点(まる)を打つんだなあ」。こうした秘訣(?)は、中国語の作文の参考書でも、ついぞ見かけたためしがない。

　晩年は、御体調を崩すことが少なくなかった。御自宅の近所にある緬甸(ビルマ)料理の店（美味そのもの！）で待ち合わせたとき、いつまで経っても林先生御夫妻がお越しにならない。あまりに待ち時間が長くなったので、先に来店していた御次男がさすがにやきもきして連絡すると、急に心臓に違和感を覚えて入院なさったとのこと。翌日、帰国すべく桃園空港へ向かう途中、台北市は仁愛路の病院を訪ねた。林先生はベッドから起き上がり、「いやあ、年を食うと何が起きるかわからんもので」と苦笑しつつ、自ら点滴の装置を押し運びながら見送ってくださった。

　とはいえ、御体調が許すかぎり来日しては、御家族と一緒に北海道や四国を巡っていらっしゃったのも事実だ。未だ経済状態の芳しからざる戒厳令下の台湾で二男二女を育てられただけに、奥様やお子様たちへの愛情は一入であったとお見受けする。

　たびたび口になさっていた「中・日・韓の三カ国語、できれば越南語まで含めて、各言語の発音を記した漢字の字典を作ってみたい。さぞかし便利だろうし、いろいろ見えてくることもあるはずだしなあ」との夢は、ついに果たさぬまま最期をお迎えになった。

　いずれ向こう岸に渡ったあかつきには、ぜひまた林先生と気軽な会話を楽しみたい。

読書無暇北航頻
夏緑春紅直為人
生死異彊情不変
泛舟談笑玉河津

読書　暇無く　北航　頻りに
夏緑　春紅　直だ人の為にす
生死　彊を異にすれども　情は変はらず
舟を泛べて談笑せん　玉河の津

加藤百合氏博士論文「明治期露西亜文学翻訳論攷」審査結果の要旨

菅原　克也

　加藤百合氏の「明治期露西亜文学翻訳論攷」は、明治期におけるロシア文学の翻訳・紹介のありかたに、一つの歴史的な展望を与えようとした試みである。

　明治期のロシア文学の翻訳については、これまで二葉亭四迷の訳業や内田魯庵の『罪と罰』翻訳といった個々の営為について、独立した研究が試みられてきた。だが、明治期のロシア文学の翻訳について、その歴史的変遷を通時的に記述したという点において、本論文が挙げ得た成果は大きい。明治期において、翻訳をめぐりどのような態度があり得たか、どのような翻訳が評価され、評価の態度にいかなる変化があったかが、ロシア文学を例に、鮮やかに跡づけられている点は特筆に値する。翻訳一般についての考察の枠組みを提供しうる研究であり、欧米の文学を積極的に受容した、明治期の日本近代文学に関する比較文学研究への貢献として、高く評価できる。

明治期のロシア文学受容は、たとえば、明治期の英米文学の受容とは、かなり様相を異にする。それは、ロシア語学習をめぐる特殊事情と、それと密接に関係するロシア語修得者の絶対数の少なさに起因する。明治期において、ロシア文学は、英語やフランス語、あるいはドイツ語といった言語を経由して、重訳を通して享受されることが多かったし、重訳への抵抗感もさほど大きくはなかった。目標言語 (target language) としての日本語の訳文の完成度をこそ重んじる風潮があったためでもある。基本的に英語からの重訳であった内田魯庵の『罪と罰』の翻訳が好評を以て受け止められたのも、そのような文学的土壌があったからであった。それが、明治四十年代に昇曙夢（のぼりしょむ）が登場するにいたって、事情は大きく変化する。それ以後、ロシア文学はロシア語原典から翻訳することを原則とするようになる。それとともに、翻訳をめぐる態度も、現在のような原典からの翻訳を重んじる姿勢へと変化することになるのである。

本論文は、第一章「高須治助――日本初訳の露西亜文学」、第二章「二葉亭四迷――初期のツルゲーネフ翻訳」、第三章「森鷗外――創作のための翻訳」、第四章「内田魯庵――協同訳『罪と罰』」、第五章「尾崎紅葉――翻訳に果たした役割」、第六章「昇曙夢――風土・文学・言語」、第七章「誰が翻訳したのか――翻訳による原作の再創造」と、序章及び終章からなる。以下、論文の構成に従って概略を記す。

第一章では、高須治助が明治十六年に出版した『露国奇聞　花心蝶思録』が、プーシキンの『大尉の娘』のロシア語原典からの翻訳であることを確認した上で、これが省略の多い、文学的には影響力を持ち得なかった訳であったことを論じる。あわせて、当時のロシア語学習の環境を、東京外国語学校露語科の歴史とからめて記述する。

第二章では、既に多くの研究の蓄積がある二葉亭四迷のツルゲーネフ翻訳をめぐって、句読点の使用法等、その「直訳」としての性格を再検討している。この章では、ロシア語原文と訳文との具体的な比較が行われ、加藤氏のロシア語ロシア文学の学識が遺憾なく発揮されている。

第三章では、ドイツ語からの重訳により多様なヨーロッパ文学を紹介した森鷗外の訳業の意味を考察する。鷗外の作品選択にヨーロッパ文壇によるロシア文学評価が大きな影を落としたこと、鷗外が重訳の意義について何ら疑問を抱かなかったことが確認される。

第四章は、名訳とされた内田魯庵の『罪と罰』の成立について記述する。魯庵は、英訳からの重訳を行ったが、翻訳にあたっては二葉亭四迷に疑問点をただしており、これが二人の協同訳としての性格を有し、質の高い翻訳を実現していることを確認する。この章でも、ロシア語原文、英訳テキスト、日本語訳が具体的に比較検討されている。

第五章では、尾崎紅葉による訳業の意味が再検討される。弟子たちの下訳に拠りながら、日本語の訳文の彫琢に意を注いだ紅葉は、ロシア文学については、瀬沼夏葉の協力を得た。ここでは夏葉の訳業の性格が、夏葉と紅葉の関与の度合いも含めて、具体的に検討される。

第六章では、ニコライ神学校でロシア語を習得した昇曙夢の訳業の意義が記述・検討される。昇曙夢は、自然主義に傾いていた明治四十年代の明治文壇において、ロシアの象徴主義文学を精力的に紹介し、後の世代に大きな影響を残した。また、曙夢にいたって、ロシアの現代文学が、ロシア語原典を通じて翻訳されることになる。ロシア文学のみならず、ロシア文化一般に強い関心を示した曙夢の、ロシア学全般が高く評価される。

第七章は、明治四十年代に、上田敏、森鷗外、昇曙夢らによって、競って翻訳されたアンドレーエフの作品を取りあげることで、この時期において、ロシア文学がどのように受容されていたか、また翻訳についてどのような考え方があったかを描き出している。

序章と終章では、このように具体的に記述される明治期のロシア文学翻訳の様態をふまえた上で、作家たちの文体修業の一環としてあった翻訳という営為が、やがては原典の言語に深く通じた、専門的な翻訳家の仕事と位置づけられて行くことになる歴史的変遷が確認される。

以上のように要約される本論文に対して、審査委員からはまず、明治期のロシア文学の翻訳と受容を歴史的に概観するというテーマ設定自体の、研究史上の意義が認定された。重訳と協同訳、翻訳と創作の関係等に着目した点、現在では忘れられつつある昇曙夢の仕事を再評価した点、語学力を生かして実証的な分析を行っている点なども評価の対象となった。一方で、分析にあたっての用語・概念に再考の余地があること、ロシア文学の受容における明治期の特殊性に一層の考慮が必要であること、個々の章で取りあげられている問題についてさらに掘り下げる余地のあることなどが、具体的に指摘された。ちなみに、昇曙夢の訳業については、審査委員のあいだで評価が分かれ、今後の検討課題として残された。また、先行研究へのさらなる目配りが必要であること、書誌の表記等に改善すべき点があることなども指摘されたが、これらはいずれも本論文が持つ本質的な学問的価値を損なうものではないことが確認された。

よって本審査委員会は、加藤百合氏の学位請求論文が、博士（学術）の学位を授与するにふさわしいものであると認定することに、全員一致で合意した。

加藤百合氏博士論文公開審査傍聴記

松枝 佳奈

二〇一〇年十二月二十五日、東京大学駒場キャンパス十八号館四階コラボレーションルーム3にて、加藤百合氏の博士学位請求論文「明治期露西亜文学翻訳論攷」の公開審査が午後二時より行われた。加藤氏は一九九三年に本大学院総合文化研究科比較文学比較文化分野博士課程を単位取得退学され、現在は筑波大学人文社会科学研究科（現人文社会系）准教授として、近代日本におけるロシア文学の受容や翻訳論を中心に日露比較文学研究に従事されている。審査にあたられたのは、発言順に井上健教授（審査当時、超域・比較）、浦雅春教授（審査当時、超域・表象）、沼野充義教授（人文社会系研究科）、安井亮平名誉教授（早稲田大学）、そして審査主査の菅原克也教授（超域・比較）であった。加藤氏をはじめ、日本を代表する四名のロシア文学者および日露比較文学者が一堂に会して、専門性にも優れた充実した議論が展開され、同分野での研究を志す筆者にとって貴重な学びの場となった。以下では審査会の概要を進行に沿ってまとめ、紙面の許す限り筆者のコメントを付け加える。

通例に倣い、審査会は加藤氏による論文の趣旨・補足説明から始まった。氏は本論文の意義について以下の二点を補足した。第一に明治期のロシア文学翻訳は、通常予測される「言語の置き換え」による各国文学の翻訳紹介とは明らかに異なっている。第二に本論文ではそれぞれの翻訳者の翻訳過程を再現し、翻訳の目的とその理解の内容を、当時の文脈の中で明らかにした。

次に氏は各章の補足説明に進んだ。第一章では、当時の漢文小説の隆盛を鑑みると、高須治助の『露国奇聞　花心蝶思録』は単なる蕪雑な抄訳ではなく、高須が既存の文学ジャンルの型に精通していたために、当時の読者の受容の便を図ったと評価する。第二章の執筆にあたり、加藤氏は、ロシア人俳優のツルゲーネフ作品朗読テープを繰り返し聴き、二葉亭の訳文を検討した結果、朗読の音調と二葉亭の訳文の合致を認識したという経験談を披露された。ここから二葉亭がツルゲーネフ作品の音読の音調を訳文に写すことを目指して、原文のイントネーションに日本語を当てはめたことを確信するに至ったという。第三章において、加藤氏は森鷗外の訳業と創作を年代順に検討することで、鷗外がこのような活動を通して、創作のための文体、特に十九世紀の幻想短編小説（コント・ファンタスティーク）の手法を、翻訳を通じて手中に収めようとしたと主張された。第四章では内田魯庵と二葉亭四迷の協同訳を、第五章では尾崎紅葉と瀬沼夏葉の翻訳を例に、翻訳分担の実態を多様な状況証拠から再現することを試みられた。加藤氏は翻訳という行為は、言語の置き換えのみならず、作品の選択、作品の理解、日本語文学としての彫琢などの総体を指すもので、明治期はある程度翻訳の良き協同が要求、容認されたと主張する。第六章については、昇曙夢の時代に、「直接訳」によるロシア文学の紹介および研究が為されるようになり、昇は常に翻訳と作品・作家解説を並置させ、独立の作家論や作品解釈を旺盛に執筆して読者を啓蒙し、ロシア文学受容の基盤を広げたと評価する。昇が作品の一部を単発的に翻訳せず、網羅的に翻訳する姿勢をとったことで、翻訳の意義が決定的に変化したと論じ、ロシア文学専門の職業的翻訳家の昇の出現までを本論文の扱う範囲とすると述べられた。

さらに加藤氏は、注が本文の内容に匹敵する情報量と専門性を持つという本論文の特徴について、補足説明を加えられた。明治期のロシア文学翻訳の検討にあたり、明治期の文章規範を十分に論じる必要があったという。「直接訳の翻訳者よりも、西欧語を通じて重訳した文学者の方が、文学的素養に優れている」という論を主張するには、当時のロシア語教育の状況や英訳の情報との比較などを行う必要があり、必要に応じて本文や注で補論を展開して敷衍したとのことであった。もう一つの特徴として、本論文は個々の翻訳作品を評価するものではないことを挙げられた。それは、翻訳のあり方や翻訳の優劣に明確な基準は存在しないという見解に基づく。検討された翻訳はいずれも時代状況で訳者が必然的に選択した真摯なものと評価できるため、その当時の文学の定義や文学作品翻訳の内実を、個別の翻訳を束ねて歴史的に記録するほかに研究方法はない。以上の論に基づき、翻訳対象としてのロシア文学が変容する様子から、受容側の文学の状況を照射するよう努めた。そして、ロシア文学から日本文学へ伝達されたものとされなかったものという視点から、再度論文全体を顧みたと述べられた。多くの一次資料にあたり、仮名遣いや句読点、圏点、文字の空き、文章符号など、全集版や後年の再刊などの校訂の要素を問題としたため、できる限り初出形に目を通すようにしたという。近年は明治期翻訳文学の復刻・修正版が次々に刊行され、研究の基礎資料が整備されつつある点にも言及された。

　最後にこれまでの研究を振り返られて、学部時代の卒業論文で二葉亭を扱い、さらに大学院修士課程一年の頃、安井亮平先生に昇の名を教えていただいて以来、長年課題とした研究テーマを形にできたことに安堵されているという。

　加藤氏による論文の趣旨説明、補足説明が終わると、審査員の先生方から質疑がなされた。あらかじめその概略を述べておくと、綿密な調査と、語学力を活かした露英対訳の詳細な分析、高須と昇の業績の再評価については、すべての審査員が高く評価された。それぞれのご専門の立場を踏まえて具体的な内容に踏み込んだコメントも多数あった。二時間以上に及ぶ議論のすべてを詳述することはできないため、筆者の責任において、とりわけ重要と思われる論を中心に、以下に記述していきたい。

　質疑は、比較文学とアメリカ文学、そして翻訳論をご専門とし、各分野で常に良質な論を提示されている井上健先生から始まった。まず加藤氏が重訳と協同訳に注目した点を翻訳研究として慧眼であるとし、欧米のトランスレーション・スタディーズでは支配言語やポストコロニアリズムの文脈でしか捉えられていなかった重訳を、日本近代の翻訳文化、特にロシア文学紹介における固有の問題として、具体的かつ効果的に浮かび上がらせることに成功したと述べられた。その上で論文全体の問題点として、第一に英語文化論の記述が平板で、通説の確認に終始した箇所や、事実の指摘のみに留まる部分が散見され、特に英訳本について英米を厳密に区別するべきであると指摘された。

　次に多数のテクストを用いる翻訳研究としての参考文献の少なさと、一次資料と二次資料を分類表記する必要性を指摘された。第三に比較文学比較文化研究室に提出された学位論文など同一分野の先行研究を、論への評価や同意の如何を問わず列挙すべきであろう、と見解を示された。この点に関する加藤氏の説明は、先行研究の網羅的調査が不足しており、参考文献表の作成方法は満足していない、とのことで、最終的に明治時代を扱った先行研究や文献を優先して入れたが、重要文献が多く欠落したとも述べられた。

先行研究と用語の定義の問題については、世界中で隆盛する欧米の翻訳研究、なかでも文末表現と時制（テンス）・態（アスペクト）の問題から二葉亭の翻訳を扱ったモノグラフなどに、議論や批判という点からも言及されていないと指摘された。そして「翻訳調」や、重訳、「直訳」と「意訳」について、欧米のトランスレーション・スタディーズでの議論や解釈を、もう少し意識すべきであったと述べられた。その結果、「直訳」や「逐語訳」と「意訳」など翻訳の用語の定義が不足し、印象的で曖昧な用語の区別や対比が行われているという。井上先生は「直訳」の逐語性（リテラルネス）について、機能主義の理論やポストモダンの理論など多様な論が存在し、「意訳」も同様であると説明された。そのうえで、冒頭で「直訳」と「意訳」の定義を、欧米を含む翻訳研究の文献を用いて丁寧に整理すると懸念は払拭されたのではないか、とのことであった。第七章のアンドレーエフの翻訳検討で、翻訳者による作家像の再構成の様相が明らかとなり、効果的に論文全体を見渡す構造とした点は評価できるが、章題の「原作の再創造」と内容の整合性に疑問が残るという。さらに啓蒙的な説明が多いため、それらを適宜減らすことで他の議論に字数を割くことができる、とのご意見であった。今後の展望として、ロシア文学の特殊性と普遍性を意識しながら論じ、成果の一つである協同訳の問題を、明治のコンテクストから離れて議論すると全体に深みが出ると指摘された。

つづいて、ロシア文学がご専門で、ゴーゴリやチェーホフなどの意欲的な新訳を試みられ、日本のチェーホフ論の第一人者でもある浦雅春先生がコメントされた。まず附論が各章に存在することで、論文全体が分裂しているように見受けられ、それらをまとめて執筆する方法もあったのではないかと疑義を呈された。特に第六章で、昇の地政学的な問題や関心にまで議論を拡げた点は、この論文題目と合致していないと述べられた。浦先生は参考文献について、欧文文献の少なさや表記上のミスと不規則さ、文献リストの列記漏れを指摘され、加藤氏もその点をすでに認識されており、提出後も随時訂正しているとのことであった。また、論文の題目と内容が合致せず、この題目は明治期に翻訳されたロシア文学作品の特徴やその必要性の議論を読者に期待させるが、実際は明治期の重訳を問題として提示したに過ぎず、詳細な考察がないとのことであった。研究対象とする時代区分を明治期に限定する必然的な理由が明白にされていない、という意見も述べられた。

次に、二葉亭が言文一致を興した際の思考や課題との「格闘」の意義に対する加藤氏独自の解釈を期待していたのだが、この博士論文では二葉亭の言文一致に対する目立った言及がなく、論文の成果である句読点（パンクチュエーション）から見た厳密な訳文分析と言文一致の関係性が示されていないと指摘された。そして、博士論文の文体が言文一致を裏切るような古風な文体に接近したことは、加藤氏の言文一致への意識不足を示すものではないか、と問われた。加藤氏は、ご自身の文体意識について、堅く古風な文章を好んでおり、その種のテクストが多い明治期をあえて研究テーマとした背景があった、と応じられた。

言文一致については、「次第に「言」と「文」の距離が近づき、読みやすい現代の言文一致となったことを評価する」という進歩史観に立っておらず、「旧訳には問題があり、新訳によって改善されている」という見解も取らない、とのことであった。確かに重訳は直接訳が受容されるまでの過渡期に起こった現象のように見えるが、重訳自体に価値があり、現代でも十分にありうると述べられた。浦先生はこの説明に対して、それならば、重訳やその文体が好んで受容された原因に焦点を当て、明治期特有の言語空間を解き明かすべきであっただろうとコメントされた。これに対して加藤氏は、「明治期」、「ロシア文学」、「翻訳」という三つの語を衝突させることで、明治期に曖昧であった「翻訳」と「翻案」、「創作」の境界を解明しようとした、と返答された。最後に、先に井上先生が評価された第七章のアンドレーエフ作品の翻訳分析について、浦先生は、単独の論文をここに嵌めこんだように見受けられ、各章をうまく束ねて論文全体が一つの有機的なテーマに貫かれているか判然としない、というご意見を述べられた。

次にコメントされたのは、ロシア文学がご専門で、ロシアや東欧の文学作品の翻訳を手がけられ、卓越した世界文学論と翻訳論を展開されている沼野充義先生である。「直訳」と「意訳」の問題は、井上先生から論理的掘り下げの必要性というご批判はあったが、重訳や明治期における日本語の文章語の創出、翻訳と創作の連関、翻訳における協同訳などの原理的な問題意識は全体でよく保たれていた、と評価された。先に浦先生が疑義を呈された、研究対象を明治期に限定する必然性について沼野先生は、やはり時代の一区切りは昇のような職業的翻訳家が活躍し始める頃だという見解を示された。ただし、一層望むとすれば、米川正夫や中村白葉ら昇の後の世代の登場で締めくくるべきではなかったか。昇は初の職業的なロシア文学翻訳家であった以上に、ロシア事情の研究者・評論家であり、後続の米川や中村とは資質が相当異なっていた点を鑑みる必要がある。そのうえで、二人の初期翻訳の質を先行する翻訳と比較し、評価や読者への受容を議論すれば、課題は完全に解決できただろう、と指摘された。さらに先生は、ロシア語の特殊性に関する論述が不足しており、当時のドイツ文学やフランス文学の翻訳の状況と比較した上で丁寧に論じるべきではないか、と問われた。加藤氏はロシア語の特殊性をあまり考慮していないが、ロシア語学習層の特徴について、彼らが実用的な理由から必要としており、西洋文化への習熟や教養のため広く学ばれた英語の状況と異なっていたと述べ、特に今回調査した当時の英語教育の状況の把握のみで精一杯であったと説明された。

次に沼野先生は、翻訳を通じた日本独自の世界文学の「古典（カノン）」の形成過程や、翻訳者の作品選択などそこに働いた価値判断、欧米における世界文学の「古典（カノン）」との差違について、もう少し丁寧に論じるべきであった、と指摘された。それに対して加藤氏は、作家が優れた翻訳者とされた時代に紹介された外国文学は、時代や国、言語の如何を問わず、当時の読者にとって面白いと思われるものがランダムに紹介される状況であったと応じた。沼野先生は、本博士論文で明治期と現代の翻訳の差異を明確にするあまり、「現代は直接訳・単独訳が常識で、明治期は重訳が主流」という対立関係を安易に前提としている印象を受けたという。加藤氏もそのような展開に陥っていた認識があるとし、翻訳という営為が作品選択や文章の彫琢など幅広い分野に及んでいたことを強調した結果、そのような論となった、と応じられた。

最後に細部へのコメントを述べられた。加藤氏が第二章の注で、二葉亭がツルゲーネフ作品の音調に着目したことは「前近代的」で、作品の思想性を研究するならば、ドストエフスキーに着手すべきであったという見解を示したが、これはツルゲーネフも十分に思想性を備えた作家であったが、二葉亭がその作品に音調のみを見ていたという解釈でよいかと問われた。加藤氏は、二葉亭が音調の美しい文体は内容とは別に修練しうるものであり、その結果、二葉亭は文学作品の文体とテーマ・思想の連関にやや無自覚であった、と説明された。これに対して沼野先生は、明治期はすべての文学ジャンルの定義が流動的な時代であったので、二葉亭がツルゲーネフの作品に詩的なものを感知した場合、それは七五調のようなリズムのことを指したのか、西洋的な詩の規範をすでに会得しつつあったのかを考慮する必要がある、と指摘された。第六章では、当時の作家たちが外国の文学作品を翻訳し文章修練の糧とした事実は、彼らが外国文学を英語で読解したという英語能力の高さを前提にしていた点を丁寧に押さえた方がよい、というご意見であった。

次にコメントをされたのは、筑摩書房版『二葉亭四迷全集』の綿密な校訂をはじめ、ロシア文学および日露比較文学、日露文化交流史で数々の業績を残されている安井亮平先生であった。安井先生は、大学の枠を越えて、同じご専門という立場から加藤氏を長年指導されてきた。まず博士論文全体に対して、かなり創見に満ちた画期的な成果を上げたと評価されたうえで、以下のような指摘をなされた。第一にモノグラフとしては不十分ではないかと疑義を呈され、例として、すでに指摘のあった言文一致の取り扱いを挙げられた。さらに二葉亭の「あひゞき」「めぐりあひ」を句読点のみから検討することは不十分であるが、両作品を『浮雲第三編』との連関で検討した点は未だかつてないもので、興味深い試みであると述べられた。しかし二葉亭の訳文の音調に着目するには、体言止めや同音の繰り返し、副詞・形容詞の重ねなども議論しなければ、論の流れとして不自然であろう、とのことであった。

次に以下の通り、各章へコメントをされた。第一章は、安井先生が岩波書店『新日本古典文学大系』翻訳小説集で『花心蝶思録』校注を担当して以来の「宿題」であったと回想されたうえで、そのような作業における校閲者の服部と高須の役割分担の内容を示す直接的な証拠を発見することができたかと問われた。加藤氏は、直接証拠は発見できなかったと応じられた。安井先生は、訳文の句読点を検討するには、当時の校正に出版元が大いに関与した点を考慮する必要があり、二葉亭の場合も同様である、と指摘された。第二章の二葉亭の旧訳と改訳の比較について、正確性は後者の方が圧倒的に優れていることがすでに判明しており、改訳の位置付けに対する加藤氏の考察に異を唱えられた。第四章は翻訳過程での二人の直接の関係性を示す資料は存在せず、それ以上追究することは難しいだろうと述べられ、加藤氏もこの点に同意した。そして安井先生が先鞭をつけられていた『復活』の協同訳の裏付けという研究を加藤氏が引き継ぎ、まとめ上げられたことに謝意を表された。第六章について、昇による翻訳の過誤や、所持文献の寄せ集めに見えるロシア論を挙げられ、「碩学」という加藤氏の昇評価は過大でないか、と指摘された。第七章は二葉亭のアンドレーエフ翻訳の分析が興味深いもので、特に『血笑記』の翻訳は、初期翻訳に匹敵するものとして評価できることを鑑みれば、今後は初期から後期まで二葉亭の訳業と翻訳手法の変遷を考察すべきだろうと提案された。

最後に、主査であり、比較文学をご専門に、翻訳論においても多くの業績を残されている菅原克也先生が発言された。膨大な注は論文の読みにくさにもつながるため、重要なものは本文に入れこむ工夫も必要であったと指摘されたうえで、細部へのコメントに入られた。まず序章の「高位の文体」というロシア文学固有の状況から発生した用語を、明治期の日本文学の空間や日本語文体の議論に適用させることが可能であろうか、この用語を活かすなら、明治十―二十年代の和文体と漢文体の問題や、新たな文体の生成などの時代状況に基づく定義を本文で行う必要があっただろう、と疑問を呈された。この点について加藤氏は、現在もその課題は等閑（なおざり）にされたままであるが、明治二十年代の「文体」と、言文一致確立以降に生まれた新しい「文体」は異なっているという。明治期に日常語とは異なる階層の文章規範を踏まえ、一つの「藝」としての彫琢を経て作り上げられた特殊な文章のスタイルの定義を思案した結果、「文藝の文体」を用いて論を進めることにした、と答えられた。菅原先生はこれに対して、加藤氏が文芸ジャンルや文体の階層を固定的なイメージで捉えているのではないか、紅葉の時代の「文藝の言語」の階層と、昇の時代のそれが等しく議論されたように見える、と述べられた。加藤氏は、あくまでも紅葉や二葉亭の時代に「文藝」を多用したが、その意識がほぼ皆無であった明治四十年代ではこの語を用いていない、と応じられた。その他、作家が外国文学の翻訳に着手した理由について、鷗外の翻訳のような「啓蒙」という側面の記述は一か所のみに留まり、議論が手薄であったのではないか、との指摘もなされた。

第六章について、昇の翻訳はロシア事情に精通し、ロシアの国民性について研究を深めた「謂わば、民族学者の翻訳であ」り、その理由が「奄美出身者であったから」という考察は、論理に飛躍がないか、また加藤氏がロシア語とそれが使用される風土の関係を論じた点について、これはどの言語においても適用されうる論で、ロシア語特有ではないため、記述が単純化している、と述べられた。加藤氏は、昇関係のシンポジウムで実際に奄美大島を訪れた際に、本土との風土の違いに大きな驚きを覚え、昇も常に奄美出身者という立場から思考していたことは疑いないと直感したという。昇にとって、ロシア文学をロシアの風土や民族性と結びつけて研究することはごく自然だっただろうと説明された。それに対して菅原先生は、昇の『大奄美史』における「われら奄美人がいはゆる天孫民族の後裔であり、日本民族の兄弟分である」のような政治的コンテクストをあまり考慮しない平板な紹介的記述に終始している、と改めて指摘された。以上の問題点はあるが、本博士論文は労作であり、多数の先行研究が見られる日本のロシア文学翻訳受容研究に歴史的な見取り図を提示した点で評価できる、とコメントを締めくくられた。

以上が、審査員の先生方のコメントと質疑応答の主なところである。この後、審査員による非公開審議を経て、全員一致で、加藤氏に博士号が授与されるとの決定が発表された。その際に付けられた条件は、分析にあたっての用語および概念を再考すること、ロシア文学受容における明治期の特殊性を一層考慮すること、先行研究に対してさらなる配慮を行うこと、参考文献表の表記の修正と加筆を行うこと、というものであった。加藤氏の挨拶の後、学外にてささやかな乾杯で祝福した。この時の加藤氏の晴れやかな安堵の表情は、同じ研究分野での博士論文提出を目指す筆者にとって、非常に印象的なものであると同時に、大きな励みとなるものであった。

筆者は修士課程入学以来、現在に至るまで、比較文学比較文化研究室出身の日露比較文学者の先達としての加藤氏から常に多くの貴重なご指導やご助言を賜っている。多忙な学務の傍ら、日頃からたゆみない努力を積み重ねられたことと思われ、本博士論文を執筆し、審査を終えられるまでの加藤氏の多大なるご尽力と研究に対する真摯な姿勢に敬服の外はない。そしてこの成果は、近代日本のロシア文学翻訳史を論じる上で最も重要な先行研究の一つとなるに相違なく、今後の日露比較文学研究のみならず、日露比較文化論や日露文化交流史、翻訳論、国文学などの幅広い研究分野に大きな影響を与えうることが予想される。末筆になるが、審査中、筆者から見てとりわけ興味深かったのは、加藤氏と審査員の先生方が、明治期にロシア文学を翻訳した文学者たちとロシア事情研究との関係、さらに彼らのロシア知識の源泉やその水準の問題にしばしば言及されたことであった。明治期の文学者たちのロシア文学翻訳受容の議論が、彼らがロシアという国をいかに知って論じたかという点と、図らずも分かちがたく結びついていた可能性があることを再認識させられたという意味においても、大変充実した審査会であった。

永井久美子氏博士論文「物語絵巻に見る後白河院政期——『伴大納言絵巻』『彦火々出見尊絵巻』『吉備大臣入唐絵巻』を中心に」審査結果の要旨

三角　洋一

本論文は「物語絵巻に見る後白河院政期——『伴大納言絵巻』『彦火々出見尊絵

巻』『吉備大臣入唐絵巻』を中心に」と題し、十二世紀後半に後白河院のもとで制作されたり、蓮華王院の宝蔵に収められたりしたさまざまな絵巻のうち、物語絵巻について、同時代の政治・社会状況とかかわらせてその制作意図を明らかにし、これに深く関与した人物を推測したものである。考察の対象は美術史・日本史・日本文学の領域に及び、渉猟した史資料や参考論文も多数にのぼる労作である。全体は序章と終章に挟まれた本論の三編から成る。

序章では、後白河院にかかわる絵巻十四点を挙げたうえで、数多く制作された行事絵の問題、後白河院政を支えた信西(藤原通憲)とその一族の絵巻とのかかわり、副題の三つの物語絵巻の伝来など、より大きな視点から研究史の現在を展望する。

第一編「『伴大納言絵巻』における良房像と清盛——忠臣としてのイメージ」は、貞観八年(八六六)に伴善男が引き起こした応天門の変を描いた絵巻をめぐる考察である。善男の陰謀が露見するきっかけが子ども同士の喧嘩にあったという詞書独自の語り方について、『日本三代実録』の史実や『江談抄』の説話と比較して確認したうえ、ことが露見したいきさつについても、一つには無実の罪を着せられた源信が天道に訴えたことがあり、そこには菅原道真が左遷されたのち天拝山で無罪を訴えた説話の流入があるのではないかと指摘し、二つには、政務を弟の良相に譲っていた太政大臣藤原良房が嵯峨天皇のもとに馳せ参じ、早まった裁定をくださないよう諫めた結果であるという。

永井氏は、良房の果たした役割が、ちょうど太政大臣を辞して出家し、娘徳子を高倉天皇のもとに入内させた平清盛の政治的な立場に近いことに注目し、この時期、安元の大火以外にも火災が頻発したこと、絵巻制作のまとめ役として信西の息子の静賢が考えられることなどから、後白河院が高倉天皇の補佐・支援を清盛に期待するという願いがそこにこめられていたと論じる。

第二編「『彦火々出見尊絵巻』における龍宮と龍王——厳島および清盛のイメージ」では、記紀神話の海幸山幸を題材とする同絵巻について、記紀や『信西日本紀鈔』ほかの中世日本紀の類と比較しつつ、後白河院政期の動向との関連を考察する。絵巻詞書の独自性を数多く指摘し検討する中で、永井氏は、弟の御子の対面相手が海神でなく龍王と呼ばれていること、弟の御子は龍王の姫君の出産場面をのぞき見るが、その後も龍王の一族との関係は途切れず再訪して援助を受けること、弟の御子が帝になることなどに着目する。

龍王という呼称からは、『源氏物語』若紫巻に「海龍王の后になるべきいつきむすめななり」と見える明石入道の一族の物語が連想され、龍宮に近い蓬莱にたとえられる厳島社を厚く信仰した清盛が思い浮かぶ。すでに美術史・日本史においても明石一族や清盛らの平家納経と関連づけた研究があるが、永井氏はそれらの論の不備を批判し、絵巻の制作時期を清盛娘の徳子の入内や安徳天皇懐妊の時点と見る説を排し、その中間にあたる後白河院の厳島御幸以後間もなくと推定し、制作の意図は崇徳院の弟皇子である後白河院が清盛をあくまで王権の補佐役にとどめることにあったとする。

第三編「『吉備大臣入唐絵巻』の真備像に見る信西のイメージ——後白河院政期における対外関係と絵巻」で取り上げる絵巻は『江談抄』の説話にもとづくものである。『江談抄』は文人政治家大江匡房の言談を弟子の藤原実兼が記録したもので、学者政治家の信西は実兼の子、後白河院の腹心で「後三年絵」の制作に関与し、蓮華王院の執行をつとめた静賢は信西の子であった。

絵巻の粗筋は、入唐した奈良時代の政治家吉備真備がその才能を妬まれ幽閉されるが、霊鬼の協力を得て三つの難題を解決し、無事帰国するというものである。いずれも史実ではないが、真備は日本に『文選』・囲碁・「野馬台詩」をもたらしたと称えられる。

当時は清盛らにより日宋貿易が盛んであり、後白河院が宋人を謁見した記録の残ることも知られており、絵巻から後白河院の屈折した自国優越意識を読み取る説や真備の人物像に学者出身の道真を重ねる読みもあったが、永井氏は新たに信西の像を重ねる読みを提案する。

終章では以上の三編をしめくくって、三つの絵巻が後白河院と平清盛の関係が良好であった時期に、信西亡きあと、父後白河院と対立する二条天皇にも奉仕していた清盛を味方に付ける狙いで制作させた可能性があること、制作のまとめ役には『江談抄』『信西日本紀鈔』が手元にあり、『源氏物語』にも通じた後白河院側近の人物がふさわしく、静賢の可能性が最も高いことをいってまとめとする。最後に、本論では取り上げなかった「長恨歌絵」「道鏡法師絵詞」や『粉河寺縁起絵巻』『信貴山縁起絵巻』などについても簡単な考察をおこなっている。

永井氏の功績は、これら三つの物語絵巻の制作には信西の一族が深くかかわっていたことは確実で、具体的には静賢の名が挙げられるとしたことであろう。絵巻と同時代の政治・社会状況とのかかわりとか、後白河院側の制作意図とかについての考察の結果も、先行研究を批判的に検討したうえで初めて提出したもので、今後は一説としてかならずかえりみられねばならないものと判断される。ここまで絵の分析については言及しなかったが、三つの物語にわたってそれぞれ行き届いた研究史の整理をおこなった後、従来指摘されていた見方をより徹底させたり、独自の着眼から物語の筋とからめた読み取りをおこなうなど、研究を大きく前進させたことは間違いない。

審査委員からは、静賢については今後さらに追究する必要がある、絵巻をだれが鑑賞したのか、清盛にも見せようとしたのかどうか踏みこんだ判断があればよかった、物語を史実と突き合わせることについて方法的な自覚がやや甘いのではないか、考察してきたことの最後のまとめが簡略すぎないか、もっと緻密な表現を心がけてほしいなど、厳しい注文も出されたが、学問的に境界領域にあたるこの分野できわめて貴重な成果を挙げていると評価する点で全委員の意見が一致した。したがって、本審査委員会は博士（学術）の学位を授与するにふさわしいものと認定する。

永井久美子氏博士論文公開審査傍聴記

金　有珍

二〇一一年七月十九日、東京大学駒場キャンパス十一号館において、永井久美子氏の博士学位請求論文「物語絵巻に見る後白河院政期――『伴大納言絵巻』『彦火々出見尊絵巻』『吉備大臣入唐絵巻』を中心に」の公開審査が行われた。審査員を務められたのは、三角洋一先生（比較文学比較文化）、桜井英治先生（同）、齋藤希史先生（同）、今橋映子先生（同）、佐野みどり先生（学習院大学・美術史学）である。

審査会は永井氏の補足より始まった。まず、標題に「後白河院政期」と銘打ちながら、実際には在位時に作られた絵巻も言及していることを断り、本論文で検討した内容は、後白河院の退位から崩御までを見るだけでは不十分であったことを説明した。次に、本論文の意義は、物語テキストの選択・編集に携わった院近臣に注目したところにあり、特に信西とその息子たちの活躍を浮び上がらせた点にあると述べた。本論文は文学と絵画の研究であると同時に、院近臣たちの系譜や人脈に関する研究であり、さらに彼らの知識の研究であるという。よって、絵巻が集中して作られた後白河院政期を議論の対象にしながら、絵巻の制作に関わった静賢、父の信西、祖父の藤原実兼、さらに学問の師である大江匡房にいたる、学識の流れを明らかにする意図があったと説明した。次に、本論文の至らなかった点や反省点を述べ、いくつかの修正箇所や今後の課題を挙げた。最後に、論文提出までの経緯や指導に与かった諸先生方への感謝の言葉が添えられた。

主査の三角先生の指名で、今橋先生より質疑が始まった。先生は、総評として専門外である人が読んでも納得でき、専門領域に閉じ籠っている論文ではないことを高く評価された。しかし、専門外の立場からみて、本論文の序章・終章の在り方に違和感を覚えたとし、序章に後白河院周辺の絵巻群に関する先行研究の整理と本論文の差異点を見通しとして述べる必要があり、終章でその結論を繰り返すべきではないかと指摘された。本論文の序章からは、博士論文に揃うべき新しい資料・解釈・方法論の三点が把握しにくいと懸念を示され、今までの研究史と本論の方向性について簡略な答弁が求められた。

永井氏は、まず、各章の序に該当する先行研究について記したが、序章に論文全体の研究史上の位置付けについてきちんと書くべきであったと認めた。本論文は棚橋光男氏の研究を受け継いでおり、より積極的に追求する立場にあるという。ただし、外部の史料だけではなく作品内部を分析し、後白河院との関わりについて新たな見方を提示したのが、棚橋論文にはない本論文の独自性であると答えた。その後も今橋先生は、本論文の前提や立場について永井氏に答弁を求めつつ、それら答弁の内容、つまり、研究史における本論の位置づけが序章で提示されるべきではないかと再説された。また、終章に本論では扱っていない新しい絵巻の説明があるなど、補章のようになっていたことを併せて指摘された。

一方、詞書自体がまずは文学テキスト

ではなく、変形したテキストであることが、本論文では非常に精緻に論じられていると評価された上で、詞書と絵画を史実と対応させるという本論文の方法論に対する氏の立場を問われた。永井氏は、両方の突き合わせに慎重であるべきだと考えていると述べ、先行研究では取り上げられなかった詞書の変更点に注目し、史実と関係していることが確実であると判断されるものにのみ対象を絞ったと答えた。最後に今橋先生は、精緻な議論が単調な表現で纏められている点に残念な思いをしたので、今後、本論文が公表されるに当たって表現を工夫してほしいと助言された。

　齋藤先生も論文の表現に関しては同様な意見を示され、平凡な表現と曖昧な表現が多々見られることを注意された。一方、先ほど議論になった絵巻テキストを史実と対応させるという方法論が、本論文では明確には提示されないことを追及された。本論文は、テキストを分析して他のテキストとは異なる一種の異物感・違和感を詳細に解明しているが、その部分にテキストの外側に力を及ぼそうとする政治性を読み取るためには、史実との丹念な突き合わせが必要だというような、一つの方法論が提示されることが望ましかったという。言い換えれば、絵巻の制作者は、現実世界に何らかの影響力を及ぼすためにそれらを作っており、その時に何が起こっているのか（たとえば、テキストの変更）、それを本研究では究明しようとしているのだという、方法論的な明示があってほしかったと述べられた。新しい方法論の提示は、研究史の中で本研究の立場を提示するものでもあり、今後、それを提示できる力を添えてほしいと助言された。

　さて、細かい内容に移り、論文中の瓜と龍王、浅木色などの事項に説話論的な関係性や意味がある可能性があり、それらを緻密に調査する必要性が提案された。齋藤先生のコメントで興味深かったのは、絵巻制作と江家の関係性を示す『文選集注』の成立の話であった。成立や伝来が不明とされて来た『文選集注』は、二〇〇九年に発表された陳翀（Chen Chong）氏の研究（「『集注文選』の成立過程について――平安の史料を手掛かりとして」『中国文学論集』第三十八号、九州大学中国文学会、二〇〇九年十二月）によって、大江匡衡作であることが明らかになったという。これに対して永井氏は、『文選』が『吉備大臣入唐絵巻』の素材として使われた理由も、江家との関連でさらに説得力のある議論ができると考え、囲碁の素材なども合わせて考察すると、絵巻制作における江家の学問やその流れを汲む信西らとの関係が、より一層明らかにできるのではないかと述べた。

　桜井先生は、本論文の中心的な問題は絵巻と史実の関係にあり、その前提に絵巻の制作動機が院政期の具体的な事件に求められるという観点があることを指摘された。しかしながら、先行研究では絵巻内容と史実を結びつけない正反対の立場も示されており、そのような立場――たとえば、『梁塵秘抄』のような作品を残した後白河院が、清盛への政治的なメッセージとして『彦火々出見尊絵巻』のような作品を作らせるだろうかという疑問――に対する氏の見解を求められた。

　永井氏は、作品の内容を歴史的な出来事と切り離して考えるという立場もあると認めた上で、そういう立場の研究者にこの論文で論じていることをどこまで納得してもらえるかは、本論文の存在意義にも関わる重要な問題であると述べられた。これらの絵巻の成立や享受の場が不明である今、絵巻制作・享受の政治性に疑問を持つ意見があるのも当然であり、たとえば、『梁塵秘抄』などは、後白河院の好みに由来する作品であることを調べる過程で痛感したという。しかし、本論文の絵巻は、制作当初から信西、静賢らの企画があり、それを後白河院が追認して制作されたと考えられ、近臣たちが大きな存在感を示しており、後白河院という個性よりは、制作集団というより複雑な問題を考慮する必要があることを力説した。

　この問題と関わって桜井先生は、絵巻の制作を管理したとされる静賢という人物について、研究史での位置づけなどを質問された。彼は『後三年合戦絵（ごさんねん）』を制作させた人物であるが、その他はあまり知られていないという。永井氏は、彼に関する資料や研究は非常に少なく、三つの絵巻の制作との関係を明らかにしたのが、本論文の成果であることを説明された。また、物語絵巻における後白河院政期や後白河院政期の中の三作品の位置づけなど、全体の見通しが終章で語られる必要性が指摘され、氏の補足説明が続いた。

　次に、佐野先生からの発言があった。先生は、本論文が書誌的な事柄をはじめ、絵と詞書、制作背景やそれをめぐる人物関係までも扱っており、総合的な見地で絵巻をめぐってどのような議論がなし得るかという、絵巻学とも言うべきものを示していることを評価された。永井氏の丁寧で誠実かつ慎重な議論の仕方を評価される一方、それゆえに想像性が非常に抑制されている点や、他論への批判、各作品の位置づけなどが明確には提示されていない点は残念であるとされた。また、後白河院政期を考える際にはみ出してしまう部分が切り捨てられているが、これらは、中世に入ると非常に重要な問題になることを付言された。

　次に、静賢という人物を大きくクローズ・アップしたのが、本論文の特筆すべき成果であると高く評価された上で、ただし、静賢に対する記述がやや一元的であり、彼が持っている思想的・宗教的な立場を法脈（仏教の師弟関係の系譜）から探りながら、江家との問題とも重ね合わせて議論を深めることもできるのではないかと助言された。また、絵巻における政治性を考察する場合、事項を一対一の対応関係で考えがちであるが、物語が抱え込む様々なイメージの源泉やそこから投影されるものも議論できるはずであり、もう少し自由に論じてもよかったのではないかと意見を述べられた。

　そして、制作主体論に関わって、絵巻制作の背景にある知識や考えは、後白河院や静賢のうち誰のものなのか、あるいは、後白河院周辺で共有されていたかどうかが曖昧になっている部分があり、本論の制作主体論を弱くしている側面があると指摘された。鑑賞者に関する論述がなかったことも同様に感じられたとされた。また、論が折衷的に纏められた部分があり、批判を承知の上でどちらかの立場を取ることも必要だったのではないかと助言された。先生は、氏の謙虚な性格が論の叙述にも現れているとされ、もう少し批判や主張をはっきり述べてほしかったことを度々語られた。以後は、細かい内容に対して、今後、議論が広げられる点をいくつか挙げられた。

　最後に、指導教員でもある三角先生は、氏の論文は、日本史、美術史、国文学の境界領域を扱っている点で個性的な研究であり、今後が期待されると総評され、平家納経に関する先行研究の批判が個人的には最も興味深かったと感想を加えられた。以後は、内容に関する細かい指摘が続けられた。たとえば、齋藤先生や桜井先生も修正点として挙げておられたが、訓読文には多々誤謬が見られると訂正を求められ、もう少し議論が展開できる内容については事細かに助言された。推測や主張の表現に意識的に段階をつけて使用すべきであると述べられたのは、諸先生方からの指摘にも連なるものであった。

　先ほども議論になった静賢に関しては、「静賢伝」「静賢関係資料」を付けてもよいくらい成果があったと評され、今後、力を入れてほしい課題として挙げられた。また、『道鏡法師絵詞』は、女帝という問題から考えると信西が作った可能性があり、今後、信西の絵巻制作の営為の一つとして議論できる旨を注に入れておくよう助言された。三角先生の質疑は短めに終り、追加で、今橋先生より図版を別冊で作った方が見やすかったであろうとの指摘があり、永井氏も図版資料の制作や製本などに苦心した旨を述べた。資料の見やすさなど、読む側に対する配慮については、比較の博論審査会ではしばしば話題になるものであり、実際の執筆の際にはそれが容易ではないことが想像される一場面であった。

　以上で質疑応答が終り、審査の結果、永井氏に博士の学位が授与されることになった。本論文では先行研究への批判やその研究成果がはっきりと提示されない側面があったようであるが、佐野先生の発言にもあったように、それは氏の謙虚な性格が反映された結果であるように思われる。質疑ではその点に対して繰り返し答弁が求められ、本論文の特徴や成果がより明確になった審査会であった。また、ここにすべてを記すことはできなかったが、本論文から発展させるべき様々な内容や論点が、諸先生方から詳細に助言された審査会でもあった。氏の研究の今後の展開に期待を寄せながら、傍聴記を閉じることにする。

菊池有希氏博士論文「日本におけるバイロン熱」審査結果の要旨

菅原　克也

　菊池有希氏の「日本におけるバイロン熱」は、十九世紀はじめに活躍したイギリスのロマン派詩人バイロンが、日本においてどのように受容され、語られたかを、明治初期から昭和期までを視野に入れて論じた労作である。ここに「バイロン熱」とするのは、バイロンを受容した日本の知識人たちが、バイロンに対し強い気分的な思い入れを示し、「罹患」と形容しうるような文学的、思想的熱狂をあらわしたことによる。そのような現象を、日本の文学的、思想的文脈に位置づけようとするのが、菊池氏の研究の主眼である。

　バイロンは、フランス革命とナポレオンの登場という、ヨーロッパの政治的激動期に登場し、旧体制から市民社会への過渡期において、自由の精神を体現する詩人としてもてはやされた。その作品に描かれる「バイロニック・ヒーロー」は、バイロンその人のイメージとも重ねあわせられつつ、当時の読書界に大きな影響力を揮った。同様のことが、新旧の価値観がはげしく鬩（せめ）ぎあった明治期以降の日本にも観察される。バイロンという詩人とその作品が日本の知識人たちにどう受けとめられたか、それを明らかにすることが、日本の精神風土そのものを逆照射することにつながる——それが菊池氏の主張である。

　本論文は、本論四章と、序章および終章からなる。以下、論文の構成にしたがってその概略を述べ、適宜これに対する審査委員の意見を記す。

　序章では、バイロンの人物と文業、および欧米でのバイロン研究の概略が紹介されたあと、日本におけるバイロン受容に関する先行研究が確認される。その上で、本論文が日本における「バイロニズム」を包括的に扱おうとするはじめての試みであること、またバイロン受容における無理解・誤解等を積極的に評価することで、「近代的自我」の時代的相貌の描出を試みようとするねらいが表明されている。

　この部分について審査委員からは、バイロンの伝記的事実やバイロンが反抗したものが何であったかの記述に不十分な点があること、また「バイロニズム」の模倣、演技としての側面を、より強調すべきではなかったかとの指摘があった。

　第一章では、まず明治初期のバイロン言及を丹念に辿りながら、「厭世詩家」としてのバイロン像が定着してゆくさまが、北村透谷の評論を中心に論じられる。バイロンについては、早い段階で長澤別天、森鷗外らの紹介があったが、明治期において他を圧して大きな意味を持つのは、北村透谷のバイロン受容である。透谷はH・テーヌの文学史記述などを参照しつつ、バイロンの『マンフレッド』や『チャイルド・ハロルドの巡礼』を読み、そこに詩人としての自己劇化の参照枠を見いだし、「想世界」と「実世界」の対立を文学的思索の中心的課題として意識化する。そのなかで、世俗的価値に埋没してしまいかねない時代風潮に抗して、内面的価値を擁護する立場が「厭世」という精神のあり方として浮かびあがってゆく過程を、透谷の個々の評論の読解において跡づけてゆく。

　第二章では、第一章の議論をうけて、さらに透谷の内面のドラマが掘り下げられる。透谷は、バイロニック・ヒーローのニヒリズムに魅了されつつ、ニヒリズムに帰着する自我の劇ではなく、ニヒリズムを回避する自我の劇を演じようとする。また、自我の拡張が他我への暴力性につながる事態を避けようとする。「死に至る病」としての「負のロマン主義」の克服としてあったそのような試みが、透谷の評論や戯曲において読みとられる。

　第一章と第二章について審査員からは、キリスト教に反逆したバイロンが、透谷においては、キリスト教と同時に受容されることの不可解さへの意識が足りないのではないか、M・ペッカムによる「負のロマン主義」といった用語の図式的な適用が、本論のようなテクスト解釈を本領とする議論においては、必ずしも有効ではないのではないか、『楚囚之詩』や『蓬萊曲』といった透谷の詩に関しては、表現自体により密着した分析が求められるのではないか、といった指摘があった。

第三章は、透谷とともに『文学界』に拠った同人たちが、透谷の自死のあと、バイロン熱といかに関わったかを論じる。透谷の歿年である明治二十七年は、すでに「バイロン熱」が退潮を迎えつつある時期にあたっていた。『文学界』同人の島崎藤村、平田禿木、戸川秋骨らは、「縄墨打破」の恋愛詩人として捉えていたバイロンと次第に距離を取ろうとする。その際彼らは、バイロニズムを国民文学の観点から再評価しようとしたり、その美的価値を重んじたり、文学研究の研究対象とみなそうとしたりした。ただし、島崎藤村一人のみにおいて、バイロン熱は長く持続し、いわゆる「新生」事件において、一気に再燃するにいたる。その間の経緯が、バイロンの「大洋の歌」などの受容と絡めて論じられる。

第四章は、これまで「バイロン熱」に関してはほとんど論じられることのなかった、日清・日露戦争期から第二次大戦後までを扱う。明治三十年代において精力的にバイロンの紹介につとめた木村鷹太郎は、やがて日本主義化し、国家主義に接近してゆくが、高山樗牛は、国家主義から遠ざかるかたちでバイロンを受容する。日露戦争後はバイロン熱は著しい退潮を示し、土井晩翠において、バイロンはもはや自己表現の参照枠としての機能を失うにいたる。その後低調であったバイロン熱は、昭和十年代にいたって、にわかに復活するが、そのなかで重要な人物として浮かびあがるのが、林房雄と阿部知二であった。第四章の後半は、林と阿部のバイロン受容を取りあげて、「転向」の問題や戦前戦後の思想界の動向との関連を論じている。第三章と第四章について審査委員の評価は高く、今後さらにこの時期についての研究が進展することが望まれるとの意見があった。

終章は、本論全体の議論をふりかえりつつ、バイロン熱という現象に着目することで、近代日本の思想・文学における重要な論点と、時代の変化を辿ることが可能となる点を改めて確認している。

本論は、明治期から昭和の戦後にいたる時代の「バイロン熱」を本格的に論じた、はじめての論文である。その意味で、本論が比較文学研究に対してなした貢献はきわめて大きい。また、日本におけるバイロン熱を論じた先行研究を徹底して渉猟し、自説との異同を一つ一つ確認するさまは、学問的手続きとして模範的な態度を示している。その一方で、英文学研究、ロマン主義研究の最新の動向には、やや暗いと言わざるを得ない。また、文学理論の援用において、テクスト読解の現場での柔軟性が求められるという指摘も審査委員から寄せられた。ただし、以上のことは、本論文が挙げ得た優れた学問的成果を決して損なうものではないことも同時に確認された。

よって本審査委員会は、菊池有希氏の論文が、博士（学術）の学位を授与するにふさわしいものであると認定することに、全員一致で合意した。

菊池有希氏博士論文公開審査傍聴記

田中　有美

二〇一一年九月二十七日十三時より、十八号館四階コラボレーション・ルーム3にて、菊池有希氏の博士論文「日本におけるバイロン熱」の公開審査が行われた。筆者にとって、菊池氏は同じ年に修士課程に入学した同期であり、考察対象は違えども、何かと問題の多い「受容」や「影響」といったものの研究に筆者自身も関わっているということから、この審査会は是非傍聴したいと思い足を運んだ。審査会でのやりとりから様々な刺戟を受けたにも拘わらず、ひとえに私の怠惰な性分ゆえに、傍聴記を書くことをひたすら先延ばしにしてきた。この傍聴記の執筆をどれだけ遅延させてきたかについては、今、これを書く私の手元に、勉誠出版から刊行された六百頁を超える大著『近代日本におけるバイロン熱』（二〇一五年二月）がすでにあることを考えると、我ながら呆れるしかない。しかしながら、友人が果たした一つの達成の証であるその重たい本を手にしながら、今あらためて、一編の博士論文が一冊の浩瀚かつ重厚な研究書へと進化した過程の重要なモーメント（契機／瞬間）として、この審査会の様子を振り返るのもまた感慨深いことである。

審査委員会は五名の審査員によって構成されていた。菊池氏が籍を置いた東京大学大学院の超域文化科学専攻比較文学比較文化研究室からは、主査である菅原克也先生に加えて、井上健先生、佐藤光先生が審査を担当されていた。さらに、表題が示す通り、本論文はイギリス・ロマン派の詩人バイロン George Gordon, 6th Baron Byron（一七八八―一八二四年）の研究と密接に関わることから、イギリス・ロマン派の詩を専門とされるアルヴィ宮本なほ子先生（東京大学大学院地域文化研究専攻）も審査員を務められた。そして、「バイロン熱」というものの措定の仕方や記述の仕方の方針を定める上で菊池氏が参考にした『近代文学におけるホイットマンの運命』（研究社、一九七〇年三月）の著者、亀井俊介先生（岐阜女子大学教授、東京大学名誉教授）も審査員として名を連ねていた。

審査会はまず、本論文が今のような形になった経緯、つまり、論文の「序章」（出版された著書では「はじめに」にあたる）の末尾で簡略にまとめられている「舞台裏」の説明が菊池氏自身によってなされた。それは、菊池氏がどのような点に配慮しながら論じる対象と方法論を定めていったかを明らかにするもので、審査員のみならず、論文をその時点では読んでいない審査会の傍聴者にとっても、その後の議論の理解を大いに助ける内容であった。まず、考察対象については、日本文学者や思想家側のバイロン受容に濃淡があるため、バイロン熱、つまり、バイロンに偏愛的執着をもつことが客観的に証明しうる文学者や思想家のみに限定された。その過程で、菊池氏が修士論文で取り上げた泉鏡花をはじめ、森鷗外、国木田独歩、蒲原有明といった、バイロンから影響を受けた可能性がありつつも、その影響を客観的に証明することが困難な人物は考察の対象から除外された。その一方で、バイロン熱の罹患者であることが確認できた者に関しては、北村透谷を核に据えつつ、通時的そして網羅的に論じるという方針が貫かれた。それは、菊池氏が、日本におけるバイロン熱の「来し方と行く末」の両方を見据えてその軌跡を描くということを本論文の目的に据えたための選択である。受容や影響の研究は、各受容者についての個別的考察が並置され、それぞれの考察をつなぐ一つの議論が提示されることが稀であるが、菊池氏は、バイロン受容一般ではなく、「バイロン熱」に焦点を絞ることで、その「現象の始原と帰趨を明らかにする」ことを試みたのである。また、菊池氏は、このバイロン熱の通時的、網羅的記述が、一種の近代日本精神史の描出たり得ることを意図している。菊池氏は「精神史」、つまり、「歴史」のメタファーを選択したが、筆者としては、日本におけるバイロン熱の「運命」という物語（ナラティヴ）を作り上げる試みでもあるように思われた。その物語性の付与が、井上先生、亀井先生が指摘されたように、本論文が「読める」ものになっている所以であろうと考える。

次に、各審査員からの個別の試問となった。まず最初に確認しておきたいのは、五人の審査員が総じて、この論文が非常に高い水準にあると評価したということである。深い関心を寄せた箇所はそれぞれ審査員によって異なっていたが、口を揃えて、面白く読むことができ、なおかつ、勉強になったという主旨の発言をされていた。また、この論文の一次文献と二次文献の網羅性と分析の緻密さから、先々参照され続けるであろう研究ということで、年表や書誌の付帯を提言されてもいた。このことを前提とした上で、試問のなかで討議された様々な問題提起のなかから、筆者にとって切実な問題と思われた四点について以下で取り上げたい。

第一点目は、批評概念との向き合い方である。影響・受容研究であるということもあり、本論文では、受容美学の中心人物であったハンス・ロベルト・ヤウスHans Robert Jauss（一九二一―九七年）の「期待の地平」や、ハロルド・ブルームHarold Bloom（一九三〇年生）の「影響の不安」という概念に何度か言及がある。井上先生は、当該の批評概念が菊池氏の議論において重要な役割を担っているわけではなく、わざわざ持ち出してくる必要性が感じられなかったと指摘された。この指摘を聞くと、議論を批評理論寄りに展開した方がよかったのか、または、特定の批評概念を持ち出さずとも記述できるのであれば、そういった概念に頼らないほうがいいのか、判断が難しいところである。とりわけ、本論文の場合は、アルヴィ先生が指摘されたように、透谷が『マンフレッド』*Manfred*の受容を経て、芭蕉との対話へと進む議論（第一章第二節）は、伝統を乗り越えるために外国の作家を利用していると解釈すれば、ブルームの論が援用できないわけでもないのでなおさらである。批評理論との距離の取り方を明示する手続きの必要性を認識する問題提起であった。

第二点目は、影響を受ける側が複数の作家や事柄に影響を受けていることが考えられる場合、どのように分析していくかという問題である。菅原先生から、透谷における西洋文学の影響はバイロンに留まるものではなく、エマソンRalph Waldo Emerson（一八〇三―八二年）、カーライル Thomas Carlyle（一七九五－一八八一年）、ゲーテ Johann Wolfgang von Goethe（一七四九－一八三二年）などからの影響も認められるが、本論文ではバイロンからの影響と判断される部分が、他の西洋文学者から透谷を見た場合、その当該部分がその他の文学者の影響と判断される可能性もあり得るのか、という質問がなされた。つまり、この質問は、ある部分が複数の影響の結果である可能性についてどのように対処するか、という問いである。菊池氏はそのような可能性もあるとし、そういった事態にもとくに矛盾を見ない姿勢を示していたようであった。それは筆者としても同意するところであるが、特定の影響に関する議論を展開する上で、複数の起源を想定できるテクストを扱う場合は、自らの切り口を明示しつつ、記述を多角的にするなどの工夫が必要であるということを認識させられるやりとりであった。

三点目の問題提起は、受容・影響研究において、言語表現のレベルまでの考察にもっていくことの困難さである。亀井先生は、透谷がバイロンを受容したものの、うまく日本語にならなかったのではないか、という前提に立ち、透谷の日本語の問題に踏み込んだ議論の可能性を示唆された。本論文において、マンフレッドやバイロニック・ヒーローといったモチーフや意味のレベルの受容に関しては精緻な考察がなされている。しかし、本論文に限らず、広く受容・影響研究において、言語表現のレベルで考察した例は筆者が知る限りあまり多くないし、あったとしても、どこまでを影響とみなすかの判断が難しい場合も多く、説得力の乏しい材源研究に終始してしまうことも少なくない。透谷とバイロンのように言語をまたいでいる場合はなおさらである。単なる材源研究や表現の類似の指摘、またはモチーフのみの分析を超えて、受容・影響の考察が言語表現の創造性へと接続していく方法を探ることの重要性に気づかされる問題提起であった。

そして、最後に、こういった受容・影響研究が、影響を与えた側の理解や研究に寄与し得ているか、という問題である。井上先生は、本論文がバイロン研究に何を投げ返しているのか、ということを問われた。つまり、日本におけるバイロン熱現象を踏まえ、新たなバイロン像が立ち上がってくる可能性までを捉え得たかを尋ねられたのである。また、ある意味で、イギリス・ロマン派の詩を専門とされるアルヴィ先生からの質問の一つ一つが、英文学という一つの伝統的なディシプリンに対して、比較文学がどのように新しい知見をもたらし得るのかを鋭く問うもののようにも思われた。このような「投げ返し」は、影響を与える側、影響を受ける側の関係を水平的でインターテクスチュアル（間テクスト的）なものにするためにも、また、言語や国家をひとつの単位とする国民文学という学問領域との比較文学の互恵的な関係を維持する上でも重要な手続きである。本論文でも、刊行された著書でも、こういった試みに一章が割かれているということはないが、いずれそのような試みがなされる期待は感じられた。というのも、佐藤先生、アルヴィ先生からは、日本の文学者・思想家のバイロン理解が限定的であった可能性を指摘されたからである。たとえば、バイロンの実生活は近親相姦や不倫といったスキャンダルにまみれていたが、そういった醜聞に対して、バイロン的生き方を目指す者も含めた日本のバイロン熱罹患者たちは、知らなかったのか、黙殺している。バイロンの行為は社会的な価値観からは決して許されないことであるが、そういった伝記的事実のなかにも、社会の慣例や規則を疑問に付すようなバイロンの存在感が宿っている。それにも拘わらず、そういったことに目を向けない、日本側からのバイロンへのまなざしは、無難で表面的なところをさまよっていただけにすぎないのではないか、と佐藤先生は問われた。菊池氏も述べている通り、確かに、明治の文学者たちは、「様々な無理解や誤解、曲解を孕みながらも、バイロンに熱を上げた」のであろう。しかし、本論文の立場は、そういった「歪み」にこそ、「日本的「近代自我」の創造的な表れ」を見るというものである。おそらく、この「歪み」に、ただバイロンだけを読んでいては到達できない新たなバイロン理解の鍵が潜んでいる。筆者としては、いずれ、菊池氏が別のかたちでバイロン研究への「投げ返し」を果たされることを期待したい。

こうして、菊池氏はこの四つの問題提起の他、大小様々な質問一つ一つに丁寧に応え、審査会は終了した。この審査会で指摘されたことが、どのように消化され、発展させられているのか、是非、菊池氏渾身の著作を実際に手に取り、諸賢に確認していただきたい。

牧野陽子氏博士論文「〈時〉をつなぐ言葉——ラフカディオ・ハーンの再話文学」審査結果の要旨

菅原　克也

牧野陽子氏の「〈時〉をつなぐ言葉——ラフカディオ・ハーンの再話文学」は、ラフカディオ・ハーン（帰化名＝小泉八雲）による、おもに来日後の作品をとりあげ、おのおのの作品自体が要請する読みにしたがって、これに精緻なエクスプリカシオン・ド・テクスト（explication de texte）を施し、ハーンの作品の文学としての魅力を語った論文である。牧野氏には、参考論文として提出された評伝『ラフカディオ・ハーン——異文化体験の果てに』（中公新書、一九九二年一月）があるが、本論文は、ハーンの来日後の足跡に目配りしつつ、あくまで作品そのものを読み解こうとする姿勢において一貫する。本論文においては、ハーンの来日後の作品が網羅的に論じられているわけではないが、扱われている作品とテーマは、ハーンの文学世界の特色のいくつかを鋭く抉り出すことに成功しており、今後のハーン研究の方向に強い示唆を与えるものと考えられる。

本論文は、全九章の本文および「はじめに」と「結び」からなる。以下、論文の構成にしたがって、内容の概略を記す。

「はじめに」において牧野氏は、ハーンが晩年に書いた怪談の魅力が、人間にとっての根源的な感覚、とくに記憶と時間の感覚に関わっていることを指摘する。過去に遡る人々の記憶につながる物語が

「再話」として語られるハーンの作品を、「再話」という視点から論じようとする本論文のアプローチがここに定められる。考察の課題となるのは、原話が再話としていかに変容し、再話文学という文学的な営みがどのような意味を持ったか、それがハーンの日本理解にどう関わったか、という点を明らかにすることである。

ハーンは、一八九〇年に来日した。つづく第一章は、ハーンの来日初期の作品「東洋の土を踏んだ日」「盆踊り」を取りあげ、これを一八七七年に来日したエドワード・モースの日記『日本その日その日』の記述と比較することで、ハーンの作品に描かれる経験の特質を取りだす。それは現実の向こう側に、ある奥深いもの、内なるものを見いだそうとする態度であり、ハーンの日本体験と、これによって生み出される作品群を予見し、暗示するものとなっているとされる。

第二章は、民話や伝説に対するハーンの関心が来日以前から見られることを、ハーンが一八八七年から二年間滞在した、西インド諸島の仏領マルティニーク島での経験において確認し、ハーンがマルティニークを舞台に描いた小説『ユーマ』の新たな読みにつなげてゆく。牧野氏によれば、『ユーマ』に描かれる民話を語る黒人の乳母は「異文化を語る養母」として捉えることが可能であり、異文化としての日本と西洋が混交するハーンの再話文学を準備するものと位置づけられる。

第三章は「むじな」「因果話」をとりあげて、『百物語』に取材するハーンの語りが「採話」ではなく、ハーン自身の内面を写し出す「再話」となっていることを、原話との比較作業において明らかにする。そこでは「顔」や「背中」の恐怖が、人間の根源的な恐怖と業の感覚と深く結びついていることが指摘される。

第四章は「茶碗」を分身の物語として読む。牧野氏は、欧米の様々な分身物語を参照しつつ、「茶碗」が意図的に未完の物語の枠組みをとりこみつつ、過去の記憶を分身として捉えた物語となっているとする。

第五章では「雪女」におけるボードレールの散文詩「月の贈り物」の影響がまず指摘され、「白い女」と「宿命の女」の文学的系譜が、「雪女」の作品世界の成立を促していることが論じられる。

第六章は「耳なし芳一」をオルフェウス物語の一つの変奏として読む。平家一門の物語を語って亡霊たちに感銘を与える琵琶法師の姿には、再話という行為の芸術性に関するハーンの自負が読み取れるとされる。

第七章は、「青柳（あおやぎ）物語」が人間と樹木が歌心を通じて結びあわされる物語であり、「十六桜（じゅうろくざくら）」が人間と樹木とが再生を通じて結びつく物語であることをふまえ、樹木をめぐるハーンの心的原風景と、日本の自然観に価値を見いだす感受性のあり方が指摘される。

第八章は、熊本時代の随想「夏の日の夢」が浦島物語を再話していることに着目し、そこにハーン自身の感性がいかに表現されているかを論じる。ハーンは、チェンバレンの『日本の古典詩歌』に収められた英訳の浦島物語に依拠しているが、英訳にあらわれる詩人たる「私」の視点とその語りが、ハーンの浦島物語の再話には反響しており、海に向かう詩人のまなざしも共有されているとされる。こうして、「夏の日の夢」は、再話することを通じて過去や異界と往還するハーン自身の姿を描き出すものであることが主張される。

最終第九章は、「安藝之介の夢」を手がかりに、異世界への憧憬を語ったハーンの再話文学の性格を確認し、「結び」は、ハーンの再話文学が過去への問いに導かれ、過去の物語や異世界の時間を今につなぐものであることを確認している。

いずれの章においても、ハーンのテクストの読解にあたっては的確な文学作品等が参照されており、その記述は牧野氏の豊かな教養と学識を裏書きしている。

以上のように要約される本論文に対して、審査委員からは、「翻案」とは区別される「再話」という用語の定義をさらに精密にすべきではないか、分身物語や「宿命の女」の文学的系譜に関しては、より明確な文学史的記述が必要ではなかったか、等の指摘があった。また、異文化に身を置いたハーンの仕事をハーン自身はどう位置づけていたのか、「再話」が持つ文学的価値は世界文学史の文脈においてどのように評価されうるのかといった、より広い視野の問いにも答えて欲しいとの希望が出された。さらには、ハーンの再話が日本の読者に広く受け入れられ定着した理由、背景についての質問もなされた。これらはいずれも本論文によって喚起される学問的関心から導かれるのであり、本論文がラフカディオ・ハーン研究への重要な貢献をなしている証左でもあることが、審査委員のあいだで確認された。

よって本審査委員会は、牧野陽子氏の学位請求論文が、博士（学術）の学位を授与するにふさわしいものであると認定することに、全員一致で合意した。

牧野陽子氏博士論文公開審査傍聴記

川澄 亜岐子

二〇一二年三月十二日、東京大学駒場キャンパス十八号館四階コラボレーションルーム4において、牧野陽子氏の博士学位請求論文「〈時〉をつなぐ言葉――ラフカディオ・ハーンの再話文学」の公開審査が行われた。

牧野氏は本学大学院人文科学研究科（比較文学比較文化専攻）の博士課程を一九八二年に修了され、現在は成城大学教授として後進の指導に当たられている。また、今回提出された博士論文は、氏の長年にわたるラフカディオ・ハーン研究をまとめられた同題のご著書として、二〇一一年夏、新曜社から出版されている。

審査に当たられたのは、発言順にエリス俊子先生（言語情報科学専攻教授）、井上健先生（超域文化科学専攻教授・比較文学比較文化）、佐藤光先生（同上、准教授）、平川祐弘先生（東京大学名誉教授）、そして主査の菅原克也先生（超域文化科学専攻教授・比較文学比較文化）の五名である。審査会は菅原先生が審査員の紹介をされ、牧野氏による論文の補足説明、そして審査員による質疑応答という流れで行われた。

審査はまず、牧野氏自身による論文の補足から始まった。氏は再話文学、とりわけ再話という行為自体の問い直しという研究課題について説明された。これまで原話の語り直しであり、作品としてのオリジナリティに欠けると見られてきた再話文学であるが、ハーンによる一連の再話活動を見ると、再話とは従来考えられていたよりもずっと自覚的な営みといえるのではないだろうか。そして、『怪談』をはじめとするハーンの再話作品が、彼にとっては異国である日本でこれほどまで長い間、これほど多くの読者を獲得して根づいているという事実を鑑みるに、ハーンの再話文学には独自の「言葉の力」があるといえるだろう。ハーンはこれまで、自民族中心主義―文化相対主義という対立構造で論じられることが多かった。しかし、一口に文化相対主義者といってもさまざまな立場がある。そこで、文化相対主義の枠組みの中ではハーンをどのように位置づけられるかという視点から、日本文化に向けられたあたたかなまなざしという従来の評価に、さらなる一歩を踏みこんで、彼の日本理解の真髄、ひいてはハーンの「言葉の力」に迫るというのが、牧野氏が本論文で目指したことであるという。

続いて、この研究課題に至る道のりとして、牧野氏は自らの幼少期からの経験に触れられた。そもそものハーンとの出会いは、ドイツで過ごされた中学時代まで遡る。日本を紹介するという国際交流イベントの一環で、『怪談』の映画を見たことにあるそうだ。遠い日本という国に注がれるドイツ人たちのまなざしが気になる一方、恐怖だけでは済まされない不思議な透明感に包まれた映画の世界観がとても印象深かったとのこと。その後、氏がハーンと再会を果たすのは柳宗悦（やなぎむねよし）についての修士論文を執筆時、自分は朝鮮におけるラフカディオ・ハーンになりたいと宣言する柳の言葉を通してである。異文化理解の模範として柳の心に深く根を下ろしていたハーンは、これ以降、牧野氏の研究人生にまで根を伸ばす。博士課程に進まれた氏は、ハーン研究の第一人者である平川先生に出会われ、以来ハーン研究者として、私たちに新しいハーン像を見せてくださっている。

次に、論文構成である。本論文は一九八〇年代から三十年余りかけて書き溜められた論文に、新たに書き下ろされた一章を加えた全九章から成る。

第一章と第八章は、同時代の来日外国人の中におけるハーンの位置づけを探った章である。前者では動物学者E・モースと、後者では日本研究者ウィリアム・G・アストン、B・H・チェンバレンらとハーンが比較されている。第二―七章はハーンの具体的なテキスト分析が行われている。第二章では来日前に書かれたオリジナル作品『チータ』と『ユーマ』を取りあげる。現在のところ、両作品の評価や知名度は決して高くはないが、再話という文学形式を自覚した時期として見逃せないと氏は評価する。第三―七章は『怪談』と『骨董』に収められた物語を扱っている。ここでは、日本の外側に立って異文化を眺めていた観察者としての立場から、日本の伝統的な文学のモチーフを取りこみ、自ら日本の物語の系譜に連なろうとするまでのハーンの姿に迫る。最後に第九章では、ハーンが書き続けた〈時間〉というテーマと再話行為との関連が論じられている。人間にとって一方通行かつ有限な〈時間〉。しかし、物語を語りなおすことで過去を呼び戻すことができる。再話行為を通して、現在を生きている人間が先人たちの〈命〉を受け止め、次の世代に渡していくというこのプロセスこそ、日本人が物語ることで守り続けてきた〈時間〉の流れであり、西洋近代とは異なる〈時間〉感覚である。ハーンが問い続けたのは、個人という単位を超え、集団に共有され、未来へとつながる〈時間〉そのもののあり方ではないか、そして他者のみならず過去や未来にさえ開かれた再話という形式こそ、文学の本質ではないか、と牧野氏は力強く語られた。

最後に、研究手法についても述べられた。氏の論文は一貫して再話と原話や材料となる資料の二つのテキストを比較するという方法をとっている。文学理論や批評用語を用いなかったのは、時代によって変わる批評理論の性格と、博士論文に収められた最初の論文を執筆されてから完成に至るまでの時間を考えると、理論を適用することによってかえって論文から一貫性が失われるのを危惧してとのことだった。また、ハーンの再話作品に対しても、批評理論を当てはめるよりもハーンのテキストそのものに向き合い、相違点や共通点をあぶりだす“explication de texte,”すなわちテキストの精読にこだわりたかったともおっしゃった。

牧野氏による論文の説明に続き、先生方からの質疑応答に移った。

まず、多くの先生方に共通するコメントとして、牧野氏自身の筆の力、「言葉の力」が高く評価された。本論文はハーンの「言葉の力」を明らかにしたものであるが、牧野氏自身の言葉にも「力」があり、論文の読者は知らず識らずにハーンの世界にいざなわれ、説得されてしまう。ハーンのテキストに寄り添い、テキストが求める読まれ方を読者に提示していく。日英両方の言語と文化を行き来しながら言葉を紡ぎだす牧野氏の語り口は、ハーンへの共感と、彼に関わってこられた時間の厚さを象徴するように、大きく温かなものである。これを踏まえたうえで、各先生方のコメントを紹介したい。

最初に発言されたのはエリス先生である。先生は独立に発表された論文でありながら、各章が一貫している点と、ハーンの文学に多角的に向き合った重層的な研究を評価された。その上で、ハーンの英文テキストに日本語の単語がそのまま挿入されている点に触れ、ハーン研究が翻訳研究へと開かれていく可能性を示唆された。具体的には、異言語で書かれた文学作品を翻訳するにあたり、どの程度を翻訳先の言語・文化に拠るかという翻訳論の問題意識に触れたうえで、ハーンが英文テキストに取り込んだ日本語を、インパクトの強さ、さらにはそこに込められた日本文化への共感の指標として読み取ろうという視点が提示された。また、先生が持参なさった『怪談』の序に、日露戦争を中心とする日露関係についての記述があることを紹介され、同時代の歴史状況の中で、どのように『怪談』が位置づけられるかという問題などが今後の展望として示された。

次に、井上先生が質問された。まず論文全体について「冷徹な分析的な知性の対象」としてハーンを捉えるのでなく、「語っている人間への人生をかけた共感」がみられると評された。井上先生はエリス先生のコメントを引き継ぐ形で、翻訳研究の立場から主に「再話」と「翻案」という問題を取り上げられた。ハーンにおける翻訳研究の可能性を探る前提として、井上先生は翻訳研究（translation studies）が日本では進んでいないこと、翻訳研究の分野では再話研究が進んでいないことなどを説明され、牧野氏の研究を翻訳研究とハーン研究とをつなぐ架け橋とし、新たな可能性を指摘された。また、文学活動の中で再話作品を残した他の作家としてヴィリエ・ド・リラダン Villiers de L'Isle-Adam（一八三八—八九年）Auguste de を挙げ、両者の違いについての牧野氏の見解が問われた。氏は、リラダンの再話作品があくまで独自作品に軸足を置いた副次的なものであるのに対し、ハーンの場合は、すべての文学活動が再話活動に収斂されていく、いわば最終的な着地点として再話文学にたどり着いたことを両者の違いとして挙げられた。このほか、分身物語に関連した歴史認識や、第五章でボードレール「月の贈り物」の引用に用いた三好達治の翻訳自体が持つ、文学的な繊細さが欠如しているという問題点と、同じく第五章で「雪女」の〈宿命の女〉としての分析が図像的な観点からのみ行なわれた点が問題点として指摘された。

五分ほどの休憩をはさみ、後半は佐藤先生のコメントから始まった。佐藤先生は牧野氏が論文中で用いた「混淆の異文化のイメージ」という表現に注目され、ハーンが文化の混淆に対してどのようなイメージを持っていたのかと問いかけられた。異なる文化が入りまじるといったとき、そこには二つの両極端な方向が想定される。一つは帝国主義において、宗主国の文化の浸食によって植民地の土着文化が失われるように、あるいは現代でもマジョリティといわれる強大な文化が、マイノリティ文化と称される弱小文化を飲み込むように、文化間の力関係によって一方の文化が破壊される方向。もう一つは外国人力士の活躍が目立つ日本の相撲のように、ある文化の大枠の中に自文化、異文化に限らず、さまざまな人が入り込み、溶け込んでいくという方向である。こう前置きしたうえで、佐藤先生は文化が入り混じるにはこの両極のあいだでさまざまなパターンがあるが、ハーンはこれをどのように捉えていたのか、その中でハーン自身が自らの仕事をどのように位置づけていたのかという二点について質問された。これに対して牧野氏は、英仏という宗主国の違いによって植民地の性格は違い、さらには異文化混淆の現れ方も違うと断られたうえで、ハーンが実際に異文化のまじりあうのを目にしたのはフランスの植民地だった西インド諸島であること、そこで目にしたクレオールたちの肌の色合いに着目し、彼らの肌の色の程度を文化の混淆の度合いと見たハーンの文章を紹介し、彼がクレオールに積極的な価値を新たに見いだしたことを、マルティニークを訪れた際の自らの印象を交えながら述べられた。その一方で、ハーンの混血文化に対する評価が偏見に満ちたものであることを指摘する論文もあるが、牧野氏自身はハーンの異文化へのまなざしを積極的に評価していきたいとの姿勢を示された。このほか佐藤先生からは、『怪談』の傾向として、物語の主人公と霊の間に見られる因縁や原因と、能のパターンとの類似などが示唆された。

続いて質疑に臨まれたのは平川先生である。先生は最初に、『怪談』が日本に定着した理由が、原話として日本の怪談話を採ったからだけなのかどうかと質問された。牧野氏は日本の物語を原話としたことの意味の大きさを認めつつ、ハーンの再話作品には日本人が抱える近代意識に共鳴する要素も含んでいるのではないかとの見解を示された。特に「雪女」は、日本で英語教育の教材として用いられたこともある。それを踏まえ、牧野氏は「雪女」の話を英文で知った読者が、後に日本の物語として子や孫に語り伝えていくうちに、徐々に広まっていったと考えられると述べられた。

　次に、ハーンが「十六桜」に"Jiu-Roku-Zakura"と標題をつけたことが議論になった。ハーンがこの物語をどうやって知ったかということは明らかになっていないが、状況からするとハーンの教え子で個人的な付き合いもあった大谷正信（繞石）か三成重敬であったと考えられる。「十六桜」の冒頭には正岡子規の俳句が引かれているが、大谷であれば子規が「十六桜」を「いざよいざくら」と読んだことも同時に伝えられたはずである。しかしながら、ハーンがあえて「じゅうろくざくら」と読んだのはなぜかという問題である。牧野氏はハーンが大谷らを通して子規を知っていたものの、「十六桜」の俳句はその新しさゆえに重要視されなかったことが、「じゅうろくざくら」と読んだ理由であろうとの解釈を示された。これに対して平川先生は、ハーンが「虫の研究」などに子規を引用していることを挙げ、生活上の便宜から、日本語の中でも数字を理解する外国人が比較的多かったことを考慮すると、「じゅうろく」と数字読みにした方がわかりやすいという読者への配慮だろうとの見解を示された。最後に、平川先生が牧野氏との縁を「生涯の幸福」と語られたのが印象的であった。

　審査会の最後を締めくくられたのは菅原先生である。牧野氏の博士論文には、長年にわたる研究に裏打ちされた「余裕」さえ感じられるとして、氏の深い洞察と教養を評価された。そして、言葉づかいや資料についてのいくつかの確認と指摘をはさみ、解釈に関わる議論に移った。一つ目は第四章に関して、「茶碗の中」で主人公関内が茶碗の中の「影を飲み込む」行為を「呪術的攻撃行為」と意味づけたことと、「ありのままに受け入れ体内に抱え込む」との解釈の矛盾をどうとらえるかという点だった。牧野氏はこの「矛盾」こそ、一般的には「呪術的」ととらえられる行為をハーンが独自に解釈したことを示すのではないかと返された。第二点目と第三点目は第三章の背中についての議論で、「むじな」と「因果話」・「盆市にて」の間に飛躍を認める見方への疑問が提示された。まずは、「むじな」と「因果話」や「盆市にて」とでは背中に向けられる意識の在り方が違うではないかと菅原先生が指摘されると、牧野氏は指摘を受け入れたうえで、意識のあり方は異なっても、背中が対象化される点では共通すると述べ、意識の質の違いよりも対象化されることそのものの方を重視する立場を示された。続いて、「因果話」では背中よりも死者に摑まれた胸の方が意識されるのではないかとの問いが出された。牧野氏は、胸を摑まれているのだから胸が意識されるが、それ以上に手の持ち主の意識がへばりついている自らの背中の方に、より大きな意識が残り続けると主張された。菅原先生は最後に、第八章の浦島伝説に触れ、一度開いた玉手箱に雲を入れることが、本当に牧野氏の説かれるように時を戻すことになるのだろうかという疑問も示された。

二時間以上に及ぶ審査は終始和やかな雰囲気で進み、ラフカディオ・ハーンという人の多面性はもちろん、学問の奥深さ、楽しさを改めて実感させていただけるものであった。また、平川先生をはじめとする先生方に叮嚀なお礼をおっしゃる牧野氏と、それを受けて氏の研究の労をねぎらわれた平川先生との姿がひときわ印象深く、見ていて心が温かくなるものだった。

手島崇裕氏博士論文「平安時代の対外関係と仏教――入宋僧を中心に」審査結果の要旨

桜井　英治

本論文「平安時代の対外関係と仏教――入宋僧を中心に」は、平安時代の日中交流を担った渡海僧、とくに北宋に渡った入宋僧の活動の分析を通じて、日本中世仏教成立にいたる国際的契機を探ろうとしたものである。近年の日本中世仏教成立史研究はおおむね国際的契機、とりわけ教義面でのそれを重視する傾向にあるが、本論文は、主として政治外交上の契機に注目したところに大きな特徴をもつ。

本論文は、本論八章と序章・終章よりなるが、まず第一章では、入宋僧考察の前提として、遣唐使廃止後の対外交渉全般について整理される。当該期の対外交渉は朝廷により一元的に管理・統制されていたことが近年の研究によって明らかにされているが、本章ではその構造のもとで中国仏教にとりわけ強い関心を示した摂関家の対外交渉活動に注目し、その活動を可能にした摂関家と大宰府、宋商人間の重層的、相互依存的な人的ネットワークの存在が指摘される。

第二章では、前章で明らかにされた遣唐使廃止後の対外交渉の展開のなかで渡海僧に生じた性格変化の問題が論じられる。当該期の渡海僧は、政治外交関係から距離を置いたまま文物・文化の輸入だけを担う、いわゆる「文化交流使節」としての役割をはたし、一方ではその出入国が朝廷によって管理されていた点で、朝廷にとっては対外交渉権が掌中にあることを象徴する存在でもあったが、本章では、北宋が渡海僧を正式の外交使節として利用する姿勢を示しはじめたことにより、渡海僧がたんなる「文化交流使節」にとどまることが困難になっていったこと、その結果、朝廷は彼らの出国を認可しなくなり、渡海僧は密航を余儀なくされていったこと、そして奝然師弟の日宋往来が、そうした性格変化の大きな画期となったことが論じられる。

第三章では、十世紀後半の奝然師弟の

入宋に焦点を当てつつ、前章で言及された北宋の仏教および外交政策の内実が明らかにされる。従来、仏教は国境や地域を越えてゆく普遍宗教、東アジア世界の共通言語としての性質をもつことが自明視され、中国が構築しようとしていた礼的、儒教的国際秩序を相対化する面があったと考えられてきたが、本章では、当該期に周辺諸国からの入宋僧が朝貢使節同等の待遇をうけ、皇帝面見や賜紫衣・賜師号等々の厚遇をうけるようになったこと、すなわち東アジア世界において、仏教が宋皇帝の主宰しようとする国際秩序と一体化し、それをささえる機能を強く発揮するようになったことが指摘される。中国仏教では、唐代後半から宋代にいたって皇帝権威のもとへの僧団の従属編成が完成することが観察されるが、中国国内のみならず、周辺諸国からの入宋僧もまたそうした政治的価値体系のなかに包括されつつあったことが本章において明らかにされる。一方、中国との政治外交関係を望まない遣唐使廃止後の日本にとって、皇帝権威に従属した中国仏教は、もはや追走すべき目標とはみなされなくなり、それを契機として日本独自の内実をもつ中世仏教の展開がはじまるとされる。

第四章では、中国僧ばかりでなく、周辺諸国からの入宋僧も出家→得度→受戒→紫衣→師号という宋の僧侶昇進システムに組みこまれていたことが明らかにされたうえで、奝然師弟についで入宋した寂照が、弟子僧を一時帰国させたさいに師弟の度縁（得度証明書）を北宋に送らせた事例が分析され、その度縁が朝廷総意のもとで意識的に華美に仕上げられたこと、その背景として朝廷や藤原道長が自国仏教への強い自負と宋への対抗意識を燃やしていたことが指摘される。

第五章では、寂照の飛鉢説話の場面設定が十一世紀末〜十二世紀初頭成立の『続本朝往生伝』から十二世紀前半成立の『今昔物語集』へ大きく変わる事実に焦点が当てられ、そこに摂関期から院政期にかけての対外意識の変化が読みとれることが指摘される。

第六章では、十一世紀後半、寂照についで入宋した成尋が著した旅行記『参天台五臺山記』を素材にして、宋皇帝との直接的なつながりと厚遇を得た入宋僧に、さまざまな思惑から接近する宋の人びとの動向が探られ、当該期中国仏教が普遍宗教、東アジア世界の共通言語としての性質を急速に失いつつあった状況が浮き彫りにされる。

第七章では、成尋と同様、密航を余儀なくされた成尋後の入宋僧の動向が追跡され、彼らの密航を助けたのが、大和国多武峰から大宰府管内まで延びる国内寺社・僧侶のネットワークであったことが明らかにされる。

第八章では、日本の対外的諸動向と密接なかかわりをもつ世界観・対外認識について考察される。天竺（インド）・震旦（中国）・日本という、いわゆる三国世界観は、中世日本国家の支配イデオロギーとして機能する顕密仏教確立過程のなかに生成・展開した世界観であったが、それは入宋僧たちが宋で経験した実体験と無関係ではなかったことが指摘される。すなわち、南宋へ渡海した栄西や慶政らは南宋を経由して天竺にいたることの不可能性を体感し、それにもとづいてさまざまな述作をなしたが、それらが大きな原因となって、天竺は観念上の虚像となり、日本中世仏教の価値の源泉として不動の地位にすえられる。一方、震旦観についても、文殊菩薩現住の地、五臺山が南宋期に金の版図に入り、天竺と同様、その到達不可能性が増すなか、金峰山など、日本国内の霊地への仏教の始原性の吸収（代替地化）が進行する。こうして国際情勢の変動や緊張を背景に、インド・五臺山という仏教の始原にかかわる聖地を観念のうちに完全に取りこんでしまうことで、顕密仏教の世界観が以後国際環境の動静とはかかわりなく保ちうるものとして確立・定着したと論じられる。

審査では、一、二、三の用語上の問題点や、外交を論じたにしては契丹（遼）への言及が少ないなどの指摘が出されたものの、日英中韓の四言語にわたる幅広い先行研究や史料を博捜した力作であり、とりわけ日本中世仏教成立にいたる国際的契機として、北宋の政治外交上の外圧が存在したことを明快に論証しえたこと、および先行研究において明確に関連づけられていなかった摂関期仏教と中世仏教の関係について合理的な説明を与えたことの学術的意義はきわめて大きいという点で審査委員の評価は一致した。したがって、本審査委員会は博士（学術）の学位を授与するにふさわしいものと認定する。

手島崇裕氏博士論文公開審査傍聴記

中井　真木

二〇一二年七月二十三日、十八号館コラボレーション・ルーム3にて、手島崇裕氏の博士論文「平安時代の対外関係と仏教――入宋僧を中心に」の公開審査が行われた。まずは手島氏の論文完成と審査合格に、心よりお祝いを申し上げる。手島氏の論文は、平安時代に日本から宋へ渡った僧侶の足跡を手がかりとして、東アジア世界の国際秩序形成に仏教が果たした役割を考察している。宗教と対外関係のいずれか一つをとっても、複雑さに尻込みするばかりの私では審査の様子を伝えるに力不足であり、数多の大切な発言を取りこぼしているに相違ないが、以下に当日の模様を紹介したい。

審査は十四時から開始し、主査の桜井英治先生の進行のもと、質問順に、徳盛誠先生、齋藤希史先生、村井章介先生、杉山清彦先生によって質疑が行なわれた。全体の印象として、手島氏の控えめな自己評価とは対照的に、論文は高く評価された。ただ、多様な史料を駆使しているだけに、審査の先生それぞれのご専門の立場から鋭い批判があり、また用語などの表現面では厳しい指摘がみられた。

はじめに、手島氏から論文の概要説明があった。氏はまず、研究の経過を振り返り、本論文はその途中の成果をまとめたものとした。また、本研究は歴史学の範疇にあるが、日中比較研究でもあり、学際研究という観点からも、比較文学比較文化コースでの研鑽からの結実であることを強調した。中世の仏教や対外関係はそれぞれに分厚い先行研究が存在するが、宗派研究を中心とする仏教史と、交易に主な焦点をあてる対外関係史の間で、宗派の祖ではない入宋僧の研究は不十分であった。手島氏は更に、歴史学者の手からはこぼれ落ちがちな思想性に目を向け、宗教学を参考に、常に僧侶の存在にこだわって史料を読んでゆくという切り口にたどり着いた。何が人を僧侶たらしめるのかという問いを軸に、唐宋の皇帝権威確立に仏教が如何に利用されたかを踏まえて入宋僧の動きを検討することで、対外交渉に仏教が果たした役割を考え、当時の日本の社会や仏教を東アジアの中に位置付け直したと説明した。総じて、氏の謙虚な姿勢が印象的であった。

ついで質疑に移った。はじめに徳盛誠先生が、手島氏の論文には学ぶ点が多かったと評価した上で、言葉づかい、政治面の考察、テクストの用い方等について問題点を指摘された。先生が高く評価されたのは、僧侶を軸に据えることで一貫した視点から多様な問題を浮き彫りにした点、また、政治文化として仏教を考えるという視点が徹底しており、難解になりがちな歴史学の論文としては読みやすかった点である。

一方、言葉づかいについて、「同期（をとる）」「肝である」等の言い回しは、精確な叙述を回避したものと批判され、「公共性」という語も定義が不十分と評された。また、「独善的な自国中心主義」と記した意図を尋ねられ、手島氏が「自国だけで閉じている」ことを示したと答えると、政治的行動の解釈において価値判断を含む表現は避けたほうがよいと指摘された。続いて、日本が僧侶を文化使節としたことを政治戦略として分析する可能性や、僧侶の免許にあたる度縁・度牒をめぐる問題等に質問が及んだ。徳盛先生はまた、僧侶それぞれの宗教的信念についてもっと読みたかったと、感想を述べられた。特に、日本に帰らない「不帰」の選択をした僧について、一括りにせず、個別の事例に即して考える必要性があり、そこから僧に付与された政治的意味がより良く見えてくるのではないか、と指摘された。

最後に先生は、寂照の飛鉢説話の論じ方について批判された。手島氏は、『続本朝往生伝』と『今昔物語集』の飛鉢説話の段を比較し、往生伝を記した大江匡房の中華観を論じたが、二つの寂照伝のテクスト全体の性格に即して考えておらず、乱暴だという指摘である。これに対し手島氏は、先行研究の轍を踏み、断章をもとに論じてしまったと非を認めた。

次に齋藤希史先生が質問された。ここでも用語の問題が取り上げられたほか、宋をめぐる記述を中心に、論述や分析の不足が指摘された。齋藤先生は冒頭で、徳盛先生が取り上げた「同期」について、先行研究にみえる用語ではなかったかと確認された上で、そうであればそれを注記するのが作法であると指摘された。また、二重山括弧（《　》）の使用について、意味が不明確な上に、中国語の書名表記と紛らわしく、避けるのが賢明と助言された。総じて分析用語の選択が安直と厳しく批判され、流行に飛び付かない、俗に流れない、然るべき作法を守る、という態度を要求された。傍聴席にも向けられたご注意として肝に銘じたい。

続けて先生は漢文史料の解釈について質問され、工具書の選択や、日中の違いだけでなく、雅文と俗体文の文体の違いに注意をより払うべきだと述べられた。

更に、再度、度牒の評価や飛鉢説話の分析を取り上げながら、「向こう側に事実がない」文学的テクストにはひときわ厳密なテクスト分析が必要であり、その点に自覚が足りないと指摘された。その他、「盧橘」（枇杷、金柑）等の大陸の南北で意味の変わる語を手がかりに、入宋僧の置かれた言語環境へ注目するとよいだろうとの助言があった。

質疑は更に内容に踏み込み、勅版大蔵経や皇帝御製の仏書の意味付けについて確認があり、更にいくつかの具体的質問を交えつつ、北宋の仏教の特色を論じているにもかかわらず、手島氏なりの北宋の分析が足りない、との批判があった。そして、北宋と南宋の転換、あるいは断絶についての説明が論文中に無いことに対して、見通しを述べるよう求められた。手島氏は、非常に大きな問題として考え続けてきているが、現時点では明確な答えを持たないと返答し、先生は将来的にその答えを聞くことを期待していると述べられ、質問を終えられた。

十分の休憩をはさみ、村井章介先生の質疑となった。はじめに先生は、力作であったが、時間が限られているため、褒辞は措いて、疑問点をあげてゆくと表明された。まず、論述面で、「現実・客観的世界認識と観念の乖離」という理解が随所に見られるが、それは誰にとっての現実なのかという疑念を提示され、現代人の感覚で裁断することなく、当時の「現実的な世界認識」にアプローチし得るのか、と質問された。手島氏は、あるべき世界を思い描くことを「観念」と表現し、それと対峙する世界を「現実」と表現したと答えたが、先生は、そこへ接近する方法こそが難題であるのに、「現実」「客観」といった言葉だけで処理している部分が多いと批判された。

次いで、入宋僧の不帰の理由について、僧侶の宗教的信念とする記述と、政治的判断とする記述の間の矛盾について質問された上で、論文冒頭で主張したような宗教者としての僧侶の属性ではなく、国際関係という政治性の中での僧侶の行動を意味付けているのではないか、先にも指摘されたように、宗教者としての属性を念頭においた記述が少な過ぎるのではないかとの感想を述べられた。手島氏は、今後、ご指摘の点を意識して書き直したいと答えた。

質疑は史料の解釈に移り、『奝然入宋求法巡礼行並瑞像造立記』や『御堂関白記』、『参天台五臺山記』の解釈について質疑応答があった。例えば『御堂関白記』について、道長の日記であることに引きずられて、実際には王家の論理に基づく事象を、摂関家の論理から解釈してしまっている可能性が指摘され、改めて、史料批判の大切さや、確証をきちんと示す必要性が確認された。最後に言葉づかいについて、「東アジア世界の「再々編期」」や、「道長・頼通摂関家」という一般的ではない表現について苦言が呈された。その他にも気になる表現はあるものの、それらは後日に改めるとして、村井先生は質疑を終えられた。

次に杉山清彦先生が質問をされた。先生は手島氏の論文を大作と評価した上で、東洋史及び海域アジア史の視点から質問された。はじめに、本論文の独創性について具体的に確認をされた上で、それが読み取りやすいように、先行研究に対する相互関係をより明確に書くよう助言があった。

続いて、「東アジア」と「日本的華夷秩序」という用語について説明が求められた。手島氏は、前者は西嶋定生氏以降の考え方に則り、漢訳仏典が通用する場と考えたい、後者については先行研究に拠ったと答えた。先生は、論文中で示された定義は曖昧であり、暫定的にでも、空間をどう捉えるかを示すべきだとされ、また、論争のある用語については、定義をするか、依拠する学説を明確にしなければならないと指摘された。

次に、北宋を取り巻く国際情勢に関する記述の不足が指摘された。手島氏は北宋による秩序再編を論じたが、東洋史の常識的理解では、北宋の政治・外交面は弱体であり、国際秩序を再編したとするなら、具体的な説明が必要であった、とりわけ契丹や西夏の記述が不足していると指摘された。手島氏は、契丹・西夏にも関心を持っているが、本論文では日宋の直接の関係を論じており、安易な比較はしたくないという思いから、契丹等への言及は意図的に避けたと答えた。先生は改めて、仏教史上の関係はそれとして、当時の入宋僧が置かれた環境の分析として言及すべきであったと指摘された。また、仏教は儒教と異なり、契丹・西夏も含めた共通の場を構築するものであり、儒教主義の北宋に比べ、むしろ北方に唐仏教が遺存している点等、東部ユーラシア規模で考察していくことを助言された。その他、「漢民族王朝」や、南宋が「正常ではない」といった表現は、現在の価値観に取り込まれた見方であり、注意すべきだとの指摘があった。

最後に、論の展開が不用意と感じる部分があり、決定的な史料がなく、状況証拠を積み重ねる際には、論証を確かなものとするべく、史料の組み合わせ方や叙述方法を工夫した方がよいという指摘がなされた。

主査の桜井英治先生の質問となり、はじめにここまでの総括として、用語面、また触れるべき事項が抜けていることについての注意があった。次いで、誤字脱字が少なく、よく推敲されていたが、製本が甘く、先生全員の本がばらけたことが明かされ、会場から笑いが漏れた。そして、日中韓英と言語を超えて幅広く文献を博捜し、中国史研究に広く目配りされていた点を評価された。

内容面では、朝廷と道長の関係に関する理解を再度、確認されたいとし、朝廷による渡海制限に対し、道長が渡海僧を支援したことは、朝廷の補完なのか、対立なのかと尋ねられた。手島氏は対立ではないと思うが、道長の役割について考え直してゆきたいとした。続けて、寂照の事例を朝廷による管理統制の後退と解釈する一方、その後の成尋について、管理統制を前提とするはずの「密航」としていることの整合性が問われた。手島氏は、渡海禁制の実態については不明点が多いとした。先生はまた、南宋で仏教外交が低調に転ずると、渡海僧がいなくなるとされているが、論理的には、低調に転ずれば渡海が促進されてもいいはずであるとし、因果関係を尋ねられた。手島氏は成尋の特殊性を念頭に、考察を深めたいと答えた。

最後に総括があり、手島氏は、反省の一言であり、今日の宿題を早速「クリア」してゆきたいと述べた。補足として杉山先生から、手島氏が論じている渡海制限について、一般読者から海域アジアの交流が不活潑になったと誤解されないよう、著作にまとめる際には注意したほうが良いとの助言があった。

このようにして三時間に及んだ試問の後、先生方は別室で協議された。十分程で協議は終わり、桜井先生より審査合格が告げられた。傍聴席は祝福の拍手に包まれ、別室にて祝杯が挙げられた。その夜は、学外に席を移しながら、遅くまで先生方と手島氏を囲んでの宴となった。

手島氏は今後の展望として、中国史の理解を深め、仏教を軸に唐周縁の国々の比較研究にも取り組んでいきたいと述べられていた。氏はこれまでも頻繁に中国等に調査に赴かれていたが、二〇一三年三月よりは慶熙大学校に赴任され、着々とフィールドを東アジア全体へ広げられている。今後のますますのご活躍をお祈りし、拙い傍聴記のしめくくりとしたい。

Tōdai Hikaku-Bungaku-kai
Graduate School of Arts and Sciences
The University of Tokyo
3-8-1, Komaba, Meguro-ku,
Tokyo, 153-8902, Japan

■執筆者紹介

三浦　俊彦（みうら　としひこ）一九五九年生／東京大学大学院人文社会系研究科教授
笠原　賢介（かさはら　けんすけ）一九五二年生／法政大学文学部哲学科教授
藤田みどり（ふじた　みどり）一九五二年生／東北大学大学院国際文化研究科教授
千葉　一幹（ちば　かずみき）一九六一年生／大東文化大学文学部日本文学科教授
佐伯　順子（さえき　じゅんこ）一九六一年生／同志社大学社会学部メディア学科教授
藤岡　伸子（ふじおか　のぶこ）一九五五年生／名古屋工業大学大学院社会工学科建築・デザイン分野教授
榎本　泰子（えのもと　やすこ）一九六八年生／中央大学文学部中国言語文化専攻教授
花方　寿行（はながた　かずゆき）一九六九年生／静岡大学人文社会科学部言語文化学科教授
鈴木　禎宏（すずき　さだひろ）一九七〇年生／お茶の水女子大学基幹研究院准教授
小林　信行（こばやし　のぶゆき）一九三七年生／東大比較文学会会員
岡野　宏（おかの　ひろし）一九八三年生／東京大学大学院総合文化研究科超域文化科学専攻（比較文学比較文化コース）博士課程
古田島洋介（こたじま　ようすけ）一九五七年生／明星大学人文学部日本文化学科教授
西原　大輔（にしはら　だいすけ）一九六七年生／広島大学大学院教育学研究科教授
大久保喬樹（おおくぼ　たかき）一九四六年生／東京女子大学日本文学専攻教授
上垣外憲一（かみがいと　けんいち）一九四八年生／大妻女子大学比較文化学部教授
平川　祐弘（ひらかわ　すけひろ）一九三一年生／東京大学名誉教授
菅原　克也（すがわら　かつや）一九五四年生／東京大学大学院総合文化研究科教授
松枝　佳奈（まつえだ　かな）一九八七年生／東京大学大学院総合文化研究科超域文化科学専攻（比較文学比較文化コース）博士課程
三角　洋一（みすみ　よういち）一九四八―二〇一六年／［執筆時］東京大学名誉教授・大正大学特命教授
金　有　珍（キム　ユジン）一九八一年生／東京大学大学院総合文化研究科超域文化科学専攻（比較文学比較文化コース）研究生
田中　有美（たなか　ゆみ）一九七五年生／日本女子大学人間社会学部文化学科講師
川澄亜岐子（かわすみ　あきこ）一九八七年生／東京大学大学院総合文化研究科超域文化科学専攻（比較文学比較文化コース）博士課程
桜井　英治（さくらい　えいじ）一九六一年生／東京大学大学院総合文化研究科教授
中井　真木（なかい　まき）一九七六年生／早稲田大学国際教養学部助手

編輯後記

◎　本号は『比較文學研究』第百号刊行を記念した前号を引き継いでの記念号とした。本会会員は比較文学比較文化研究というやや縛りのゆるい学問分野において、多様かつ多彩な研究を行っている。「研究を語る」とは、会員諸氏が携わるさまざまな研究の一斑を窺おうという趣旨の特輯である。

◎　自分自身の研究であれ先人の研究であれ、研究者であればおのずから語りたい対象は定まることであろう。実際に原稿が集まってみると、ほとんどの寄稿者がみずからの研究を語ろうとする。唯一、藤岡氏の小島烏水論のみが先人の研究の跡を辿ろうとする論考であった。

◎　研究の論文や本を著すにあたっては、おのずから先行の研究を参照することになる。先人の研究への言及は、われわれの研究の営みそのものに深くかかわる。一方で、自分自身の研究を語る機会は、それほどはないということなのかも知れない。結果的には本会中堅層の会員の比較研究への志と、その足跡を知る得がたい機会になった。

◎　論文の配列は著者の大学院入学年度順とした。笠原氏は博士学位論文としてまとまった研究の余滴を記す。藤田氏と佐伯氏からは“How I Became a Comparatist.”とも言うべき文章をいただいたが、醸しだされる趣はかなり異なる。鈴木氏は比較文学比較文化研究室のかつての雰囲気、気風をよく現在に伝えてくれている。

◎　研究を行う環境は、研究にとってきわめて重要である。榎本氏は中国の国情の劇的な変化とみずからの研究を語る。花方氏は文献等へのアクセス環境の変化を語る。いずれも隔世の感を抱かせるに足る。また、千葉氏は研究というものを取り巻く政治的意味を問う。三浦氏の巻頭言とともに、会員の幅広い関心の在りかを示していよう。

◎　本号には追悼文五編を掲載した。岡本さえ氏は東洋文化研究所に属しながら長らく比較文学比較文化研究室の教育研究に携わられた。小宮彰氏には東大比較文學會の活動を舞台裏から支えていただいた。林連祥氏には台湾の学界と比較文学比較文化研究室の橋渡しをしていただいた。ご冥福をお祈りする。

◎　本号では博士論文審査報告および公開審査傍聴記の数がやや膨らんでいる。内情を明かせば「積み残し」がかなりある状況である。傍聴記の執筆は、大学院在籍の学生たちには、きわめて重要な仕事である。寄せられた原稿は、いずれも学問的刺戟に溢れる。次号以降も掲載数をふやしてゆく予定である。

（菅原克也）

比較文學研究　第百二号

二〇一七年二月十五日

編輯　東大比較文學會
東京都目黒区駒場三―八―一
東京大学大学院総合文化研究科超域文化科学専攻
比較文学比較文化研究室
電話　〇三（五四五四）六三三〇
振替口座　〇〇一六〇―七―七六五八
東大比較文學會

会長　菅原克也

編輯委員　杉田英明　エリス俊子　古田島洋介　今橋映子　徳盛誠　大西由紀

英文校閲　ジョン・ボチャラリ

発行所　株式会社　すずさわ書店
埼玉県川越市脇田本町一六―一―三〇六
電話　〇四九（一九三）六〇三一
ファクシミリ　〇四九（一四七）三〇一二
振替口座　〇〇一三〇―九―一三六三五四

ISBN978-4-7954-0295-9 C3390

Die außereuropäische Welt und Europa bei Lessing und Herder

KASAHARA Kensuke

Im vorliegenden Essay werden die Hauptpunkte meiner Dissertation „Die deutsche Aufklärung und die außereuropäische Welt: Knigge, Lessing und Herder“ (2015, Universität Tokio) — auf Etappen der Arbeit zurückblickend — dargestellt.

Die Dissertation besteht aus folgenden drei Kapiteln: 1. Knigge und die Idee der Geselligkeit der Aufklärung — im Zusammenhang mit Kant, Lessing und Schleiermacher. 2. Lessing und die außereuropäische Welt — Betrachtungen über den Islam in der *Rettung des Hier. Cardanus*. 3. Die außereuropäische Welt und Europa in den *Ideen zur Philosophie der Geschichte der Menschheit* Herders.

Im ersten Kapitel wird die Idee der Geselligkeit in der Spätaufklärung und der Frühromantik anhand der Texte von Knigge, Kant, Lessing und Schleiermacher herausgearbeitet. In Deutschland wird die Geselligkeit zuerst von Thomasius nach dem Vorbild des französichen Hofs hervorgehoben. Die scharfe Kritik am aristokratisch-elitären Hof in der letzten Hälfte des 18. Jahrhunderts bedeutet aber nicht die pauschale Ablehnung der Geselligkeit, sondern hängt mit der Idee des freien Umgangs zusammen. Sie bezieht sich bei Kant und Lessing auf die ganze Welt.

Im zweiten Kapitel wird die *Rettung des Hier. Cardanus* in bezug auf die außereuropäische Reflexion Lessings untersucht. Die *Rettung des Hier. Cardanus* ist ein Prosatext besonderer Art. Im Verlauf der Ehrenrettung Cardanos, der wegen seines nüchternen Vergleichs zwischen den vier Religionen — dem „Heidentum“, dem Judentum, dem Christentum und dem Islam — als Atheist Verdacht erregt hatte, treten plötzlich ein „Israelite“ und ein „Muselman“ auf. Durch die Reden, die sie nacheinander halten, wird die Diskussion über die Ehrenrettung unterbrochen. Dem Leser werden somit mehrschichtige Kontexte vorgelegt. Der Schlüssel zum Verständnis des Textes liegt im *Dictionnaire historique et critique* von Pierre Bayle. Der Zusammenhang zwischen der *Rettung des Hier. Cardanus* und den Artikeln „Cardan“ und „Mahomet“ des *Dictionnaire* wird erörtert. Dabei wird die deutsche Übersetzung Gottscheds berücksichtigt. Aufgrund der Ergebnisse der Untersuchung wird der Weg zu *Nathan der Weise* beleuchtet.

Im dritten Kapitel wird Herders Hauptwerk *Ideen zur Philosophie der Geschichte der Menschheit* behandelt. Er hat darin den Kulturen, die sich außerhalb Europas vielfältig entwickelt haben, ihre je eigenen Werte zuerkannt. In diesem Kontext wird er oft als kultureller Relativist angesehen. Dabei wird der normative Gehalt, den die Idee der Humanität Herders enthält, ignoriert. Sein Gedankengang, der auf der Spannung zwischen der pluralistischen und der normativen Perspektive beruht, wird mit den Stichworten „Erde“, „Metamorphose“, „Tradition“, „Kultur“, „Aufklärung“, und „Monade mit Fenster“ rekonstruiert. Dadurch wird der innere Zusammenhang zwischen der Reflexion über die Geschichte Europas und der offenen Sicht gegenüber den außereuropäischen Kulturen herausgestellt. Zwischen Lessing und Herder, die oft als Aufklärer und Aufklärungskritiker einander entgegengesetzt betrachtet werden, ist die Kontinuität einer Optik, die über die ethnozentrische Enge hinausreicht,

nicht zu übersehen.

Hinsichtlich der Sekundärliteratur, die bei der Durchführung der Forschung Anregung gegeben hat, werden im vorliegenden Essay folgende Titel genannt:

— H. B. Nisbet, Lessing and Pierre Bayle, in: Ch. Ph. Magill (Hg.), *Tradition and Creation. Essays in Honour of Elisabeth Mary Wilkinson*, Leeds: W. S. Maney & Son, 1978.
— T. Kawahara, *Jûhasseiki no Dokufutsu Bunkakôryû no Shosô* (Betrachtungen über den kulturellen Austausch zwischen Deutschland und Frankreich im 18. Jahrhundert), Tokyo: Hakuôsha, 1993.
— H. Dainat u. W. Voßkamp (Hgg.), *Aufklärungsforschung in Deutschland*, Heidelberg: Winter, 1999.

Das Thema des dritten Kapitels geht auf die Untersuchung der Herder-Rezeption Tetsurô Watsujis anhand des Exemplars der *Ideen* im Besitz der Watsuji-Tetsurô-Bibliothek der Hôsei Universität Tokyo zurück. Ihr Ergebnis ist im folgenden Aufsatz veröffentlicht: K. Kasahara, Herders *Ideen* und Watsuji Tetsuro — Zur Geschichte der Herder-Wirkung im außereuropäischen Gebiet, in: M. Maurer (Hg.), *Herder und seine Wirkung / Herder and His Impact*, Heidelberg: Synchron, 2014.

How I Became a Heathen: Studying the African Diaspora and the Image of Black People

FUJITA Midori

I have been interested in the image Japanese have of black people ever since my mid-teens. I had always enjoyed studying history, but it is fair to say it was an encounter with a Kenyan from Goa that directed my attention to African history, more precisely East African history. At that time, I had no reason to know anything about the historical connections between Africa and the Indian subcontinent, so it was surprising to me, given this man's delicate, deeply etched facial features, that he did not call himself "Indian." In today's world, so diverse and so diversity-conscious, such a question would not enter my mind at all.

One could say that my scholarly research, which began with Japanese images of Africa, can be divided into five topics: (1) the history of Afro-Japanese cultural negotiations; (2) representations of blacks and other alien peoples in literature and painting; (3) the African Diaspora; (4) representations of Africa; (5) African literature.

I once asked my graduate-school advisor about titling one of my papers with a parody of Uchimura Kanzō's famous book title, *How I Became a Christian*. His nonchalant response was that this could be postponed to some other opportunity. On reflection, however, it is clear to me now that his meaning was, "Such a showy title might outshine the content, so you'd better avoid that." That was some time ago. As I think back over the little I have been able to accomplish since then, what buoys me up is the sheer pleasure of learning, though

my research itself is woefully unfinished.

The reader will perhaps expect from this essay a distillation of my scholarship, with choice examples of how Africans have been branded as "inferior." However, I am afraid that the incompleteness of my project has merely exposed my own "inferiority."

Liberté, Égalité, Fraternité comme principes de base des sciences humaines

CHIBA Kazumiki

Cet essai porte sur les principes qui fondent la recherche en sciences humaines.

Dans la première partie, je présente la situation alarmante de la recherche en sciences humaines au Japon aujourd'hui.

Le 8 juin 2015, le ministère japonais de l'Education nationale a envoyé aux universités nationales une notification appelant à une réforme de leur organisation. Cette notification a fait beaucoup de bruit dans les médias parce qu'il a semblé qu'elle annonçait la suppression ou du moins la réduction des facultés de sciences humaines dans les universités nationales.

Ces réactions n'ont pas ébranlé le ministre. Mais en fait la situation évoluait déjà défavorablement pour les sciences humaines depuis 2004, quand une autre réforme a transformé les universités nationales en établissements autonomes de droit public. Cette réforme, qui avait pour but une réduction du budget alloué aux universités, a eu des répercussions très négatives surtout pour les facultés de sciences humaines, qui ne rapportent pas beaucoup de profits économiques aux universités.

Cette politique éducative a pour base le néo-libéralisme et le néo-conservatisme mais elle a aussi à mon avis un autre source : la chute du mur de Berlin, qui a causé la fin du marxisme. Au crépuscule du communisme a succédé la dévalorisation progressive de ces grands principes de gauche prenant leur origine dans la Révolution française : Liberté, Égalité, Fraternité.

Le gouvernement du premier ministre Abe est particulièrement hostile envers le premier de ces droits. Il n'est qu'à lire le projet de la nouvelle constitution du parti libéral-démocrate qui contient plusieurs articles restreignant la liberté d'expression et la liberté de penser.

Dans la deuxième et la troisième partie, j'analyse le sens de l'acte de « lire », qui est l'acte premier des recherches en sciences humaines, en traitant d'un film d'Ozu Yasujirô : *Bakushû* (Été précoce).

Le point culminant de ce film est la décision de mariage de l'héroïne Noriko, jouée par l'actrice Hara Setsuko décédé l'année 2015. Même si ce choix est très important pour elle, l'héroïne n'en exprime pas clairement les raisons dans le film. La scène la plus significative concernant cette décision est un rendez-vous avec son futur mari M. Yabe dans un café d'Ochanomizu, le « quartier Latin japonais ». Les deux personnages y parlent de Shôji, un frère de Noriko mort au combat pendant la deuxième guerre mondiale, qui était aussi le

meilleur ami de Yabe. Celui-ci dit à Noriko que Shôji et lui avaient regardé ensemble une peinture accrochée sur le mur de ce café, qui se trouvait toujours là. Noriko et lui tournent alors leurs regards vers elle. C'est un moment déterminant parce qu'ils partagent ainsi par le regard le souvenir d'une personne que tous les deux aimaient profondément. Ce partage à travers les regards incite Noriko à décider de se marier avec le meilleur ami de son frère.

Regarder ensemble la même chose, c'est une des expériences les plus importantes de l'amour humain, comme l'a si bien dit Saint-Exupéry : « Aimer, ce n'est pas se regarder l'un l' autre, c'est regarder ensemble dans la même direction. »

La lecture est une expérience similaire à cette belle scène du grand film d'Ozu. On dit que l'auteur n'est que le premier des lecteurs. On lit, donc, son œuvre, comme dix millième ou cent millième lecteur. On prend avec amour un livre, on l'ouvre à la première page et on lance son regard sur ce qu'a regardé son auteur même. Ces actes répètent précisément ceux de l'auteur comme premier lecteur. Lire un livre, poser son regard sur un livre, c'est partager par le regard une œuvre avec son auteur.

Dans la quatrième partie, je parle des différentes lectures possibles d'un même texte et du rôle de l'interprétation d'un texte, en illustrant cette idée par un roman de Natsume Sôseki, *Sanshirô*.

Dans la première moitié de ce roman de jeunesse de Sôseki, le héros Sanshirô, un étudiant venu de la campagne, rencontre Mineko au bord de l'étang Shinji-ike, plus connu sous le nom de Sanshirô-ike depuis ce roman.

Mineko laisse tomber une fleur blanche devant Sanshirô accroupi au bord de cet étang, bien que ce soit leur première rencontre. Il y voit un geste de séduction. Ce n'est pas totalement un malentendu mais l'héroïne a mis quant à elle une autre intention dans ces pétales pleins de charme. Elle sait qu'il y a près de l'étang un autre homme, invisible de là où se trouve Sanshirô. Cet homme est Nonomiya, un physicien de l'université impériale de Tokyo, qu'elle veut épouser. Ils sont déjà amis mais Nonomiya hésite à accepter la main de cette *femme fatale*. Elle a donc laissé tomber la fleur devant Sanshirô pour exciter la jalousie du jeune scientifique. Mais celui-ci est si sagace qu'il comprend tout de suite les deux intentions de cette fleur : séduire un novice naïf, et exciter la jalousie d'un sage impassible.

Il y a donc au bout du compte trois points de vue, autrement dit trois interprétations possibles à cette fleur blanche : celle de Sanshirô, celle de Mineko, et celle de Nonomiya. Mais tous les lecteurs de *Sanshirô* n'arrivent pas forcément à les saisir toutes. Un lecteur aussi inattentif que Sanshirô, ne percevra peut-être qu'un geste de séduction dans cette scène de la première rencontre du héros avec l'héroïne. On peut toutefois se rendre compte d'une autre lecture possible à l'aide d'une proposition faite par des chercheurs lecteurs attentifs de l'œuvre de Sôseki : même si l'interprétation faite par le héros Sanshirô semble erronée, on ne peut pas complètement l'exclure. Parce que c'est ce malentendu qui introduit ce garçon candide dans le monde de l'éducation sentimentale et surtout qui est dans ce roman le moteur de l'histoire. Dans la lecture de ce roman, des interprétations « primaires » peuvent donc tout à fait coexister à égalité avec des interprétations plus sophistiquées. Cette diversité d'interprétation est le reflet de l'histoire des recherches scientifiques sur *Sanshirô*.

Lire, c'est donc finalement poser librement, à égalité avec les lecteurs précédents, une

nouvelle possibilité de lecture. Mais il y a une chose que l'on ne doit pas oublier. La lecture commence avec l'amour ou l'amitié pour une œuvre et pour son auteur. Sans amour, on ne peut pas laisser son regard tourné vers des pages que leur auteur lui-même a regardées avec passion. Lire c'est faire l'expérience de partager par les regards une même chose avec l'auteur.

La liberté de poser une nouvelle lecture, l'égalité entre les diverses interprétations, et à travers le regard la fraternité amicale autour d'une œuvre : ainsi pour les recherches en sciences humaines sont indispensables ces trois principes : Liberté, Égalité, Fraternité.

My Journey as a Researcher: In Appreciation of Johan Huizinga, the Great Cultural Historian

SAEKI Junko

My inspiration to become an academic researcher began in my childhood. I was influenced by my grandmother's life as a pioneering professional female Noh performer. As I watched her performances as a child, I developed a dream to become a scholar of Japanese classical literature or theatrical art.

In my undergraduate studies, I majored in Western history. I wrote my undergraduate thesis on Johan Huizinga's theory of cultural history. Subsequently, I embarked on a master's degree at the Department of Comparative Literature and Culture. My master's thesis focused on the cultural history of Japanese courtesans. Employing Huizinga's methodology of cultural history to write my thesis, I analyzed the role of women, especially that of courtesans in Japan. I was very fortunate to be a student at the Department of Comparative Literature and Culture, as it was a truly interdisciplinary environment, staffed by many outstanding scholars of various research fields, from English theatrical performance to the philosophy of science.

During the first ten years of my academic career, I worked as an associate professor at the Department of Japanese Literature. I then moved to the Department of International Cultural Studies to assume the post of professor of women's studies and gender studies. Subsequently, I moved to the Department of Social Studies to work as a researcher of the representation of women and gender in Japanese media. Since my undergraduate studies focused on historical research rather than on literary analysis, my research interest gradually moved from the interpretation of literary texts to broader cultural phenomena, such as magazine or newspaper articles, and their relationships with their historical and social contexts.

Although my research interest has changed over the past thirty years, as highlighted above, I maintain that adopting the "explication de text" approach on literary texts, which the great founding fathers of comparative literature studies established, is a successful approach. Only a few scholars, such as Huizinga, have understood interdisciplinary studies in a true sense, covering both social sciences and the humanities. It is not

appropriate for faithful scholars to move from one specialization to another.

Although I myself have become a researcher of cultural studies and media studies rather than of literary studies, I am immensely grateful for my helpful supervisors from the Department of Comparative Literature. I will forever be thankful for their contribution to my academic life.

The Power of Study in the Making of the Cultural Giant Kojima Usui

FUJIOKA Nobuko

The Japanese Alpine Club was founded in Tokyo in the fall of 1905, half a century after the world's first Alpine Club was founded in London in 1857. The following spring saw the inaugural issue of its bulletin, *Sangaku* [Mountains], "dedicated to studies of mountains from the viewpoints of literature, art and science." Some English engineers, teachers and clergymen who were resident in Japan at the time climbed and explored unknown mountains in central Japan in the late 1870s, imagining a vision similar to the Alps in Europe whose beauty and sublimity their fellow countrymen had played the greatest part in finding within the late eighteenth and early nineteenth centuries. Although they called the mountain ranges the "Japanese Alps," they were only seeing shadows of their own Alps. It took Japanese a few decades to understand alpinism as modern culture and to discover scenic beauty in their mountains. Kojima Usui (1873–1948) is the central figure who actually made the "Japanese Alps" under the influence of Romantic poets, John Ruskin and many others. He is the author of the famed four-volume collection of mountaineering essays *The Japanese Alps* (1910–15) and he was the first president of the Japanese Alpine Club. By occupation, he was a banker until his retirement in 1938 at the age of 64. His professional career included a twelve-year assignment from 1915 to 1927 as the branch manager of the Los Angeles and San Francisco branches of the Yokohama Specie Bank, which he made into an opportunity for extensive mountaineering in the Cascades and the Sierra Nevada.

Even today Usui remains a celebrity in the world of mountaineering. Yet this fame probably did more harm than good to his overall reputation as a multifaceted giant who accomplished much more than just making the "Japanese Alps." It is extremely difficult to define this man. He was essentially a writer, but was also quite active in many other areas of literature, art and even science. He not only wrote mountaineering essays, but also wrote extensively as a critic covering most areas of the liberal arts. He was a prominent collector and art critic of ukiyoe and western art prints, ranging from the 16th century old-masters' works to modern pieces. Making full use of his own collections and his up-to-date knowledge, he curated path-breaking art exhibitions in both the US and Japan, utilizing catalogues raisonnés, when very few knew what they were. He was also a powerful supporter of various art movements in Japan in their groundbreaking years and helped give rise to new art genres such as engraving, landscape painting, water-color painting, and modern woodblock printing. He was

also well-read in English and American literature and culture and was capable of providing Japanese audiences with first-hand information on John Ruskin, John Muir, Henry David Thoreau, the newly invented national park system, nature conservation and so on. He was even a part of the long-lasting controversy among geologists as to whether Japan ever had glaciers. All these important wide-ranging works unfortunately are now mostly forgotten and so is his name.

In 2003, Usui's old collection of some 700 art pieces and related documents were donated to the Yokohama Museum of Art by his family. The exhibition "The World of the Kojima Usui Collection" in 2007 was a fruitful outgrowth of the donation and the thorough research of the documents undertaken by the museum. Though this quality exhibition seems to have opened a new phase in the study of Kojima Usui, so much still has to be clarified before we can understand who he really was, and what sort of cultural fullness he can still teach us.

This paper is an attempt to re-introduce Usui's forgotten accomplishments. It is necessary first to pull together seemingly unconnected fields of his works and then to put each in proper perspective so that one can see clearly the true depth and breadth of the whole picture of the giant. When this is done, re-evaluation of his works will naturally follow. Varied as his fields were, there was one definite and abiding way of tackling a theme: he studied. He always studied the target of his love to his heart's content. Be it a piece of ukiyoe or a person, he wanted to know the background, history, related facts and so on. As a self-appointed nonpareil amateur, in the beginning he probably employed the method as an expediency in order to compete equally with professionals. But in time he realized that it was the most effective way to close in on the target. The more he studied, the more could he know and love the target. And the more he studied, the more powerful could he be in defending the things he loved. Thus, studying for him became his way of life. This is the secret of how a busy banker grew to be a cultural giant.

我心目中的中国研究

榎本泰子

自1993年赴北京大学留学以来，我的中国研究之路已走了20多年，这期间也亲眼看到了中国经济的飞速发展和社会文化层面的巨大变化。作为一个日本学者，今后将如何面对中国，这是我目前常常深思的问题。

我开始比较文化研究后的第一个研究课题是近代中国接受西洋音乐的历史，尤其针对中国近代音乐的摇篮 —— 国立音乐院（现上海音乐学院）的历史以及上海租界的音乐文化进行了深入的调查研究。当时中国国内的学者由于种种客观条件的限制而无法着手这方面的研究，因此我的研究得到了中国学界的欢迎，两本拙著也均被译成中文并已成为中国近代音乐史研究的基本文献。

然而进入21世纪后，中国经济的飞速发展对市民生活的影响非常显著，文艺界和学界的状况也发生了很大变化。文化思想的开放引发了“上海学”的盛况，近代音乐史研究也已不乏人才。但与此

同时，外国学者所具有的优势也因此相对降低。而除了研究工作以外，我还感到在教学中也有必要向日本学生解释有关贫富差别、环境污染等当代中国社会面临的种种矛盾，自己与学生们所持有的中国观也有着巨大的差异。凡此种种都令我感到困惑，不得不开始认真思考自己的中国研究究竟意义何在，或者说自己的中国研究之路今后该如何走的问题。

通过回顾自己的中国研究历程以及思考当前的中日关系，我得出的结论是：至少有关捍卫人权、保护环境等层面仍然是外国学者也能够参与的课题，因为归根结底，人文科学研究的目的是为了追求个人的幸福与自由。我想强调的是，这里的所谓“个人”，不仅包括研究对象，也包括研究者本身。我的恩师经常鼓励学生“为了中国人努力去做有意义的研究”，而这已成为我的座右铭。我深信自己今后的研究方向与追求世界普遍的价值观这个目标相一致，并且也一定会对中日两国人民的和平共处有所贡献。

Memoria personal sobre tres décadas de estudios de literatura y cultura hispánica en Japón

HANAGATA Kazuyuki

Las condiciones sociales y académicas que sirven como bases para los estudios hispánicos han cambiado mucho en las últimas tres décadas. En los finales de los años 80 y al principio de los 90, todavía las universidades y bibliotecas japonesas no estaban digitalizadas; el internet aún era rudimentaria y casi no funcionaba en Japón; por supuesto no había muchas páginas web de librerías o bibliotecas hispanas para obtener informaciones. Había muy limitados números de facultades donde estudiar sobre temas hispánicos, y los profesores de literatura y cultura hispánica concentraban su esfuerzo más en la presentación y traducción de textos literarios que en el “estudio” académico en sí. Tampoco en los países hispánicos la situación social no era favorable a los investigadores: el confrontamiento ideológico de la época de Guerra Fría, la inseguridad social creada en algunos países por los gobiernos militares y las guerras civiles, y el exilio había dispersado a los especialistas. Encontraban centros importantes no en los países hispanos sino en los EE.UU. y los países de Europa occidental, y los editoriales publicaban libros aisladamente en cada país.

Esta situación, sin embargo, ha cambiado drásticamente desde los 90, primero por el fin de la Guerra Fría y por consecuencia, el regreso a la democracia en algunos países y el cese de fuego en otros, que han hecho posible las investigaciones libres de perjuicio ideológico. La globalización económica dio estímulo para crear grandes grupos editoriales internacionales, que han promocionado publicaciones de obras literarias y de estudios y que también han creado una red efectiva para las ventas internacionales. Muchas bibliotecas importantes han digitalizado sus fondos y ya existen muchas revistas académicas digitales o que permiten leer artículos en página web. Ahora los investigadores japoneses utilizan el internet para obtener informaciones, pedir libros directamente a las librerías o a las editoriales hispánicas. Y el nivel de los estudios ha mejorado mucho, tanto en los países hispanos como en Japón.

Ahora los problemas que enfrentamos los investigadores de literatura hispana no

difieren mucho de los de literatura inglésa o francesa: la imposibilidad de leer todas las materias que se encuentran en internet, la tendencia de pegarse a una teoría literaria aprobada (aunque sea nueva) para analizar mecánicamente los textos, y el aumento de obras literarias que aprovechan para formar su argumento los planteamientos postcolonialistas, feministas, postmodernistas, etc. y por consecuencia, hacer perder la validez de análisis a base de tales teorías. Tenemos que estar siempre atentos a estos problemas y buscar soluciones a cada uno de ellos.

ICT and the Humanities: Some Speculations on "Interdisciplinary Studies" and the *Explication de Text*

SUZUKI Sadahiro

The rapid development of Information and Communication Technology (ICT) has been drastically changing the precepts and conditions for academic studies since 1992, when its commercial use started in Japan. Today, ICT accessibility is a *de facto* precondition for any research accomplishment, and its prevalence has resulted in two main changes in comparative literature studies and the humanities in general.

The first change can be seen in the popularization of interdisciplinary studies. There was a lively debate on the efficacy of this idea in the 1980s, and some universities such as the Department of Comparative Literature in the Graduate School at the University of Tokyo provided interdisciplinary education in the 1990s, in which students and researchers were encouraged to cross academic boundaries so as to construct new cultural histories on the basis of a comparison of world cultures. The impact of this "interdisciplinary" approach, however, gradually faded in the 2000s, when search engines began to display theses and academic outcomes from varying disciplines under a single keyword. Today, the concept of interdisciplinary studies is no longer considered a novelty compared with the view in the 1980s or the 1990s.

The second change that ICT brought about was that it cast a new light on the *explication de text*, the standard interpretative method for comparative literature studies. Today, various texts and data called "information" circulate in cyberspace without revealing their origin or provenance. Under such conditions, this method is meaningful as it encourages practitioners to delve further into the very act of interpretation, drawing attention to the background of a given text. The *explication de text*, therefore, remains a useful method even in the ICT age.

The popularization of ICT questions not only the *raison d'être* of literature studies but also the study of the humanities in general. Researchers in this field need to accept this fact and respond accordingly.